KB113804

Explosive Dragon King

Bahamut

폭룡왕
바하무트

GAME FANTASY STORY

몽연 게임 판타지 소설

폭룡왕 바하무트 7

몽연 게임 판타지 소설

초판 1쇄 찍은 날 § 2014년 12월 16일
초판 1쇄 펴낸 날 § 2014년 12월 23일

지은이 § 몽연
펴낸이 § 서경석

편집부장 § 권태완
편집책임 § 박가연

펴낸곳 § 도서출판 청어람
등록번호 § 제387-1999-000006호
등록일자 § 1999. 5. 31
어람번호 § 제1-2005호

주소 § 경기도 부천시 원미구 부일로 483번길 40 서경B/D 3F (우) 420-822
전화 § 032-656-4452 팩스 § 032-656-4453
http://www.chungeoram.com
E-mail § chungeorambook@daum.net

ISBN 979-11-04-90027-3 04810
ISBN 979-11-316-9088-8 (세트)

Explosive Dragon King Bahamut

폭룡왕
바하무트

GAME FANTASY STORY

몽연 게임 판타지 소설

7

[완결]

Explosive Dragon King Bahamut

폭룡왕 바하무트

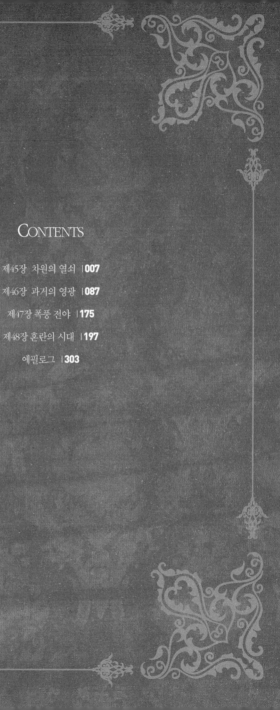

CONTENTS

45장

차원의 열쇠

거대한 늑대 인간, 쿠라이가 육중한 육체를 성벽 쪽에 들이박
았다. 그가 지닌 본연의 힘과 오러의 신묘함이 더해지자 성벽이
고통에 찬 울음을 토해냈다.

출렁!

물결치듯 출렁이는 신성결계가 굳이 대신해서 맞지 않아도
어마어마한 충격을 실감케 해줬다.

"으아! 대체 언제 깨지는 거야? 2주 동안 공격했는데도 흐릿
하게 만든 게 전부잖아!"

"그래도 성과가 있는 게 어디야? 초반에 치고 빠진 횟수만 해
도……."

쿠라이가 신성결계의 견고함에 질린다는 듯 투덜거렸다.
그러자 허공에서 마법으로 그를 보호하던 스라웬이 말을 덧붙였다.

성벽 공략을 시작한 지 벌써 2주가 지났다. 그동안 바하무트 일행의 일과는 단순하게 돌아갔다. 회색의 성군과 주교들의 공격을 버티면서 신성결계를 해제하기 위해 온갖 노력을 다했다.

초반에는 스라웬의 말마따나 치고 빠지고를 수도 없이 반복했다.

익스텐션 홀리 포그의 영향으로 전체 전력의 30~40%가 저하됐다.

파티원 개개인의 전투력을 생각하면 메우는 게 불가능할 정도였다. 치명적이란 단어가 적절할 터였다.

제대로 된 힘을 못 쓰니 밀리는 게 당연했다.

혹시라도 약점이 없을까 찾아봄에도 도무지 눈에 띄지 않았다. 하여 어쩔 수 없이 단순하지만 확실한 공략 방법을 실행했다.

유저에게 생명력이 있듯, 장비에도 내구도가 있다. 결계나 방어막 같은 마법에도 그와 비슷한 시스템이 존재한다.

부딪히다 보면 점차 줄어든다는 뜻이다. 2주 동안 신물 나게 줄다리기를 하니 점차 그 효과가 겉으로 드러났다. 지금에 와서는 반타작 가까이 깎이던 능력 저하가 15%에서 멈춰 버렸다.

솔직한 심정으로 15%의 페널티도 없애고 싶었지만, 이나마도 감지덕지였다.

여기에는 이사벨라의 공이 컸다. 그녀가 착용한 이그드라실의 신목검에는 신의 반열에 오른 존재의 공격이 아니라면 하루에 한 번 어떤 공격이라도 막을 수 있는 옵션이 내장되어 있었다.

그 스킬을 사용하면 본인에 한해 능력 저하를 막는 게 가능했다.

이그드라실의 신목검은 신성결계의 저주를 공격으로 받아들였다.

어쨌거나 이런 이유 덕분에 이사벨라는 340레벨의 무력을 온전히 유지하고 전투를 이어갈 수 있게 됐다.

슈타이너도 저주에 허덕이는 판이었다. 이사벨라마저 그랬다면 신성결계의 내구도를 2주 만에 이만큼 깎지는 못했을 것이다.

퍼퍼퍼펑!

"큭! 저거 은근히 아파!"

"미안해. 발포되는 숫자가 한 번에 수백이라 완벽하게 방어할 수가 없어."

쿠라이의 주변으로 마법대포의 폭격이 작렬했다. 땅이 터지면서 날카로운 파편이 그의 육체에 작은 생채기를 만들었다. 스라웬이 불파뇌를 사용해서 막고 있었지만, 전부 막지는 못했다. 그 탓에 방어를 뚫고 들어오는 것은 몸으로 때워야 했다.

"반대쪽도 비슷하겠지?"

"제아무리 능력이 깎였어도 슈타이너 님은 용족, 게다가 레벨이나 장비도 우리보다 훨씬 좋고 높아. 약간의 여유는 있을 거야."

슈타이너 쪽도 고생하고 있기는 마찬가지였다. 비교하자면 그렇다는 것이다. 쿠라이 부부와 비교하면 여유로운 것은 맞으니까.

몸 상태가 온전한 이사벨라만 단독으로 행동했다. 그 외의 4명은 2인 1조였다. 주교들과 회색의 성군이 성벽 바깥으로 나오지 않는다지만, 언제 어떤 상황이 벌어질지 예측할 수 없었다.

성군이야 둘째 쳐도 만에 하나 혼자 있을 때 주교들이 덮치기라도 하면 그야말로 낭패였다. 요새 바하무트 일행은 주교들의 공격을 적잖게 받았다. 느낀 점을 꼽자면 팔라딘이나 뭉크 계열의 주교는 일대일로도 승부를 장담하지 못한다는 거였다.

현재 신성결계 없애기에 투입된 인원은 5명뿐이었다.

브레인은 먼 거리에서 광역탐색을 켜고 대기 중이며, 바하무트는 이곳에 오지 않고 여전히 베이스캠프에서 사냥에 열중했다. 만년염옥을 복용하기 전에는 크게 도움이 되지 않아서였다.

당장에라도 복용하면 380레벨은 충분히 넘는다. 그럼에도 그러지 않는 것은 일행의 만류를 받아들여서다.

성혈의 사원은 거쳐 가는 과정에 불과했다. 퀘스트를 완료하려면 왕의 목을 따야 한다. 399라는 레벨이 절실히 필요한 때였다.

[2시간이 됐습니다. 빠지세요.]

[오케이.]

[알겠습니다.]

시간이 됐나 보다.

최전방에서 싸우고 있던 5명에게 브레인의 퇴각 요청이 전달됐다.

파파파팟!

전방, 좌측과 우측에서 공격하던 일행이 성벽과 거리를 벌렸다.

성벽 위의 성군들이 천벌을 받을 거라는 둥, 온갖 악담을 뱉었지만 누구도 신경 쓰지 않았다. 오늘 할 일을 맞췄으면 된 것이다.

각기 다른 방향에서 퇴각하던 5명이 브레인을 중심으로 뭉쳤다. 깨끗했던 장비가 더러워지고 꽉꽉 채워졌던 생명력과 마력이 간당간당했다. 2시간 동안 쉬지 않고 싸웠다는 증거였다.

"후아! 힘들다! 저것들 하루가 멀다 하고 결계 내구도 깎아먹으니까 어지간히 화나나 봐?"

"원래라면 신성력을 주입해서 복구시키는 게 정상이다. 그런데 그리하지 못한다는 것은 신경이 우리에게 집중됐다는 증거다."

"저만한 결계를 유지하려면 막대한 마력이 필요해. 배우지는 않았지만, 주술사도 결계 생성 주술이 있는데 저것보다 효과도 미비하고 규모도 작거든? 근데 그것도 유지하려면 토 나온다."

슈타이너가 손을 절레절레 저었다.

3차 전직 유저가 배울 수 있는 최고의 결계 주술을 장시간 유지하려면 그는 빼도 박도 못하고 결계의 노예가 되어야 한다. 한데 그보다 몇 배 이상 뛰어난 효과와 넓은 범위를 지녔다면?

"며칠 더 공격하고 시간을 주자. 분명 결계 복구를 위해 주교들을 투입할 거야."

라이세크의 의견에 모두가 고개를 끄덕였다. 주교들의 입장에서는 결계를 복구해야 한다. 자신들의 전력에 구멍이 생기더라도 말이다.

막말로 방치해 두다가 완전히 사라지기라도 하면 이중으로 골치가 아파진다. 저런 종류의 결계는 쉽게 설치하지 못한다. 중간에서 복구하는 것과 애당초 새로 설치하는 것은 차원이 달랐다.

"쟤들 하는 꼴을 보면 자신들이 우리보다 세가 월등하다는 걸 확실하게 인지한다는 말이지."

"그게 구멍이다. 주교 몇 명이나 중요 인물들이 자리를 비워도 충분히 막을 수 있다고 생각할 거다. 그때 쳐들어가서……."

"다 죽이는 거지?"

갑자기 파고드는 쿠라이의 말에 대화를 나누던 슈타이너와 라이세크가 그를 쳐다봤다.

"야."

"왜."

"아니다."

슈타이너가 말을 하다 말았다.

다 죽인다고?

3차 전직 유저 5명이라도 그건 무리였다. 지금까지 그랬던 것처럼 치고 빠지는 게 전략이었다. 결계가 사라지거나 뚫었다는 가정하에 침투마다 주교 한 명의 목숨이 목표였다. 주교들만 없다면 회색의 성군은 조금 강력한 군대일 뿐이었다.

"그 뭉크 새끼는 내 거야."

"너 못 이길걸?"

쿠라이가 말하는 뭉크는 4주교 파울로였다. 뭉크답게 공격하나하나가 매서웠다. 단순히 일대일로 붙어도 쿠라이의 레벨로는 힘들다. 하물며 신성스킬을 도배했으니 오죽하겠는가.

투덜투덜.

쿠라이가 입을 놀려댔다.

자신을 무시하는 언사에 기분이 언짢은가 보다. 그래도 사실은 사실이었다.

"이사벨라 님이나 내가 아니면 무리야. 그보다 더 강한 놈도 있어. 그렇죠?"

"네. 두 명……."

이사벨라가 슈타이너의 말을 받았다.

멀리 떨어졌을 때는 몰랐다. 신성결계를 뚫고 근처로 접근하고서야 내부에서 느껴지는 주교들의 기운을 파악했다.

깊숙한 곳에 더 강한 존재가 있는지 없는지는 확실하지 않지만, 분명한 건 파울로보다 강한 주교가 최소 둘이라는 거였다.

그들은 직접 모습을 드러내지 않고 한자리에서 못이 박힌 듯 대기했다. 자신 앞에 적이 나타나기 전에는 쭉 그럴 것 같았다.

"일단 오늘도 마지막 할 일을 하고 돌아가자."

"자자! 다들 거리 벌리고, 휩쓸리면 아군이라도 무사하지 못한다."

모두가 약속이라도 했는지 널찍널찍하게 거리를 벌렸다. 지난 2주간 베이스캠프로 돌아가기 전에 항상 했던 일이다. 그건……

　　　　　*　　　　*　　　　*

　쿠르르릉!

　미비하게 느껴지는 진동.

　이를 감지한 베르디칼이 눈앞에 둥둥 떠 있는 원형의 물체를 응시했다.

　원형의 물체는 신성력을 듬뿍 머금은 일종의 매개체였다. 이곳에 신성력을 지속적으로 주입해야 신성결계를 유지할 수 있었다.

　웅웅!

　바하무트 일행에게 공격받기 전에는 찬란한 빛을 내뿜었지만, 현재는 빛의 밝기가 반의반으로 줄었다. 빛의 밝기는 신성결계의 상태를 나타낸다. 밝을수록 좋으며 어두울수록 나쁘다.

　콰콰콰쾅!

　진동이 거세지며 귓전을 때리는 폭음이 성혈의 사원을 흔들었다. 바하무트 일행이 퇴각하면서 날린 마지막 공격 때문이었다.

　엄청난 파괴력을 지녔기에 결계에 누적되는 충격이 어마어마했다. 그래서일까? 매개체의 빛이 조금씩 어두워졌다. 이러다 강제로 해제될지도 모른다. 방지하려면 미리 손을 써야 했다.

　"신성력을 주입하면 나를 포함한 5명의 주교가 전투에 참전하지 못한다. 여전히 전력상으로는 우위를 차지하지만, 불안하군."

　매개체는 5개로 동서남북과 중앙에 있다. 완전 복구까지 걸리는 시간은 5일이다. 그때까지 옴짝달싹 못한다. 도중에 그만두면 모든 노력이 수포로 돌아간다. 일단 하면 끝을 봐야 한다.

"흠, 어쩔 수 없지."

때로는 손해 본다는 걸 알면서도 강행할 수밖에 없는 일들이 있었다. 신성결계는 그들에게 꼭 필요했다. 이것이 있기에 끝없는 외부의 압력에서 그나마 편안한 삶을 유지하는 것이다.

바하무트 일행의 힘을 저하시키는 건 부가적인 효과에 불과했다.

베르디칼이 곧장 주교들을 소집했다. 머리로 결정을 내렸으니 몸으로 실천하려 함이었다.

팔라딘이나 뭉크 계열 주교들의 신성력으로는 매개체의 필요량을 충족시킬 수 없다. 오로지 세인트들만이 조건을 맞출 수 있었다. 가장 많은 양을 요구하는 중앙은 그가 담당해야 한다.

결계 복구에 들어가면 적들의 공격이 거세지는 것은 불 보듯 뻔했다. 언제 올지 모를 기회였다. 모른 척 지나칠 리가 없었다.

아니나 다를까.

얼마 뒤.

이 점을 눈치챈 바하무트 일행이 젖 먹던 힘까지 쏟아 대대적인 공격을 감행했다. 그 탓에 성혈의 사원 전역이 전장으로 변했다. 어느 누구도 물러설 수 없는 난전이 시작된 것이다.

*   *   *

고오오오!

황무지를 지나가는 바람이 두 세력을 감싸며 긴장감을 유발시킨다. 평소라면 베이스캠프에서 사냥에 열중하고 있을 바하무트도 이번만큼은 빠질 수 없는지 일행의 후미에서 대기했다.

"확실한 거죠? 저들의 전력이 보완되는 게?"

"확실합니다."

브레인은 신성결계의 저주 효과를 하루 단위로 분석했다. 처음에는 1%씩 능력치를 돌려주더니 어느 순간부터 2%씩 돌려줬다.

어제가 7%였다. 하루마다 떨어지던 수치를 계산하면 오늘은 5%가 되어야 했다. 그러지 않는다는 것은 신성결계가 본연의 기능을 찾아가고 있다는 증거였다. 계산이 틀렸을 수도 있지만 이것저것 따지기에는 그들에게 남은 시간이 충분치 않았다. 의심스러운 게 있으면 무조건 찔러봐야 할 만큼 촉박했다.

"형, 진심이에요?"

"응. 느낌이 왔을 때 밀어붙여야 해. 기다리다가 결계가 복구되면 닭 쫓던 개 신세잖아. 그냥 미친 척하고 해보자. 어차피 며칠 더 기다린다고 해서 타이밍을 맞출 수 있을 것도 아니고."

슈타이너는 그 질문을 끝으로 물러났다.

딱히 불만이 있다거나 하지는 않았다. 혹시나 해서 물어본 것이다.

바하무트의 말마따나 정확한 타이밍을 맞추는 건 어려웠다. 평소와는 다른 변화가 생겼다. 아직 갈길이 멀었고 주구장창 결계에만 매달릴 수 없다면 노려보는 것도 나쁘지 않은 선택이었다.

"간다?"

"우린 준비됐다."

"언제든지."

바하무트가 일을 벌이기 전 신호를 줬다. 그러자 다들 몸을 풀었다.

차분한 성격의 라이세크와 이사벨라도 검을 쥐며 심호흡을 했다. 현실의 육체라면 몰라도 게임 캐릭터가 몸을 푸는 등의 준비운동을 할 필요는 없었다. 그러나 사람의 심리는 무섭다.

실패할 수도 있다는 압박감이 그들에게 부담을 줬고, 가상의 육체로 그 부담감을 표출했다. 그만큼 긴장하고 있다는 것이다.

펄럭!

바하무트가 날개를 펴자 슈타이너와 스라웬이 행동을 맞췄다. 지상에 남은 4명도 천천히 성혈의 사원 쪽으로 걸음을 옮겼다.

"폭룡무군 집결."

화르르륵!

바하무트의 뒤쪽에서 불꽃이 타오르며 1만 규모의 폭룡무군이 나타났다.

한계 수치까지 충원만 했을 뿐이지 전부 소환해 보기는 처음이었다. 정말이지 상상도 못할 정도로 막대한 금액이 소모됐다. 명품관에 빌려준 아이템 대금과 영지에서 나오는 세금, 개인적으로 벌어들이는 수익 전부를 합친 것만큼 쭉쭉 빨아먹었다.

이마저도 잠깐 동안 유지하는 경우였다. 장시간 유지한다면 백이면 백 손해였다. 바하무트의 주관적 생각으로 장군 급의 용족이 사병을 키운다는 것은 단순한 보여주기 같았다. 어느 관점에서 봐도 도무지 개인이 즐길 만한 콘텐츠라 볼 수 없었다.

어쨌든 현재로썬 이렇게나마 도움이 된다는 데 의의를 둬야 했다.

"크하하하! 다 죽여 버리겠다!"

"오늘만큼은 마음껏 날뛰어라. 대신 죽지는 마. 골치 아파지니까."

아우우우!

쿠라이의 육체가 부풀면서 은빛 갈기에 뒤덮였다. 몸뚱이가 어지간히도 근질거렸나 보다.

지금까지의 전투가 예고편이라면 지금부터의 전투는 본편이었다.

쩌어어엉!

쿠라이의 하체가 대지를 밀어냈다.

은빛 섬광이 공간을 뚫는다고 착각할 만큼의 속도로 달려 나갔다.

퍼퍼퍼펑!

성벽에 붙은 마법대포가 불을 뿜었다. 시야를 가득 메우는 포격이 쇄도한다. 전부 사정거리에 들어온 쿠라이를 노리고 있었다.

콰콰콰콰!

오러를 전개한 쿠라이가 양손으로 문을 열 듯 날카로운 손톱을 휘둘렀다.

대기가 찢기며 무시무시한 풍압이 발생했다. 손톱을 타고 길게 이어지는 열 줄기의 오러가 가까이 다가오는 포격을 할퀴었다.

쿠쿠쿠쿠!

오러의 절삭력에 포격이 갈리면서 한순간 황무지가 번쩍거렸다. 포격 전체를 없애는 건 불가능하지만, 설사 없앨 수 있다 해도 그럴 필요가 없다. 활로 하나만 뚫어놓으면 나머지 공격은 무시해도 된다. 쓸모없는 힘의 분출은 낭비일 뿐이었다.

"슬슬 저희도……."

"예."

누군가 전투의 시작종을 때려줘야 한다. 그 주인공은 쿠라이였다. 이사벨라와 라이세크, 스라웬도 뒤이어 전투에 합류했다. 팽팽한 긴장감이 고조되며 종국에는 멈출 수 없게 돼버렸다.

"슈타이너, 기회를 포착하기 전에는 현신을 자제해야 한다. 알다시피 그 기술은 집단전에 약하니까. 중간에서 조율 잘해주고. 언제라도 도움을 주거나 받을 수 있게 거리 유지도 기억하고."

씨익.

마지막으로 남아 있던 슈타이너가 새하얀 이빨을 내보이며 웃었다. 바하무트가 일행에게 몇 번이고 강조한 이야기다. 하도 들어서 지겨울 법도 하건만, 그는 그런 기색을 보이지 않았다.

"저도 갑니다."

"주교들만 막아줘. 회색의 성군은 폭룡무군으로 어떻게든 해볼게."

바하무트는 주교 근처에도 가면 안 된다. 제대로 맞는다면 한

두 방 내로 죽을 것이다.

싸우다가 정 밀린다 싶으면 그때 가서 만년염옥을 복용하려 한다.

슈슛!

슈타이너가 고속으로 날아갔다.

앞서 날아간 4명은 성문 쪽에서 모든 공격을 받아내는 중이었다.

잠시 동안 상황을 지켜보던 바하무트가 손을 들어 올렸다. 그에 맞춰 폭룡무군이 전투 대형을 이루었다.

"덮쳐라."

크허허헝!

폭룡무군이 포효하며 높디높은 상공으로 떠올랐다. 그들이 터뜨리는 용마후가 쩌렁쩌렁 울려 퍼졌다.

하늘에 떠오른 붉은 구름에서 빗방울이 쏟아졌다. 물로 이루어진 게 아닌 그 무엇으로도 꺼뜨릴 수 없는 불덩어리가 말이다.

*　　　*　　　*

익스텐션 홀리 포그는 온갖 상태이상을 걸어서 적의 능력을 사기에 가깝게 하향시켜 준다. 그러나 외부의 공격을 차단시키거나 감소시켜 주는 효과만 따진다면 거의 쓸모가 없다.

방어결계는 성문과 성벽 쪽에 제법 강력한 것으로 걸려 있었다.

바하무트 일행은 이런 점을 초반에 눈치챘다. 만약 결계가 상태이상과 공격차단 효과를 동시에 지녔었다면 암담했을 터였다.

반 가까이 약해진 상태로 공격까지 차단시키는 결계에 무슨 수로 딜을 넣겠는가. 편중된 효과가 포기하지 않고 도전할 수 있는 동기를 부여해 줌으로써 도박이나마 시도하는 것이었다.

지난 시간, 무수한 상처를 입으면서까지 성문과 성벽을 끊임없이 공격한 이유는 결계의 내구도를 깎으려는 거였다.

부수려는 의도도 없잖아 있었다. 하지만 당시는 부숴봤자 제대로 된 힘을 보일수가 없었다. 강력한 권능을 지닌 주교들과 회색의 성군을 상대로 고작 5명에서 버틴다는 건 불가능했다.

그때도 폭룡무군을 집결시킬 수 있었지만, 확신이 안 서 주저했다.

그렇다면 지금은? 물론 지금도 확신이 서는 건 아니다. 단지 하루 사이에 생긴 변화가 기회일지도 모른다는 감을 만들어냈다.

게임은 확률이다.

좋은 아이템을 품은 몬스터를 발견할 확률, 그 몬스터에게서 아이템이 떨어질 확률, 떨어진 아이템을 자신이 먹을 확률 등등.

바하무트를 포함한 일행은 그런 확실하지 않은 확률에 자신들을 건 것이다. 왜? 게임을 시작한 이후로 언제나 그래왔으니까.

크르르르!

가장 먼저 성문에 도착한 쿠라이가 버서커 모드로 돌입했다. 라이칸스로프 특유의 노란 눈동자가 금세라도 피가 뚝뚝 떨어질 것처럼 시뻘게졌다.

근육도 비정상적으로 부풀었다. 대충 봐도 엄청난 공격력 폭증이 예상됐다.

라이칸스로프 버서커 모드.

그들 종족의 고유 패시브 스킬로서 숙련도에 따라 적용 효과가 제각각이었다. 쿠라이가 사용하면 공격력이 150% 증가하고 방어력은 50% 저하된다. 그럼에도 충분히 유용한 스킬이었다.

한 가지 단점으로 꼽는 건 하루 1시간으로 제한된 사용 시간이었다.

콰콰콰쾅!

5미터 덩치의 쿠라이가 성문을 미친 듯이 후려쳤다. 최상급 광석과 석재, 목재로 만든 성문이 맞을 때마다 움푹움푹 파였다.

방어결계가 작동하며 공격을 완화시키는 현상을 보였지만, 여태까지 누적시킨 충격량과 평소와는 달리 전력으로 갈기는 데미지가 합쳐지자 감당할 수 있는 허용치를 훌쩍 넘겨 버렸다.

콰지지직!

성문이 찢어졌다.

조잡한 재료로 만든 거였다면 찢어지지 않고 썩은 나무토막처럼 박살 났을 터였다. 그만큼 질긴 재료가 사용됐다는 뜻이었다.

"서, 성문이 뚫린다!"

"막아라!"

성벽 위에서 당황스러운 목소리가 들려왔다.

성군은 마법대포를 사용하기엔 사정거리가 가깝다는 것을 인지하고 신성마법을 캐스팅했다. 쿠라이는 돌아가는 상황을 알면서도 제 할 일에 집중했다. 굳이 그가 신경 쓸 필요까지는 없었다.

우우우웅!

수백 종류의 신성마법이 떨어졌다. 일반 원소마법보다 데미지 면에서는 부족하겠지만, 전부 맞는다면 그 또한 치명적이었다.

써걱!

두 번의 검광이 번쩍였다.

뒤죽박죽 섞여 날아오던 신성마법 전부가 갈라지며 기능을 상실했다. 뒤늦게 도착한 이사벨라와 라이세크가 휘두른 것이다.

슈웅!

그것으로 끝나지 않았다. 쿠라이가 찢어낸 성문의 구멍으로 스라웬이 들어갔다. 그에 근처에서 대기하던 성군들이 그녀의 뇌전에 감전되며 비명을 질렀다. 진정한 난전에 돌입한 것이다.

"비켜! 쿠라이!"

"흥!"

파팟!

뒤쪽에서 들리는 기척에 쿠라이가 콧방귀를 꼈다. 그러면서도 몸을 옆쪽으로 뺐다. 저 미친놈은 자신이 있든 말든 공격한다.

휘리리릭!

고속으로 회전하는 소닉 붐의 관천이 성문과 충돌하며 일행이 통과할 만큼의 구멍을 뚫어줬다.

스슥!

이사벨라와 라이세크가 먼저 움직였다.

둘은 들어가자마자 성군들을 무자비하게 베면서 주교들을 찾았다. 다음은 쿠라이였다. 그는 야수화 상태였기에 모양 빠지지만 최대한 숙이고 들어갔다. 꾸역꾸역 밀어 넣으니 되긴 됐다.

슈타이너가 뒤에서 조잘거렸지만 한 귀로 듣고 한 귀로 흘렸다. 인간으로 돌아갔다 다시 변신하기에는 귀찮았기 때문이다.

"파울로인지 파울인지 아무튼 내 마누라 팬 뭉크 자식 어디있어!"

오러를 머금은 목소리가 주변을 넘어 저 멀리까지 퍼져 나갔다. 답은 금방 왔다.

"신의를 모르는 라이칸이로구나! 엘레네스 님은 천족과 우애가 깊으셨다. 그분의 자식이 어찌 저런 놈들과 함께한단 말이냐!"

뭉크 마스터 파울로가 성군 사이에서 걸어 나왔다. 인간치고는 덩치가 상당했기에 눈에 잘 띄었다.

엘레네스는 동물들의 신으로서 용족으로 치면 용신 이카루트와 동급이었다. 파울로의 말처럼 천족과 우애가 깊었던 것은 사실이지만, 그건 천신 메제기스와의 관계지 천족과의 관계는 아니었다. 현재도 엘레네스는 메제기스와 친분이 두터웠다.

그러나 파울로는 이 사실을 유리한 쪽으로 왜곡해서 받아들였다. 그들이 받드는 신은 메제기스가 아닌 버림받은 천족이었다.

"시끄럽고! 네가 파울로냐? 나는 그것보다 내 마누라가 더 중요해!"

"이놈! 엘레네스 님께서 이 사실을 알면 네게 벌을 내리실 것이다."

"이 새끼야! 내릴 거였으면 퀘스트를 받자마자 언질이 있었겠지!"

받아서는 안 될 퀘스트였다면 시작 전부터 낌새가 있었을 것이다.

콰드드득!

대화 도중 쿠라이의 옆에서 빠져나온 창이 회전하며 파울로의 심장을 향했다. 파울로는 당황하지 않고 신성력이 깃든 주먹을 휘둘러 적의 공격을 상쇄시켰다. 매우 자연스럽고 신속했다.

"뭐야?"

"장난해? 시간이 남아돌아? 다들 싸우고 있는데 전장의 한복판에서 노가리를 까? 그러다가 누구라도 한 명 죽으면 책임질래?"

슈타이너가 쿠라이를 스쳐 가며 창으로 볼을 툭툭 찔렀다. 생명력이 안 달게끔 조절한 건 그밖에 모르는 배려 아닌 배려였다.

"안 싸우면 너 대신 내가 저놈하고 싸운다?"

"큭! 안 그래도 막 시작하려던 참이다. 너는 다른 곳으로 꺼져."

"어련하실까."

슈타이너는 걸음을 옮기면서 짧게나마 파울로의 기운을 읽었다.

'아주 신성스킬로 도배했구나. 저 정도면 헌신해도 비슷하거나 약간의 우세? 멍청이가 승리할 가능성은 모기 눈물 정도인가?'

속내를 입 밖으로 꺼내지는 않았다.

어차피 쿠라이가 이기기를 기대하고 자리를 비켜준 게 아니었다.

일단 되는 대로 주교들을 상대해야 한다. 그러다가 기회를 봐서 한 놈을 집중 공격하거나 떨어지는 지령에 맞춰 행동하면 된다. 상대와의 승률이 유리하든 불리하든 밀어붙이고 봐야 했다.

"날 공격하고 어딜 가느냐!"

파울로가 주변을 두리번대는 슈타이너를 보며 주먹을 휘둘렀다.

"이 새끼가!"

콰쾅!

쿠라이의 눈에 불똥이 튀었나.

자신을 앞에 두고 슈타이너를 봤다는 점에서 자존심이 상했다. 파울로의 입장에서는 둘 다 똑같은 적이라서 공격하는 것일 뿐이었다. 받아들이는 입장에서는 씨알도 안 먹힐 소리겠지만.

우득!

그그그극!

쿠라이가 파울로의 주먹을 잡았다.

덩치 차이가 두 배 이상 나다 보니 잡았다기보다 집어삼켰다는 표현이 알맞을 듯했다. 단순 비교지만 근력 부분에서는 쿠라이가 우세한지 주먹 힘을 못 이긴 파울로의 육체가 뒤로 밀려났다.

"날 혼자서 상대하겠다는 뜻인가? 오만하구나! 저자라면 몰라도 그대는 안 된다!"

부웅!

후두두둑!

자존심을 박박 긁은 한마디였다. 꼭지가 돈 쿠라이가 파울로의 주먹을 잡은 채로 물건 던지듯 들어 올리더니 팽개쳐 버렸다.

밑으로 내던지는 형식이었기에 파울로는 중심을 잡기도 전에 건물 속에 처박혀 버렸다. 그 모습을 보던 슈타이너가 슬금슬금 자리를 벗어났다. 분위기상 피하는 게 스스로를 보호하는 지름길 같아서다. 보아하니 이기지는 못하겠지만, 적어도 쉽게 지지는 않을 것이다.

들썩!

무너진 잔해가 들리며 파울로가 일어섰다. 아무런 충격도 없는지 몸에 묻은 먼지를 툭툭 털며 건물을 빠져나왔다. 그는 싸늘한 눈빛으로 쿠라이를 노려봤다. 더 이상 말이 필요 없었다. 드디어 둘만의 공간과 전투를 이어갈 분위기가 만들어졌다.

"퉤! 죽어보자."

쿠라이가 땅바닥에 침을 뱉고는 몸을 날렸다. 파울로도 다가

오는 그를 보고 피하지 않았다.

쿠우우웅!

회색의 성군이 둘에게서 멀어졌다. 강자들끼리 싸울 때는 가까이 접근하지 말고 일정 반경을 유지해야 한다.

괜히 약한 주제에 같은 편 도와주겠다고 갔다간 후폭풍에 휘말린다.

*　　　　*　　　　*

첨탑 꼭대기였다.

성혈의 사원에서 가장 높은 곳으로서 동서남북에 각각 한 개씩 만들어졌다. 이곳에서 두 명의 성군이 경계를 서는 중이었다.

그들은 아래쪽에서 소란이 일어났는데도 내려가지 않고 자리를 지켰다. 내부에 쳐들어온 적은 5명에 불과했다. 제아무리 강한 능력을 지녔어도 5명 잡자고 전부가 몰려갈 수는 없었다. 공격할 공간도 부족했고 일부는 또 다른 위험을 대비해야 했다.

"후우! 왜 이렇게 덥지?"

"맞아. 나도 그래. 여름도 아닌데 여름보다도 훨씬 더운 것 같아."

온도가 올라가는 걸까? 아까부터 성혈의 사원이 조금씩 더워졌다.

이유? 모른다.

미약하게나마 신성력을 다루는 교도라도 엄밀히 말하면 평범한 인간이다. 갑작스레 일어난 초자연적인 현상에 대해서 명확한 답을 내리기에는 머릿속에 들어 있는 지식이 부족했다.

스윽.

성군들은 대화를 나누다가 무의식적으로 고개를 꺾었다. 왠지 아래쪽보다는 위쪽이 더워서다. 그러고 보니 평소보다 환했다.

"으헉!"

"으아아악!"

댕댕댕댕!

비명을 내지른 성군이 공포에 질린 눈빛으로 옆에 매달린 종을 마구 때렸다. 회색의 성군 전체가 종소리가 들린 동쪽 첨탑을 올려다봤다. 그러다가 본의 아니게 하늘까지 시야에 넣었다.

구름이 붉게 물들었다는 착각이 들었다. 붉은 구름이 가까워질수록 주교들과 성군들의 동요가 심해졌다.

지상에서 시작된 난전으로 끝나지 않고 바하무트에 의해서 후속타가 쏟아졌다.

"비상사태다!"

"상공에 용족의 군대가 출현했다!"

회색의 성군은 NPC지만 이 순간 바하무트 일행에게는 몬스터나 마찬가지였다.

폭룡무군이 발견되자 대규모 어그로가 끌렸다. 동족애가 강한 몬스터는 선공이든 비선공이든 그와 관계없이 근처의 동족이 적과 어떠한 마찰이라도 생기면 동일한 행동 양상을 보인다.

회색의 성군도 그러했다. 어그로가 도미노 넘어가듯 사방으로 퍼져 나갔다. 결국에는 슈타이너들과 근접해 있는 일부를 제외한 사원의 모든 교도가 폭룡무군을 척살 제1순위로 정했다.

"갈겨."

상공에서 전장을 주시하던 바하무트가 명령을 내렸다. 난장판을 만들어 버릴 속셈이었다. 폭룡무군 전체가 명령에 화답했다. 그리고는 지상을 향해 한계까지 압축한 브레스를 내뿜었다.

콰우우우!

흡사 우주선에서 발사되는 광선포를 보는 듯했다. 매해마다 세계 각지에서 개최되는 대축제의 레이저 쇼도 적절한 비유였다. 그 정도로 화려했고 보는 이들의 시선을 단번에 사로잡았다.

"큰 타격을 주긴 어렵겠지?"

바하무트는 성직자들이 얼마나 거머리처럼 질긴 생명력을 지녔는지 잘 안다.

패고 또 패도 마력을 전부 소모시키기 전에는 웬만해서 죽이기가 어려웠다. 이중삼중으로 걸어대는 신성 결계와 회복 스킬은 답이 없다. 손쉽게 가려면 스킬 한 쿨 안에 끝내야 했다.

부아아앙!

역시나 브레스가 지상과 충돌하기 직전 회색의 성군을 감싸는 방어결계가 확산되며 엄청난 크기의 대결계로 형태를 바꿨다.

퍼퍼퍼펑!

대결계를 두들기는 충격에 도화지처럼 투명했던 색상이 붉게 물들었다. 어찌나 견고한지 금이 가거나 흐려지는 등의 이상 현상은 나타나지 않았다. 골치 아플 정도로 단단한 벽이었다.

"쉽지 않겠습니다."

"퀘스트 난이도가 난이도인만큼 많은 희생을 치러야 할 겁니다."

어느새 가까이 다가온 브레인 바하무트 옆에 마주 섰다. 그는 자신의 두 배쯤 되는 용족의 손아귀에 붙들려 있었다. 그에게는 비행 능력이 없었다. 꼴사나워 보임에도 이게 최선이었다.

"저기 저자가 방어결계를 구축한 듯합니다."

"대충 봐도 그래 보입니다. 서 있는 곳도 그렇고, 겉모습도 그렇고."

둘의 시선이 한곳으로 모아졌다. 고급스러운 의복을 착용한 중년 사내가 대결계의 중심에서 강력한 신성력을 뿌리고 있었다.

310레벨 성혈의 사원 제7주교.

하이 세인트 라마리크.

레벨은 낮았지만 힐러는 모든 직업 중에서 레벨 영향을 가장 적게 받는 종류 중 하나다. 역할이 보조에 치중되기 때문이다. 저렇게 졸병들을 두르고 있다면 생존력이 더욱 강화된다.

"음! 총력전이군요."

"네. 슬슬 모습을 드러내네요. 이사벨라 님과 슈타이너가 활약할 때입니다."

성혈의 사원에서 가장 거대한 건축물에서 새로운 존재들이 걸어 나왔다.

숫자는 셋.

가장 약한 5주교가 327레벨, 가장 강한 2주교가 340레벨이었다. 중간의 3주교도 334레벨로 만만치 않다. 1주교가 누군지는 알 수 없지만, 상위 서열의 주교눈 죄다 전투 계열이었다.

"능력의 7%가 깎였는데 괜찮을까요?"

"괜찮지 않아도 이제 와서 물릴 수는 없으니 되는 대로 해야죠."

고 레벨들의 전투는 한 타 차이다. 어처구니없겠지만 때로는 생명력 1~2로도 승패가 갈린다. 고로 7%가 아니라 1%만 깎여도 불리하게 작용할 수 있었다. 그래도 어쩌겠는가? 이미 적진 한복판에 몸뚱이를 들이민 후였다. 남은 건 전진뿐이었다.

바하무트는 혹시나 하고 폭룡무군에게 한 번 더 명령을 내렸다.

퍼퍼퍼펑!

소용없었다. 조금 전과 똑같았다. 단단한 대결계를 뚫기에는 여러모로 부족했다.

"브레인 님, 1개 부대의 지휘권을 드릴 테니 외각으로 피해 계세요."

"조심하시길."

브레인이 멀어졌다. 그를 붙잡고 있던 용족은 299레벨의 부대장급이었다. 호위로는 충분했다. 어지간해서는 죽지 않을 것이다.

"각자 부대를 이끌고 산개하라. 지휘는 부대장이 직접하고 일부만 나를 보호해."

폭룡무군이 백병전에 돌입했다. 그 많은 용족이 벌 떼처럼 날아가서 대결계를 때렸다. 유지 자체가 신성력을 잡아먹었기에 라마리크와 회색의 성군을 얼마 버티지 못하고 대결계를 풀었다.

방해물이 사라졌다.

폭룡무군이 부대 단위로 뭉쳐서 회색의 성군 사이사이로 스며들었다. 수없는 붉은색과 회색이 서로 뒤죽박죽 섞였다. 이로써 전장의 상황이 한치 앞을 내다볼 수 없게 돼버렸다.

*　　　*　　　*

상대를 고른 쿠라이와 달리 다른 이들은 아직까지 제짝을 찾지 못하고 있었다. 주교 한 명을 발견하긴 했는데 쫓아가려 해도 방해가 심하고 도망치는 속도가 워낙에 빨라서 어려웠다.

몇 번 잡을 뻔했지만, 그때마다 강력한 결계로 공격을 막아냈다.

쓱걱!

이사벨라가 휘두른 검에 여러 명의 성군이 목숨을 잃었다. 그녀는 무표정한 얼굴로 같은 행동을 반복했다.

그건 라이세크나 스라웬도 별반 다르지 않았다. 쿠라이를 떼어놓고 셋만 따로 뭉쳐 놓은 이유가 이거였다. 다들 침착한 성격들이었기에 난잡한 외부 환경에서도 평정심을 유지할 수 있었다.

소닉 붐(Sonic boom) : 중반 4식.

회풍포(回風砲) : 회오리 대포.

퍼어어엉!

일직선상으로 길이 뚫리며 뒤늦게 출발한 슈타이너가 합류했다. 뭐가 그리 즐거운지 싱글벙글 웃어대는 게 여유로워 보였다.

"왔냐. 쿠라이는?"

"스라웬 님에게는 미안한 말이지만, 모르긴 몰라도 지금쯤 쥐터지고 있을걸? 그래도 걱정하지 마라. 금방 죽지는 않을 테니까."

슈타이너가 창을 돌리면서 말했다. 대화를 나누느라 공격이 멈췄고 그 때문에 장내가 소강상태에 접어들었다. 사방이 금세 성군들로 가득 찼다. 바하무트가 움직인 게 대략 이쯤이었다.

순식간에 떨어져 내린 폭룡무군이 그들에게 들러붙던 회색의 성군을 한꺼번에 도맡았다. 그 덕분에 거동이 한결 편해졌다.

"오네요."

"그러게요. 잡담도 끝이네."

이사벨라와 슈타이너가 정면에 섰다.

강한 기운이 그들 쪽으로 다가오고 있었다. 라이세크와 스라웬은 약간의 시간 차를 두고 눈치챘다. 레벨과 숙련도 차이였다.

스르르르.

모세의 기적이란 말이 있다.

성경에서 모세가 바다를 갈라서 도망쳤다는 뜻을 압축한 의미로서 현실에서 많은 무리의 사람이 길을 비켜주거나 혹은 그런 비슷한 행동을 보일 때 심심치 않게 사용하는 단어였다.

중앙 대신전에서 다가오는 이들과의 거리가 가까워질수록 회색의 성군이 약속이라도 한 듯 길을 비켜줬다. 폭룡무군은 당장 공격하지 않고 뭐하냐고 할지 모르지만 그들도 억지로 막지는 않았다. 상공에서 지켜보던 바하무트가 그리 조치한 것이다.

괜히 달려들어서 유능한 병사를 잃을 필요는 없다.

개인과 개인이 아닌 단체와 단체의 전쟁이다. 유리한 수를 잘 둬야 된다는 소리다.

주교들도 슈타이너들의 존재를 인지한 순간부터 폭룡무군을 공격하지 않았다. 적을 섬멸하려면 나뭇가지를 치기보다 뿌리 자체를 통째로 뽑아야 했다.

"어디로 튀었나 했더니 저 뒤로 숨었네."

"힘든 싸움이 되겠네요."

드디어 주교들이 육안으로 식별할 수 있는 위치까지 접근했다. 이사벨라는 조용했지만, 라이세크와 스라웬의 음성에서는 아쉬워하는 기색이 역력했다. 슈타이너가 의아해하며 물어봤다.

"팔라딘 하나와 가디언 둘, 그리고 하이 세인트 하나인가? 그런데 뭐가 튀었다는 거야?"

"하이 세인트, 저놈은 지금 나타난 셋과는 다르게 초반에 혼자 떨어져 있었다. 죽이려고 따라갔는데 잘도 빠져나가서 놓쳤지."

"에이! 바보냐? 그걸 놓쳐? 나였으면 이 창으로 똥구멍에 구멍을 내줬을 거다."

"방해도 심했고 결계의 견고함 탓에 유효타를 맞출 수가 없었다. 그리고 우리 셋도 못했는데 너는 됐을 것 같아? 이 멍청아."

슈타이너가 입술을 삐죽였다. 인정할 수 없다는 무언의 표시였다.

그의 스킬은 근거리보다 원거리에 치중되어 있다. 반대로 이사벨라와 라이세크는 근거리와 중거리의 반반이었다. 검사지만 오러를 자유자재로 다뤘기에 그나마 중거리로도 쳐주는 것이다.

하늘에서 파닥이는 스라웬이 원소술사라도 레벨과 아이템이 현저하게 밀렸다.

그래서는 소닉 붐과 히어로 아이템의 공격력을 따라갈 수 없었다.

"슈타이너 님은 잡을 수 있나요?"

"예? 아니… 그게 아니고 어… 예를 들어서 그렇다는 거예요."

가만히 있던 이사벨라가 정말이냐는 듯 물어봤다. 그녀의 자존심 상했을 수도 있다는 생각에 슈타이너가 말을 얼버무렸다. 제법 친해졌어도 여전히 이사벨라는 대하기가 조심스러웠다.

"그렇군요."

다행히도 이사벨라는 슈타이너의 말꼬리는 물고 늘어지지 않았다.

후우.

슈타이너가 한숨을 내쉬며 가슴을 쓸어내렸다. 말조심해야겠다.

"마지막으로 전투 상황을 예측해 보자."

"상대를 정하자?"

"누군가 하이 세인트를 끊임없이 괴롭혀야 한다. 버프 정도야 미리 걸었을 테니 넘어가고, 적어도 일반 힐이나 광역 힐이 들어가는 건 막아야 하니까. 기껏 패놨는데 힐 들어가면 좋겠냐?"

노력해서 죽이 직전까지 만들어놨는데 힐 몇 번 받았다고 생명력이 풀로 차버리면 허무함과 동시에 게임하기가 싫어질 것이다.

어떤 게임이든 힐러를 무방비 상태로 두는 건 멍청한 짓이었다.

"전 선두의 팔라딘 마스터를 상대하겠어요."

"윽! 찜해놓은 녀석을… 어쩔 수 없죠. 나는 레벨 높은 가디언."

이사벨라가 재빨리 선수 쳤다. 그녀는 동 레벨이자 2주교인 가디언을 지목했다. 슈타이너는 자신이 상대하려 했다는 듯 말하면서도 깔끔하게 포기하고 3주교인 팔라딘으로 눈을 돌렸다.

누굴 상대하든 중요한 것은 이기는 것이다. 남은 건 두 명이었다.

"예상대로 정했군. 그럼 내가 5주교를 상대하겠다. 스라웬 님이 힐러를 괴롭혀 주셔야겠습니다. 아무래도 근거리 계열의 검사보다는 원거리 계열의 마법사가 괴롭히는 게 훨씬 짜증 나니까."

라이세크가 말했다.

이것은 독단으로 결정한 사안이 아니었다. 단체 데스매치에서 승리하려면 개개인의 실력은 물론이고 대전 상대를 어떻게 짜느냐도 중요하다. 스라웬을 제외한 셋은 근접 전투 유저였다.

슈타이너나 이사벨라라면 괴롭히는 것을 넘어 죽일 수도 있겠지만, 그리되면 2, 3주교를 상대할 자가 없었다. 일행 중 약체에 속한 라이세크나 스라웬에게는 애당초 선택권이 많지 않았다.

이는 쿠라이를 데려오지 않은 이유 중에 하나였다. 그는 호전적인 성격이었다. 도망치는 힐러 뒤꽁무니나 쫓으라면 퍽이나 잘하겠다. 설득하면 되겠으나 약간의 잡음은 생길 것이다.

"안 그래도 그러려고 했어요. 틈틈이 도와드릴게요."

"저는 괜찮아요."

"저도… 차라리 라이세크에게만 집중하시는 게 좋을 듯합니다. 20 이상의 오버 레벨을 상대해야 하니 분명 힘에 부칠 겁니다."

슈타이너와 이사벨라는 도움을 거절했다. 단체전이라도 숫자가 같으니 자연스레 일대일 구도가 성립된다. 비슷한 레벨에 신성스킬을 도배했어도 비기면 비겼지 진다는 생각은 안 들었다. 자만이라 해도 좋고 자신이라 해도 좋다.

아우우우!

먼 곳에서 흉포한 하울링이 들린다. 쿠라이의 울부짖음이었다. 스킬이 폭발하고 건물이 무너지는 소리가 여기까지 흘러왔다.

"동료가 걱정되나?"

"아니."

쿠라이가 있는 곳을 쳐다보던 슈타이너의 시선이 정면을 향했다. 다른 일행도 소리에 이끌렸던 관심을 그쪽으로 돌렸다. 말을 건 사람은 2주교인 엔젤릭 가디언 로드 테브리다였다. 어느새 다가왔는지 엎드려서 코 닿을 만큼 가까이 있었다.

몬스터나 NPC는 레벨이 곧 실력이다. 하나같이 강하다는 티를 팍팍 풍겼고, 화려한 외관으로 보건대 장비도 좋을 게 분명했다.

같은 주교라도 숫자에 따라 서열이 나눠지나 보다. 테브리다가 말하자 다른 주교들은 그가 대리인이라도 되는 듯 입을 닫았다.

"사원을 침범한 죄는 목숨으로 갚아라."

"그래."

"쯧쯧! 진작 잘못을 빌었으면 살려줬을 텐데, 늦게 인정하는구나."

"아… 말을 안했구나."

콰득.

슈타이너가 창을 꽉 쥐었다. 차가운 금속과 살이 어긋나며 뼈갈리는 마찰음이 귀를 헤집었다. 그가 곧 공격할 거라고 생각한 일행은 미리 정한 상대들에게로 눈빛을 줬다. 채 10미터도 떨어져 있지 않았다. 서로가 인식하기까지 찰나에 불과했다.

"내 목숨으로 갚는단 소리는 아니었어."

"뭐라?"

파앙!

분영에서 발생한 수백 개의 창영이 공간을 관통하며 4명의 주교를 가리지 않고 공격했다.

파파파팟!

그들은 창영을 피하거나 막으면서 뒤로 물러났다. 자의 반 타의 반으로 아군끼리 거리를 벌린 것이다.

쩌엉!

슈타이너들이 자신의 상대를 찾아갔다. 사방으로 흩어졌기에 복잡하게 일부러 떨어뜨릴 필요가 없었다. 스라웬은 허공에서 자유자재로 날아다니며 본격적으로 힐러 괴롭히기에 들어갔다.

"건방진 놈들! 천사시여! 우리에게 힘을 주소서! 블레싱 필드!"

"적을 물리칠 권능과 절대적인 방패를 내려주소서! 홀리 파워! 언컨디셔널 디펜딩 쉴드!"

슈타이너가 상대하는 로열 팔라딘 마스터 필베른과 라이세크가 상대하는 홀리 가디언 디펜더 아케이론이 스스로가 걸 수 있는 최고의 축복을 걸었다. 이사벨라와 검을 맞대는 테브리다도 중얼거리는 걸로 봐선 같은 행동을 취하는 걸로 보였다.

블레싱 필드는 시전자를 포함해서 반경 30미터 내에서 활동하는 아군의 능력을 15% 증가시켜 주는 스킬로서 파티 전용이었다.

유저가 배우는 종류로는 이만한 효과를 누릴 수가 없다. 모르긴 몰라도 히어로 등급은 되어야 가능할 것이다. 홀리 파워와 언컨디셔널 디펜딩 쉴드도 공격력과 방어력을 뻥튀기해 준다.

세 스킬의 공통점은 떨어지지 않고 모여 있으면 중첩돼서 더더욱 강해진다는 거였다. 아무래도 직업이 파티 플레이에 맞춰졌다 보니 일반 전투 계열보다 단체전에서의 활약이 두드러졌다.

파지지직!

모두가 바빠질 쯤 홀로 허공에 있던 스라웬이 몸을 움직였다. 그녀의 전신이 푸른 뇌전에 휩싸였다. 어디로 튈지 모르는 전기의 독특한 특성이 더해지며 무시무시한 현상을 만들었다.

스슥!

스라웬이 사라졌다. 눈에 안 보이는 속도로 움직이며 그녀가 맡은 6주교 하이 세인트 튜세킨에게 수십 개의 벼락을 선물했다.

쩌쩌쩌쩡!

튜세킨의 주변에 두터운 결계가 생성되며 하늘에서 내리치는 벼락을 막았다.

여유롭게 막기에는 다소 버거웠는지 괴로운 표정을 짓고 있었다.

콰쾅!

벼락이 사방으로 튀었다. 내리칠 때는 거대했지만, 결계에 의해 여러 개로 쪼개졌다.

그러나 쪼개져도 3차 전직 유저의 공격이었다. 회색의 성군은 그 번개에 맞고 일격에 타 죽었다. 단점은 폭룡무군도 휩쓸렸다는 것이다. 제어를 벗어난 스킬은 아군과 적군을 안 가렸다.

스라웬은 지금 과부하를 각오하고 제우스의 분노만 사용 중이었다. 아직 중반과 후반은 사용을 자제했지만 오래가지 않을 듯했다.

'정말이지 빈틈이 없어. 동 레벨의 힐러가 이 정도로 까다롭다니.'

스라웬이 말하는 빈틈은 고수들 사이에서나 찾는 그런 게 아니었다. 완벽한 결계를 형성해서 공격을 차단하는 단단함이었다.

고 레벨의 하이 세인트를 상대해 보기는 처음이었다. 이건 그녀 말고 다른 유저들도 해당된다.

신관 계열은 솔로 플레이가 어려워 파티에 의존해야 한다. 재력이 따라주지 않으면 혼자 키우기 좋은 직업이 아니란 뜻이다. 길드의 후원을 받아 양성하는 이가 과반수 이상이었다. 그래서인지 포가튼 사가의 직업 중 분포도가 낮은 편이었다.

이리되니 제대로 된 힐러가 극소수였다. 그녀가 2차 전직이었던 시절 199레벨의 프리스트는 장비가 보통만 돼도 좋게 대접해 줬다. 욕이 나올 정도로 발컨이 아니라는 전제하에 말이다.

타 직업은 2차 전직이 속속들이 등장했지만 현재 시점에도 프리스트의 강화판인 세인트는 한둘에 불과했다.

상황이 이럴진대 3차인 하이 세인트는 얼마나 더 기다려야 할지 기약이 없었다. 비교할 만한 대상이 없었기에 유저들 간에 실력을 겨루는 PVP도 프리스트를 상대로는 전적이 전무했다.

차라리 팔라딘이나 뭉크면 맞붙어 싸우면 그만이다. 생존력으로 치면 최고인 힐러는 스라웬에게 스트레스를 불러 일으켰다.

콰쾅!

우우우웅!

한쪽은 치고 한쪽은 막는 그녀의 전투는 굉장히 단순했다. 그럼에도 침착하게 튜세킨의 스킬을 끊고 집중력을 분산시켰다.

"홀리 크로스!"

기계처럼 같은 행동을 반복할 때였다.

도망치면서 방어만 하던 튜세킨의 전방에 빛이 번쩍이며 거대한 십자가가 소환됐다.

그 십자가는 환하게 발광하면서 스라웬에게로 빠르게 날아왔다.

지지지직!

쾅!

십자가가 눈앞에서 폭발하며 시야를 가렸다. 순간 당황하며 불파뇌를 사용했지만 어찌나 약한지 데미지가 50도 안 들어왔다.

"디바인 프로텍트! 엔젤 샤프니스!"

"이런!"

그것은 방심을 유도한 속임수였다. 튜세킨은 스라웬이 멈칫했던 잠깐 사이 거리를 계산하고는 정확히 주교들의 중간지점에서 방어력과 절삭력을 대폭 상승시켜 주는 축복스킬을 걸었다. 별것 아닌 것처럼 보여도 명색이 하이 세인트의 버프였다.

[괜찮아요. 신경 쓰지 마세요.]

[저희가 거리를 좀 더 벌리겠습니다. 지금처럼 유지만 해주세요.]

혹시라도 스라웬이 신경 쓸까 봐 이사벨라와 슈타이너가 괜찮다는 뜻을 전했다. 둘은 아직 여유가 있었다. 다만 라이세크는 오버 레벨과 싸우다 보니 전투 진행 상황이 굉장히 빡빡했다.

후우!

스라웬이 미안한지 한숨을 내쉬었다. 꼴사납다고 해야 할까? 막기만 하는 샌드백에게 한 방 먹었다 생각하니 기분이 나빴다.

"라이트닝 필드."

콰릉콰릉!

스라웬이 힘을 드러냈다.

그녀의 몸을 타고 뿜어지는 뇌전 줄기가 영역을 구축했다. 100미터 반경에 천둥번개가 사정없이 내리치며 외부와의 교류를 차단시켰다.

마력 소모가 심해서 오래 유지할 수 없는 기술이었다. 인벤토리에 보유한 마력 회복 포션이 바닥나기 전에 승부를 봐야 했다.

*   *   *

스톰 브링거.

라이세크가 몇 번의 실패 끝에 2차 전직에 성공하며 만들어 낸 풍속성 계열 유니크 조합 스킬이다.

등급은 최상급으로 당시 이 스킬의 재료를 구하려고 유저들의 인벤토리와 경매장을 죄다 들쑤시고 다녔다. 그 덕분에 엄청난 자금을 소모해서 파산 위기까지 몰렸었다. 지금이야 매물도 많고 안전한 조합 루트도 뚫려 마음만 먹으면 충분히 만들어낸다. 여전히 쉽지는 않았지만 확률이 극악하지만은 않았다.

스톰 브링거와는 기나긴 시간을 함께했다. 이 녀석의 도움을 받아 레벨 빨로 대륙십강에 들어간 게 아니라는 사실을 증명했다. 비록 말석이었어도 포가튼 사가 내에서 절대자라 불리는 유저들과 어깨를 나란히 하며 부와 명성을 거머쥘 수 있었다.

바하무트와 슈타이너의 배려로 기가 블레이드라는 히어로 스킬을 얻었어도 솔직히 말해서 그에게 익숙한 건 스톰 브링거였다.

그런데 지금 그 스톰 브링거가 거의 무용지물이 되어가고 있었다.

상대는 가디언이라는 직업답게 몰아치는 폭풍을 철벽처럼 버텼다.

부우우웅!

라이세크의 검에 오러가 깃들며 3미터 길이의 소울 블레이드를 뽑아냈다. 오러 블레이드만 되어도 강철을 두부 자르듯이 베어낸다. 이쯤이면 맞부딪히는 걸 심각하게 고려해 볼 만하다.

쩌엉!

육중한 중갑을 착용한 아케이론이 방패를 들어 측면을 방어했다.

잘려야 정상일 법한 방패가 빛을 발하며 라이세크의 검을 튕겨냈다. 막은 게 아니라 튕겨낸 것이다. 방패 자체의 강도도 강도지만 이는 언컨디셔널 디펜딩 쉴드가 가져다주는 효과였다.

'손목이 시큰시큰하군.'

실제로 고통을 느끼진 않는다. 그래도 튕김의 충격을 가장 많이 받고 흡수하는 신체 부위가 검의 방향을 조절하는 손목이었다.

아직 가벼운 상태이상인 부분골절이나 파열이 생기지는 않았다.

그렇다고 안심은 금물이다. 가뜩이나 전체적인 면에서 상대에게 밀리는 상황이었다. 이런 상태가 지속되면 생길지도 모른다.

"약하구나!"

"그런 말은 많이 들어서 식상하군."

아케이론의 비하 발언에 라이세크는 아무렇지 않은 척 대꾸했다.

반은 진담이고 반은 농담이지만 약하다는 말을 하도 많이 들어서 이제는 그러려니 했다. 어차피 저런 말을 들어도 이길 상대에게는 이기고 질 상대에게는 진다. 말은 말일 뿐이었다.

만약 쿠라이나 슈타이너가 들었다면 눈에 쌍심지를 켰을 것이다.

'방어가 견고하다. 공격력이 낮다지만 레벨과 비교했을 때나 그렇지 무시할 정도는 아니야. 더군다나 저 하이 세인트 때문에 공략 난이도가 올라갔어. 후… 중복 버프가 무섭긴 무섭군.'

호흡을 가다듬은 라이세크가 아케이론과의 거리를 벌렸다. 홀리 가디언 디펜더라는 명칭에 걸맞은 능력을 지니고 있었다.

묵직하고 또 묵직했다.

이건 숫제 조잡한 막대기 하나만 들고 철 기둥을 쳐대는 느낌이다.

격투 경기에서도 막는 사람보다 치는 사람이 빨리 지친다. 물론 칠 때마다 적의 숨통을 옥죄는 유효타를 날린다면 모르겠지만 그게 아니라면 단순히 체력 소모만 하는 꼴이었다. 현재 라이세크도 그와 비슷한 과정을 밟는 중이었다. 다른 점이 있다면 성격이 침착했기에 페이스 조절을 한다는 정도랄까?

콰릉콰릉!

라이세크가 생각에 잠겨 있던 때 스라웬이 생성한 라이트닝 필드가 범위를 넓혔다. 라이세크와 아케이론이 다가오는 뇌전에게서 멀리 떨어졌다. 그 일대에서 싸우던 모든 이도 같은 행동을 보였다.

'라이트닝 필드로군.'

파티창으로 보이는 스라웬의 마력이 요요처럼 줄었다가 찼다가를 반복했다. 마력 회복 포션을 일정 시간마다 복용하고 있는 것이다. 소지 제한으로 볼 때 단시간 내로 끝내는 게 좋았다. 파티의 승리를 위해 어떻게든 하이 세인트를 죽이려는 듯했다.

'남 걱정 하기는.'

쓴웃음이 나왔다. 그나마 스라웬은 사정이 나은 편이다. 그녀의 적은 전투력이 전무하다시피 했다.

죽이지 못한대도 죽을 염려는 없었다. 그러나 라이세크 본인이 상대하는 아케이론은 그를 죽일 충분한 살상 능력을 보유했다.

"쉴드 어택!"

"큭!"

쿠우우웅!

아케이론이 성난 들소처럼 돌진했다. 기본 골격도 길고 두꺼웠고 중갑까지 착용했다. 그런 놈이 제 몸뚱이만 한 사각 방패를 앞세우고 돌진하니 숫제 탱크가 밀어닥치는 착각마저 일었다.

파팟!

속도는 느렸기에 라이세크는 어렵지 않게 피했다. 그가 피하자마자 뒤에 있던 기둥에 쉴드 어택이 작렬했다. 지름 1미터 가까이 되는 기둥밑동이 일격에 파괴되며 한쪽으로 기울어졌다.

쿠웅!

시끄러운 소리가 울렸지만 이미 주변은 그보다도 심한 난장판으로 변한지라 누구도 신경 쓰지 않았다.

스톰 브링거 제이식 : 스톰 댄싱.

라이세크가 스텝을 밟았다. 그의 육체가 흔들리며 본인과 똑같이 생긴 분신 수십 개를 생성했다. 누가 누군지 분간할 수 없다. 그는 한 명이자 여러 명이었고 여러 명이자 한 명이었다.

콰콰콰콰!

스톰 댄싱의 한 방 한 방은 스톰 브링거의 다섯 가지 스킬 중에서 가장 약하다. 그러나 누적 데미지로 따진다면 두 번째였다.

그런데도 이식인 이유는 간단했다. 모든 공격을 적중시키기가 어렵기 때문이다. 그가 못 맞추는 게 아니라 적이 피해서였다.

"이 미꾸라지 같은!"

"너처럼 느린 녀석에게는 스톰 댄싱이 제격이지. 맞추기가 쉽거든."

말 그대로였다. 아케이론의 반응 속도는 나쁘지 않았다. 이는 좋지도 않다는 뜻이다. 스톰 댄싱은 어중간한 쾌검이라 사용하기 적당한 조건을 갖추기가 까다로웠다. 그래도 지금은 만족한다.

쩌쩌쩌쩡!

수십 명의 라이세크가 아케이론을 둘러싸고 소울 블레이드를 내려쳤다. 도망칠 구멍을 완벽하게 막았기에 피할 곳은 없었다.

그그그극!

아케이론이 몸을 웅크렸다. 그런 그의 갑주와 방패 위로 수많은 실선이 그어지고 사라지며 방해물을 치우기 위해 노력했다.

스톰 브링거 제사식 : 스톰 브레이크.

기회를 포착한 라이세크가 검을 땅바닥 깊숙이 찔러 넣었다.

그의 오러가 땅속에서 폭발하며 일대의 지반을 무너뜨렸다. 스톰 댄싱을 방어하던 아케이론이 몸을 휘청이며 중심을 잃었다. 아마 스킬 두 개를 연달아서 맞았으니 충격이 있을 것이다.

휘리리릭!

라이세크가 아케이론의 머리 위로 점프하며 몸을 회전시켰다. 아직 끝난 게 아니었다. 몸을 곧추세울 시간을 줄 수 없었다.

콰콰콰콰!

순식간에 하늘과 땅을 연결시켜 주는 거대한 폭풍이 생기더니 미친 듯이 왔다갔다거렸다.

폭풍은 자신과 부딪히는 모든 것을 가루로 만들면서 사정없이 빨아들였다. 스톰 브링거의 오의인 토네이도 트위스트였다.

콰릉콰릉!

콰콰콰콰!

한쪽에서는 벼락이 떨어지고 한쪽에서는 폭풍이 불어닥쳤다.

자연에서 비롯된 게 아닌 만들어낸 것이었지만 그 위용만큼은 절대 부족하지 않았다. 오히려 어떤 면에서는 더욱 무서웠다.

"네 이놈! 이따위 폭풍! 모조리 날려주마! 리플렉션 디펜스!"

퍼어어엉!

아케이론이 갇힌 곳으로 추정되는 폭풍의 밑바닥에서 빛이 새어 나왔다. 그리고는 자신을 기준으로 반경 70미터를 통째로 날려 버렸다.

죽을 정도는 아니었지만 토네이도 스위스트가 강제로 풀리면서 라이세크에게 적지 않은 데미지를 반사했다. 아케이론이 보유한 스킬 중 세 손가락 안에 드는 게 리플렉션 디펜스였다.

"콰당탕탕!"

하늘에 떠 있던 라이세크가 길바닥 돌멩이 던져지듯 날아갔다. 건물에 처박히고도 모자라서 축구공마냥 바닥에서도 튕겼다.

세상모르게 튕기던 그가 마지막으로 멈춘 곳은 어느 담벼락이었다. 말이 멈춘 거지 담벼락에 박혔다는 표현이 알맞을 듯했다.

"커흑!"

스윽.

입에서 피를 뱉어낸 라이세크가 회복 포션을 복용했다. 저런 스킬이 있을 줄은 상상도 못했다. 강력하긴 해도 제약이 심할 것이다. 제 마음대로 사용할 수 있으면 그건 밸런스 붕괴였다.

"쿠콰콰콰!"

"뭐, 뭐야!"

"아까까지 저쪽에 있던 놈이 왜 여기 있어! 죽기 싫으면 비켜!"

슈타이너였다. 그는 전방에서 날아오는 소울 블레이드를 막으면서 생기는 충격 탓에 연신 밀려났다. 중병기에 속하는 창이 그의 손에서 빛살처럼 움직이며 모든 공격을 사전에 차단했다.

"자, 잠깐만!"

"잠깐이고 뭐고 빨리 피해. 널 보호하며 싸울 만한 상대가 아니야!"

라이세크가 당황하며 손을 휘저었다. 마음 같아서는 그도 피하고 싶었다.

다만 마음과 다르게 몸은 상태이상 경직에 걸려 내뺄 수가 없는 상태였다. 심하지는 않았기에 앞으로 1분만 지나면 풀린다.

"실망이군. 이게 정녕 신족으로 추앙받는 용족의 힘이란 말인가?'

로열 팔라딘 마스터 필베른은 진심으로 실망했다. 천족과 마족하고 어깨를 나란히 하는 용족의 힘이 고작 이렇다니. 80%의 힘만으로도 우세를 점했다. 스스로 긴장했던 게 부끄러웠다.

"네가 나에 대해서 알아? 놀아줄 때 조용히 즐겨라."

"재미있군."

조소하는 필베른을 보며 슈타이너가 콧방귀를 꼈다. 현재 그는 현신을 최대한 자제했다. 되도록 이 모습으로 적의 전력을 깎는 게 목표였다. 그런데 그걸 몰라주고 저리 까부는 것이다.

"여기 있었군."

"아이… 저건 또 뭐야? 야! 네 상대를 여기로 데려오면 어떡해?'

아케이론이 라이세크를 찾아왔다.

리플렉션 디펜스로 날려 버렸지만 죽지 않은 걸 알고 있었다. 졸지에 주교 두 명에게 빵에 덮인 햄처럼 샌드위치 당해 버렸다.

"미안."

"됐다. 확실히 개인전으로는 어렵겠네."

슈타이너는 더 잔소리를 하려다가 그만뒀다. 이사벨라와 스라웬은 잘해내고 있는 듯했다.

딱 봐도 라이세크 혼자서는 아케이론을 죽이지 못할 것 같았다.

'현신해도 나 혼자 둘을 상대할 수는 없다. 해왕이와 권능이를 잘 사용해도 마찬가지야.'

히어로 아이템이라도 지닌 바 한계는 명확했다. 잘해봐야 둘 중 한 명을 저승길 동무로 데려가는 게 전부일 거다. 그러나 라이세크가 뒤만 잘 봐준다면 주교 둘을 죽일 자신이 있었다.

"지금부터 정신 바짝 차려라. 저 새끼들 더 강해졌을 테니까."

서로 고생해 가며 떨어뜨려 놨는데 다시 붙어버렸다. 모이면 버프 효과가 중복되니 아마 일대일로 싸웠을 때보다 까다로울 터였다.

"안다. 대책은?"

"그냥 정신 차리고 죽이면 되지 대책은 무슨!"

파아아앗!

슈타이너가 현신했다. 그의 기운이 거세지며 주교들을 내리눌렀다. 화려한 황금빛이 번쩍이며 골든 나가의 본체가 드러났다.

"그게 그대의 진정한 힘인가?"

"글쎄?"

소닉 붐(Sonic boom) : 중반 오식.

환영살(幻影殺) : 죽음의 환영.

환영살이 전개됐다. 평소에 사용하던 위력과는 천지차이였
다. 필베론과 아케이론이 기겁하며 신성력을 둘렀다.

퍼퍼퍼펑!

결계를 흔드는 충격에 두 주교가 눈살을 찌푸렸다. 신성스킬
의 보호가 없었다면 일격에 살이 찢기고 뼈가 부러질 만큼 강했
다.

파앗!

슈타이너의 꼬리 근육이 급격히 부풀며 지면을 튕겼다. 쿠라
이만큼 커다란 육체가 잔상을 남기고 사라졌다. 다시 나타났을
때는 주교들 사이를 파고든 뒤였다. 그때부터 음속조차 넘어서
는 소닉 붐이 발동 걸리며 물 만난 물고기마냥 미쳐 날뛰었다.

우우우웅!

잠시 뒤로 빠져 있던 라이세크의 검이 미세하게 떨리며 오러
를 유형화시켰다. 본인의 오러로 검을 감쌀 때와는 사뭇 달랐
다.

마치 검 위에 검을 덮어놓은 것처럼 깔끔했다. 닿기만 해도
잘릴 듯 날카로운 예기가 느껴졌다. 그럴 수밖에 없다. 이는 그
레우스 공작의 독문검술이던 히어로 스킬 기가 블레이드였다.

"그럼 나도."

슈타이너가 제아무리 강해도 둘은 힘들다.

그의 전투에 방해되지 않도록 주교들의 신경을 분산시켜야
했다.

펄럭.

붉은 피막으로 이루어진 날개가 오르내린다. 바하무트가 그 율동에 몸을 맡겼다.

거의 무방비 상태에 가까웠지만 폭룡무군 두 개 부대가 철통 같이 에워싸고 있었기에 걱정은 없었다. 그는 지상으로부터 200미터가량 떨어진 상공에서 아래의 상황을 주시하고 있었다.

스라웬을 시작으로 슈타이너와 라이세크가 본격적인 전투에 돌입했다.

현재까지는 굉장히 순조로웠다. 가장 강한 2주교를 상대하는 이사벨라도 소드 퀸이라는 명성에 걸맞게 치열한 공방전을 이 어갔다.

분위기로 볼 때 아군의 승리는 기정사실이었다. 주교들의 숫 자가 부족했다. 브레인의 말마따나 신성결계 복구에 투입됐는 지 어찌 됐는지는 모른다. 확실한 건 이 자리에 없다는 것이었 다.

스윽.

바하무트의 시선이 일행 중 유일하게 고전하고 있는 녀석에 게로 향했다. 성문 근처에서 홀로 3주교와 싸우는 쿠라이였다.

둘 다 기교를 배제한 육탄전을 즐겨서인지 치열하기 그지없 었다.

그러나 치열함과 승패 여부는 달랐다. 실력이 비슷하면 무승부를 기대하겠지만 그 차이가 뚜렷했다. 이리되면 승자와 패자가 분명하게 나뉜다. 지금 바하무트가 아닌 어느 누구라도 쿠라이와 파울로의 전투를 지켜본다면 입을 모아서 말할 것이다.

"저 녀석, 도와주지 않고 방치하면 반드시 죽는다. 어디 가볼까?"

생각은 짧았다. 바하무트가 쿠라이에게로 날아갔다. 그의 뒤를 폭룡무군이 바짝 따라왔다. 모두들 아직 죽을 때가 아니었다.

*   *   *

상대를 조각낼 기세의 손톱이 전방을 난도질했다. 파울로는 그런 손톱을 요리조리 피하면서 쿠라이의 품속으로 파고들었다.

쾅!

땅을 박찬 파울로가 쿠라이의 턱을 힘차게 올려쳤다. 어퍼컷을 허용한 쿠라이는 골이 울리는지 휘청이며 무릎을 꿇었다. 공격은 그것으로 끝나지 않았다. 더 큰 한 방이 기다리고 있었다.

쩌엉!

파울로가 공중에서 자세를 바꿨다. 주먹을 회수한 그가 옆차기로 쿠라이의 얼굴을 후려쳤다. 각력이 어찌나 강한지 거대한 늑대 인간의 육체가 땅바닥에 처박혔다. 무시무시한 연타였다.

퍼억!

물론 쿠라이도 순순히 당해주지만은 않았다. 파울로가 지상에 안착할 쯤, 처박힌 상태에서 채찍 같은 꼬리로 그의 복부를 훑었다. 치고 맞고, 맞고 치고, 이들의 전투는 이런 식이었다.

크아아앙!

쿠라이가 흉성을 폭발시켰다. 시뻘건 눈동자가 번들거리며 파울로를 노려봤다. 침까지 흘리는데 흡사 광견병에 걸린 개 같았다.

치이이익!

흉측한 상처 부위에서 흰 수증기가 발생했다. 저절로 치료되는 것이다. 그런데 그 속도가 상당히 더뎠다.

라이칸스로프의 회복력은 용족보다도 뛰어나다. 트롤처럼 잘린 팔을 재생시키지는 못해도 그 자리에서 갖다 붙일 수는 있었다. 이런 회복력이 말을 듣지 않는 이유는 그만큼 전투가 힘겨웠기도 했지만 파울로가 사용한 회복 차단의 영향 탓이었다.

회복 차단은 회복 내성을 50% 감소시킨다. 자체 회복력은 물론이고 외부에서 들어오는 마법이나 포션의 효과도 줄어든다. 쿠라이의 계산으로 지속 시간은 5분에 딜레이는 10분 정도였다. 10분에 5분 동안은 꼬리표처럼 달고 다녀야 한다는 뜻이다.

항마력이 높으면 튕겨내겠지만 아쉽게도 그만큼 높이지를 못했다.

"슬슬 한계를 드러내는군."

"제길!"

쿠라이가 이를 갈았다. 지는 걸 좋아하는 사람은 없다. 특히나 그는 자존심이 강했기에 더더욱 그러했다.

나름대로 선방하고 있었지만 승기는 항상 파울로에게 머물렀다.

쿠콰콰콰!

각기 다른 방향에서 발생되는 충돌이 이곳까지 뻗어왔다. 다들 부여받은 임무를 완수하기 위해서 노력하고 있다는 증거였다.

"모이지를 못하고 있군. 좋지 않아. 상대의 강함이 생각 이상인가?"

슈타이너가 주교들을 떨어뜨려 놓은 것처럼 그들도 자신들이 뭉쳐야 한다는 것을 잘 알았다. 똑같은 신성력을 쓰더라도 배운 것들이 저마다 달랐기에 붙어 있어야 최고의 효율을 뽑아낸다. 개개인도 충분히 강했지만 어찌 될지 모르는 게 앞날이었다.

"무리를 해서라도 빨리 끝내야겠다. 상처는 나중에라도 치료할 수 있으니까."

파울로는 되도록 큰 상처를 피한 채로 쿠라이를 쓰러뜨리려고 했다. 그편이 변수를 대비하고 주교들을 도와주는 데 유리하기 때문이다. 하늘에서 용족의 군대가 떨어지기 전에는 급하지 않았다. 적들이 제아무리 강해도 실질적인 전투 인원은 5명에 불과했다. 그런데 이제는 느긋하게 기다릴 수가 없었다.

"그건 네 희망 사항이야."

"오기야말로 스스로를 망치는 지름길이지. 희망 사항인지 아닌지에 대한 결과는 곧 알게 될 터, 이해시키고픈 마음은 없다."

쿠라이가 듣기 싫어하는 말일 뿐, 파울로는 정답을 말하고 있었다. 그렇다고 세세하게 풀어놓지는 않았다. 부정하고 또 부정해도 마지막 순간이 오면 알기 싫어도 저절로 알게 될 것이다.

우우우웅!

파울로가 자세를 잡고 강대한 신성력을 오른손에 집중시켰다. 슈타이너와 스라웬에게 날렸던 그레이트 홀리 피스트의 예비 동작이었다. 당시에는 경각심이 적었기에 전력을 다하지 않았다. 그게 아니었다면 구풍잔격 한 방에 뚫렸을 리가 없었다.

"가루로 만들어주마!"

"웃기지 마!"

쿠라이가 지그재그로 움직이며 파울로의 시야를 교란했다. 저 기술은 직선 찌르기였다. 처음에는 멋모르고 몇 번 당했다. 그러나 약점을 파악한 뒤로는 이와 같은 방법으로 쉽게 피했다.

"이 기술의 약점이 직선이라 해도 너무 그 방법만 고집하는구나."

"뭐?"

"죽어라. 그리고 죽기 직전 후회해라."

"후회는 나중에."

"누구냐?!"

파울로는 갑작스런 목소리에 기겁하며 소리가 들려온 쪽을 쳐다봤다. 반응하기까지 고작해야 찰나였다.

다만 상대의 존재를 인지했을 뿐 다가오는 공격을 막지는 못했다.

화르르륵!

다가오던 그대로 대염왕권을 조합한 바하무트가 파울로를 있는 힘껏 때렸다. 겁화의 위엄만 빼고 레벨 초기화 전에 사용하던 모든 장비를 착용해서 능력으로 따지면 299레벨과 비등

했다.

파울로는 대포에서 포탄이 쏘아지듯 시원하게 날아갔다. 그 속도가 워낙에 빨랐기에 마치 자리에서 사라진 것처럼 느껴졌다.

"이익! 방해하지 마라! 바하무트!"

"자존심을 지켜주면 서로 좋겠지만 그것 때문에 퀘스트를 망칠 수는 없잖아? 내가 누누이 말했을 텐데, 개인보다는 단체라고."

일단은 짝이 맞아 일대일 대결 구도가 되었어도 일차적인 목적은 어떤 짓을 해서라도 주교들을 죽이는 거였다.

뒤치기든 옆치기든 방법 같은 건 상관없다. 그렇게 하나둘 숫자를 줄여 나가다 보면 성혈의 사원을 공략할 수 있으리라 여겼다.

"큭! 2차 전직으로 뭘 어떡하겠다는 거냐? 만년염옥을 복용할 생각인가?"

"아니. 일행이 어떤 결과를 가져다주느냐에 따라서 달라지겠지."

아직은 복용할 생각이 없었다.

폭룡무군이 회색의 성군을 죽이면서 얻는 극소량의 경험치가 쌓이는 중이었다. 장담은 못해도 이곳 전부를 싹쓸이하면 레벨이 제법 오를 것이다. 어쩌면 249레벨을 달성할지도 모른다.

파파파팟!

바하무트의 뒤를 따라온 폭룡무군 두 개 부대가 지상에 내려서며 다시금 그를 둘러쌌다. 애당초 그리 명령해 놨다. 지금 레벨로 돌아다니는 건 위험하다. 좋든 싫든 보호가 필요했다.

"한 개 부대는 일정 반경 내에 살아남은 잔당을 처리하고 돌아와라."

난전이 계속되면 상대의 생사를 정확하게 확인하지 않는다. 치명적인 상처를 입히고 이만하면 죽었으리라 생각되면 다른 적을 찾아간다. 간혹 살아남은 놈들이 있는 이유는 이래서다.

쿠웅!

"아파할 줄 알았건만, 단단하네."

파울로가 신성력을 줄기줄기 뿜으며 제자리로 돌아오고 있다. 그가 걸음을 옮길 때마다 땅이 파이며 발자국이 만들어졌다.

"내 공격을 맞고도 멀쩡했는데 그런 불 주먹 한 방에 어찌 되겠냐?"

쿠라이가 어림도 없다는 듯 말했다.

때리고 또 때려도 놈은 피 한 번 토해내지 않았다. 그렇다고 멀쩡한 건 아니었다. 파울로도 어느 정도 부상을 입은 상태였다. 약한 모습을 보이기 싫어 겉으로 내색하지 않았을 뿐이지.

조금 전 바하무트의 공격도 눈치 못 챈 사이에 맞아 크리티컬이 터졌다. 이만하면 3차 전직 유저의 공격을 맞은 것과 같았다.

"쿠라이, 몸빵해라."

"몸빵?"

"뒤섞여 싸우면 스킬 쓰기도 힘들고 아무튼 다수가 불리해. 네가 정면에서 싸우고 나와 폭룡무군이 놈의 시선을 교란한다."

바하무트는 슈타이너와 라이세크의 전술을 선택했다. 따라했다기보다는 이것밖에는 답이 없었다.

"그래."

웬일인지 쿠라이가 순순했다.

그도 자존심 챙길 때가 아님을 안 것이다. 아마 바하무트의 말을 어기면 세상에서 제일 무서워하는 마누라에게 혼날 터였다.

'폭룡무군의 피해가 크다. 최소한 저놈 하나라도 죽여야 해.'

바하무트가 줄어드는 숫자를 체크했다. 벌써 3,000 정도가 죽었다. 현실의 돈으로 따지면 어지간한 건물 한 채 값과 맞먹었다.

마음이 아팠지만 그래도 이 녀석들 덕분에 퀘스트 보상에 대한 지분이 다른 이들보다 높았다.

어쨌든 이만한 피해에도 성과를 내지 못하면 공략은 조금씩 안드로메다로 날아갈 것이다. 그러니 눈앞의 하나라도 따야 했다.

"강하든 약하든 네놈 또한 일을 벌인 놈 중의 하나렷다. 7명 중 2명의 목숨이라면 대주교의 근심을 덜어드릴 수 있겠구나."

파울로는 기습당했다는 점에서는 불쾌했지만 어차피 하나둘 찾아 죽일 바에 이렇게라도 한꺼번에 죽이는 게 좋다고 생각했다.

"싸워, 쿠라이!"

"왠지 기분이 이상하군."

쿠라이는 그리 말하면서도 바하무트가 시키는 대로 했다. 그로서는 싸우는 것만이 스스로가 선택할 수 있는 최선의 길이었다.

쿠우우웅!

성난 늑대의 돌진은 스킬 명에서 알 수 있다시피 몸통 박치기의 일종이었다. 인간 유저의 차지나 어택과 비슷하지만 라이칸스로프의 육체와 속도가 결합되어 무지막지한 위력을 지니고 있었다.

드드드득!

파울로는 쿠라이의 피하지 않고 공격을 버텨냈다. 근력은 제외한 다른 능력치는 그가 더 높았다. 짓누르는 힘에 발이 땅을 파고 들어갔다. 그걸로도 모자라서 파묻힌 그대로 밀려났다.

화륵!

"훙! 양동작전인가?"

바하무트는 파울로의 비웃음을 무시한 채 그의 등판에다가 염왕권을 마구 갈겨댔다.

신성력이 공격의 대부분을 차단함에도 신경 쓰지 않고 밀어붙였다. 전장의 분위기가 무르익었다. 최선을 다할 때가 온 것이다. 쿠라이는 파울로가 못 움직이도록 붙잡았다. 안 통하는 공격은 없다. 그저 1이 달거나 100이 달거나 정도의 차이였다.

"으윽! 비켜라!"

"싫어!"

터엉!

쿠라이가 양손을 맞잡고는 아래로 내려쩍었다. 확실히 바하무트의 공격보다는 위력적인지 머리를 세차게 가격당한 파울로가 일순간 멍한 표정을 지었다. 상태이상 스턴에 걸린 것이다.

운이 좋았다. 레벨과 등급이 높을수록 NPC와 몬스터는 상태이상에 대한 내성이 늘어난다.

일격에 큰 타격을 주거나 죽기 전이 아니라면 거의 걸리지 않는다. 하물며 30레벨 차이라면 걸릴 확률이 한없이 낮아진다.

"쏟아부어!"

"이크!"

콰콰콰콰!

바하무트와 쿠라이가 황급히 자리를 이탈했다. 그러자 하늘에서 대기하던 폭룡무군 한 개 부대가 지닌 바 최고의 공격을 퍼부었다. 붉은빛과 불꽃이 오가며 주변을 초토화시켰다. 레벨이 낮아도 이 정도 화력이면 쉽게 무시 못 한다. 더군다나 뒤로 빠졌던 둘도 공격에 합류했다. 정말이지 인정사정없었다.

으아아아!

폭격의 근원지에서 악에 받힌 파울로의 포효가 터져 나왔다. 진짜는 그다음이었다.

바하무트의 몸통만 한 수백 개의 홀리 피스트가 무작위로 솟구쳤다. 노리고 한 게 아니었다. 그냥 발악에 가까운 마구잡이였다.

퍼석!

홀리 피스트에 직격당한 폭룡무군의 머리통이 사라졌다. 몸에 맞으면 몸이, 팔에 맞으면 팔이, 맞은 부위는 힘없이 증발했다.

파팟!

몸놀림이 점점 바빠졌다.

이쯤이면 보고 피한다기보다 감으로 피하는 수준이었다. 언제 맞아도 이상하지 않을 만큼 아슬아슬했다. 한 방에 죽을 것 같지는 않지만 저런 모습을 보니 되도록 안 맞는 게 좋을 듯했다.

"내려와라!"

"부탁 좀 할게."

자신을 부르는 소리에 바하무트가 쏜살같이 내려갔다. 둘은 피할 때 공중과 지상으로 나눠졌다. 날개가 있고 없고의 차이였다. 강한 적을 상대로 약한 둘이 떨어지는 건 자살행위였다. 거머리처럼 찰싹 붙어서 서로가 서로에게 도움을 줘야 했다.

하압!

쿠라이가 순수한 오러로 만들어진 방어막을 전개했다. 마법사처럼 캐스팅이 아닌 오러 그 자체를 응집시켜서 만든 것이었다.

퉁퉁퉁퉁!

파괴력이 상당한지 방어막이 흔들렸다. 그래도 깨지지는 않았다.

"용서하지 않겠다! 신의 분노를 보여주마!"

"퍽이나!"

파울로는 제법 타격을 받았는지 전신이 그을려 있었다. 그나마도 신성력의 회복효과 때문에 차츰 회복되는 기색이 엿보였다.

"긴장하자. 이제부터 진짜다."

"내가 먼저 간다."

쿠라이는 선공을 양보하지 않았다.

바하무트도 굳이 말리지 않고 오히려 환영한다는 몸짓을 취했다. 현재 그는 누구 앞에 나서기 부끄러울 정도로 약했으니까.

＊　　　＊　　　＊

아침 댓바람부터 이어진 전투는 저녁까지 지속됐다. 다행인 건 끝나갈 기미가 보인다는 거였다. 기회가 왔을 때 잡아야 한다는 바하무트의 말처럼 승기는 그들 일행에게 기울어져 있었다.

전장의 무대였던 성혈의 사원은 튼튼하고 웅장했던 모습을 잃어버렸다. 아이템을 줍지 않아 사라지지 않은 시체들과 처참하게 박살 난 건물들이 전쟁의 후유증을 여실히 보여줬다.

양측세력 모두 거의 전멸 직전에 이르렀다. 폭룡무군의 숫자가 1,500에도 못 미쳤다.

그마저도 잔당을 소탕하느라 땅바닥을 향하는 중이었다.

콰쾅!

핏물을 뒤집어쓴 누군가가 실 끊어진 연처럼 날아났다. 형체를 알아볼 수 없게 짓이겨진 방어구와 부러진 검이 어떤 일을 당했는지 예측하게 해줬다. 생사를 오고 간 전투의 흔적이었다.

"으으… 슈타이너… 는?"

목이라도 부러진 걸까? 라이세크는 고개를 푹 숙인 채 미동도 없었다. 눈의 초점도 풀렸고 귀도 안 들렸다. 상태이상 오감마비의 영향이었다. 살아 있다뿐이지 숫제 숨만 쉬는 시체였다. 주교 둘이 붙어먹으니 버프가 중복되어 일대일 당시보다 강해졌다. 파티 플레이에도 익숙한지 공수 전환이 자유로웠다.

"한심… 하군."

최선을 다해 싸웠지만 그가 감당하기에는 주교들의 역량이 막강했다. 어쩔 수 없이 남은 부분은 슈타이너의 몫으로 돌아갔다. 주교들도 실질적으로 위협이 되는 그를 일순위로 놓았다.

전투는 막상막하였다. 너무나 팽팽해서 어디가 이기고 질지 판단이 불가능할 정도였다. 그리고 그 팽팽했던 긴장감을 끊어버린 존재는 놀랍게도 주교 중의 한 명이었던 아케이론이었다.

그는 자신의 권능을 믿고 일을 벌였다. 슈타이너의 공격력이 제아무리 강력해도 리플렉션 디펜스로 튕겨낼 줄 알았던 것이다.

슈타이너의 공격을 튕겨내고 잠깐 사이에 생기는 틈을 이용해서 그의 목을 따는 게 목표였다. 필베른에게는 충분한 능력이 있었다. 예상치 못한 일, 한마디로 도박이었기에 라이세크가 미처 반응하지 못할 거라 생각했고 기가 막히게 적중했다.

다만 주교들이 간과한 게 있었다. 뼈를 주고 살을 깎는다는 각오는 좋았다.

그러나 슈타이너는 산전수전 공중전까지 다 겪은 베테랑이었다.

아케이론이 안 하던 짓을 하며 빈틈을 보였을 때 직감적으로 함정임을 느꼈다.

물러선다?

아니다. 전진이었다. 제 놈이 판 함정에 스스로 걸려들게끔 하고 싶었다. 슈타이너는 사용 가능한 용투기의 대부분을 끌어내서 소닉 붐의 후반 초식을 써버렸다. 뒷일은 생각하지 않았다.

필베른의 검이 라이세크를 제치고 가슴을 찔렀을 때도 아케이론만 공격했다. 무조건 한 놈은 죽이고야 말겠다는 집념이었다. 결국은 죽였고 말이다. 라이세크가 뒤늦게 달려들어 필베른을 슈타이너에게서 떨어뜨려 놨다. 문제는 이후에 발생했다.

'죽기 싫으면 여기서 벗어나라.'

라이세크는 앞뒤 잴 것 없이 필베른을 밀어내고 자리를 이탈했다. 정확한 판단이었다. 단 1초라도 늦었으면 죽었을 것이다.

쿠아아아아앙!

발을 떼자마자 슈타이너의 천살창혼파가 필베른을 집어삼켰다. 반경 200미터가 대폭발에 휘말리며 입자 단위로 분해됐다. 라이세크는 거의 막판에 와서 휩쓸렸다. 평소라면 이 정도까지 다치지는 않았을 텐데 누적된 상처가 이 꼴을 만들어 버렸다.

> 상태이상 오감마비가 풀립니다. 아직 거동은 불가능하며 왼팔만 자유롭게 움직일 수 있습니다.

> 상태이상 골절과 출혈이 심각합니다. 빨리 회복하지 않으면 죽습니다.

"포션이… 있을라나……."

라이세크는 자신의 부족함을 포션으로 채웠다. 인벤토리 한계가 있었기에 포션만 가지고 다닐 수는 없다. 도핑 종류와 장비 스위칭 등을 생각하면 딱 필요한 만큼 가지고 다녀야 했다.

"이거라도 있는 게 어디야."

인벤토리에서 꺼낸 붕대였다. 가볍고 칸 차지 비율도 낮아서 실용성 하나는 좋지만 제약 탓에 유저들에게 외면받는 아이템이었다. 회복 속도도 느리고 감는 데 시간도 오래 걸렸다. 그래서인지 대다수의 유저는 1차 전직 전에 붕대 생활을 탈출했다.

스륵.

붕대 효과에 힘입어 부러졌던 뼈가 고정되고 흐르던 피가 멈췄다. 줄어들던 생명력도 조금씩 차올랐다. 이는 임시방편에 불과했다. 제대로 된 치료를 하려면 베이스캠프로 돌아가야 했다. 더 이상의 전투는 불가능했다. 살짝만 건드려도 죽을 것이다.

질질!

붕대를 감던 도중 전방에서 부스럭거리는 소리가 들렸다. 뭔가가 마찰되는, 마치 빗자루로 바닥을 쓸면 나는 소리와 비슷했다.

좌륵.

눈살을 찌푸린 라이세크는 최악의 경우를 대비하고 검을 잡았다. 만약, 정말 만에 하나 슈타이너가 졌다면 그도 죽은 목숨이었다.

손에 쥔 검?

솔직히 쥐었다기보다 쥔 시늉을 하고 있다는 게 맞을 듯했다. 10레벨짜리 초보가 와서 발길질을 해도 놓칠 정도로 느슨했다.

"아……."

"아는 뭘 아야? 입에 파리 들어가겠다."

"괴물 같은 놈."

"다행이네. 그나마 같은 놈이지 괴물은 아니잖아?"

다리를 절뚝이는 슈타이너가 라이세크에게 농담을 건넸다. 여유로운 표정이나 말투와는 다르게 머리부터 발끝까지 만신창이였다.

한쪽 눈은 터져서 실명됐고 왼팔은 달려는 있는데 쥐어짠 것처럼 틀어져 있었다. 상체는 난도질당한 듯 걸레짝이나 다름없었으며 다리도 뼈가 튀어나온 걸로 봐서는 걷는 게 기적이었다.

현신이 풀린 걸로 봐서는 과부하 탓에 무기력에 걸린 것 같았다.

질질!

"그놈은……?"

"딱히 살려두려고 끌고 온 건 아니야."

그나마 제 형태를 유지하고 있는 슈타이너의 오른팔에 이제는 맛이 간 필베른이 머리채를 잡힌 채로 질질 끌려오고 있었다.

천살창혼파에 맞아 숨이 꼴딱꼴딱했지만 옆구리를 포함한 신체의 30%가 날아가고도 살아남은 건 생명과 관계있는 신성력 때문이었다. 아마 슈타이너나 라이세크였다면 죽었을 것이다.

털썩.

슈타이너가 잡고 있던 필베른의 머리채를 놨다.

그는 병 걸린 개 마냥 힘없이 널브러졌다. 이미 이성은 날아가고 없었다. 식물인간이나 마찬가지였다. 대주교인 베르디칼이 옆에 있었다면 살려낼 수도 있었겠지만 그건 그때의 경우였다.

성혈의 사원 2주교 로열 팔라딘 마스터 필베른이 사망했습니다.

두 번째 울리는 알림음이었다.

아케이론과 필베른, 다른 일행은 아직도 끝을 내지 못했나 보다.

"죽었군."

"그러네."

성혈의 사원 5주교 하이 세인트 튜세킨이 사망했습니다.

시간 차를 두고 세 번째 알림음이 울렸다. 튜세킨은 스라웬이 싸우던 주교였다. 생존 능력이 뛰어날 뿐 공격력이 전무한 상대였기에 아마도 일행 중에서 가장 상태가 멀쩡하리라 예상됐다.

"쿠라이는 아직인가?"

"생명력을 보니 죽지는 않았네. 아무래도 형하고 같이 싸우나 봐."

둘의 게이지가 동시에 오르락내리락거렸다. 근육으로 똘똘 뭉친 뭉크 놈을 함께 해결하려는 듯 보였다. 날이 저물기 시작하며 시끌벅적했던 전투가 조금씩 가라앉았다. 싸울 상대가 적어지면서 생기는 현상이었다. 그만큼 많이 죽었다는 뜻이다.

"여긴 끝나서 올 필요가 없고… 스라웬 님은 쿠라이에게 가 겠지."

바로 맞췄다. 스라웬은 튜세킨을 죽이자마자 쿠라이에게로 날아갔다. 알림음은 파티 전체에 공유되니 주변의 상황을 저절 로 알 수 있었다. 일의 순서를 안다면 위험이 끝난 사람보단 현 재 위험한 사람을 도와줘야 했다. 남편이라서 간 게 아니었다.

"남은 건 이사벨라 님인가?"

"아까부터 느꼈지만 굉장히 치열해. 저쪽이 제대로 된 일대 일이야."

쿠쿠쿠쿠!

슈타이너가 넌지시 시선을 돌렸다. 그가 쳐다본 곳에서 이사 벨라가 싸우고 있다. 그녀와 적이 격돌함에 어둑해지는 세상이 이따금씩 환해졌다. 저것만 끝나면 일차전은 아군의 승리였다.

*   *   *

즈아아앙!

이사벨라의 깔끔한 내려베기가 3층짜리 건물을 통째로 양단 했다.

이미 주변은 잘리고 뚫린 흔적으로 가득했다. 그녀는 다른 대 륙십강처럼 공격스킬에 의존하지 않는다. 독특한 조합 방법을 통해 익힌 패시브 스킬을 극한으로 단련하여 찌르고 베는 것에 특화됐다. 그래서 쓸데없이 스킬명을 외친다거나 하지 않았다.

스거거걱!

테브리다가 방패를 들어서 내려베기를 막았다. 섬뜩한 마찰음에 등골이 서늘했다. 묵직하진 않지만 날카롭고 예리했다. 신성스킬로 도배된 갑옷과 방패에 새겨진 상흔만 봐도 알 수 있다. 정신 똑바로 차려야 했다. 목 날아가는 건 순식간이었다.

이사벨라는 쉬지 않고 공격했다. 어찌나 속도가 빠른지 잔상만 보였다. 그럼에도 상대의 철벽같은 수비를 허물어내지 못했다.

하악!

이사벨라가 지친 숨을 몰아쉬었다. 베이스캠프에서 가져온 보조 물품은 진작 바닥났다. 생명력도 20% 이하였다. 위험해도 포션이 없어서 회복하지 못했다. 그렇다고 불리한 상황은 아니었다. 적의 사정도 나쁘면 나빴지 결코 좋다고 말할 수는 없었다.

"대단해. 정말 놀라워."

"……."

테브리다는 전투가 이렇게까지 길어질 줄은 상상도 하지 못했다. 비단 그가 아니더라도 주교들이 사원을 침범한 불청객들을 손쉽게 해치우리라고 생각했다. 그들은 충분히 강했으니까.

그런데 모든 게 오판이었다.

벌써 주교가 셋이나 죽었다. 결계 복구에 투입된 대주교 외 4명을 제외하면 그 본인과 4주교, 6주교만이 살아남았다. 눈앞의 여인만 처리할 수 있었다면 단숨에 달려가서 도와줬을 것이다.

"벙어리인가? 한마디를 안 하는군."

"필요 없으니까."

테브리다가 흥미로운 표정을 지었지만 이사벨라는 무시했다. 그의 흥미를 채워줄 생각은 없었다. 죽여야 될 상대와의 대화는 무의미했다. 방심은 사소한 것에서부터 시작되는 법이었다.

스슥.

이사벨라가 파티창을 들여다봤다. 게이지의 유동이 점점 느려졌다. 이건 전투가 끝나가고 있다는 거였다.

그녀의 기억으로 쿠라이가 마지막이었다. 그리되면 이곳만 남는다.

성혈의 사원 4주교 그랜드 뭉크 마스터 파울로가 사망했습니다.

얼마나 지났을까? 드디어 쿠라이의 상대도 쓰러졌다. 이사벨라는 인정했다. 창과 방패의 대결이었다. 도저히 혼자서는 테브리다를 쓰러뜨릴 수 없었다. 지지는 않겠지만 이기지도 못한다.

"결국… 라마리크와 나뿐이군."

"그대도 곧."

뒷말은 삼켰다. 꼭 듣지 않아도 바보가 아니라면 예상할 터였다.

"아쉽군."

"응?"

다시 전투에 돌입하려던 이사벨라가 멈칫했다. 조금 전까지 멀쩡하던 테브리다의 육체가 흐릿하게 변해갔다.

몇 초 더 지났을 때는 투명인간이라 부를 만큼 흐릿해져 있었다.

"사원의 중심부에서 기다리마."

"무슨 소리?"

파팟!

테브리다는 의문만 남기고 사라졌다. 이사벨라는 미련두지 않았다. 그가 말한 중심부에 도착하면 알기 싫어도 알게 될 것이다.

＊　　　＊　　　＊

털썩.

베이스캠프로 돌아온 바하무트 일행은 이곳저곳에 아무렇게나 주저앉았다. 이사벨라조차 절벽에 기대어 힘든 표정을 내지었다. 다들 스킬 남발로 무기력에 걸렸기에 전투를 진행할 상황이 아니었다. 최소 반나절에서 하루는 꼼짝없이 휴식을 취해야했다. 그들은 정신, 육체, 물질 모든 면에서 간당간당했다.

"토 나온다."

"아직도 주교들이 남았으니 오늘 했던 짓을 한 번은 더 해야겠지?"

쿠라이가 질린다는 듯 몸을 부르르 떨었다. 슈타이너와 라이세크가 주교 둘을 죽였을 시점에 그와 바하무트는 그들과는 반대의 상황인 죽기 직전에 놓여 있었다. 파울로는 그만큼 강했다.

바하무트가 지원한다고 했지만 파울로의 입장에서는 파리가 윙윙거리는 정도에 불과했다.

둘의 레벨 차이는 어림잡아 100이었다. 또한 2차와 3차의 벽마저 생각하면 좁히는 게 불가능했다. 제때에 도착한 스라웬이 아니었다면 정말 죽었을 것이다. 모두의 예상대로 그녀의 몸 상태는 제법 양호했다. 스킬 사용에 약간의 제약이 있었지만 산송장이나 다름없던 일행과 비교하면 멀쩡한 편이었다.

공격을 했을 뿐 받지는 않았기에 가능한 일이었다. 어쨌거나 그녀는 현장에 도착하자마자 쿠라이와 바하무트를 도와 파울로를 압박했다. 제아무리 강한 놈이라도 셋이 달려드니 금방 수세에 몰렸고 얼마 지나지 않아 네 번째 사망음을 토해냈다.

이후로는 별일 없었다. 영화 좀비월드에 나오는 흉측한 좀비 저리가라 할 몰골의 슈타이너와 라이세크가 찾아왔고 다음으로 왠지 허탈한 표정을 짓고 있던 이사벨라도 뒤늦게 나타났다.

7명이 전부 합류할 쯤에는 폭룡무군과 회색의 성군 간의 전투도 마무리되어 있었다.

수장들의 전투가 소강상태에 들어가니 말단들로서는 더 싸울 이유가 없었기에 자연스레 물러난 것이다.

"신성결계가 금세 복구되지는 않겠지?"

"글쎄……."

결계 복구에 관해서는 아무도 모른다. 그건 머리 좋은 브레인도 마찬가지였다. 주교들은 알겠지만 알아낼 방법은 없었다. 물어본 이유는 단순했다. 입을 꾹 닫고 있으면 대화는 단절된다.

"그 둘도 죽였으면 좋았을 텐데……."

"이사벨라 님이 상대하던 가디언과 폭룡무군에게 붙잡혔던 세인트였나? 6명을 죽일 기회를 놓치다니 확실히 아깝기는 아깝다."

주교 2명을 놓쳤다. 이미 지나간 일이지만 갑자기 사라지지만 않았다면 무리를 해서라도 죽였을 것이다. 그들 한 명 한 명이 퀘스트 성공을 당겨주는 지름길이었다. 세인트는 그럭저럭 넘어갈 만해도 340레벨의 가디언 테브리다가 특히 아까웠다.

"죄송해요."

"아닙니다. 이사벨라 님은 잘못한 게 없습니다. 오히려 감사드립니다. 그 시간동안 막아주지 않으셨다면 저희가 졌을 겁니다."

바하무트의 말은 사실이었다.

솔직히 놓친 건 아까웠다. 그러나 테브리다의 강함은 진짜였다. 소드 퀸과 일대일로 붙어서 비기다니. 이만하면 슈타이너가 상대했어도 비슷한 결과가 나왔을 것이다. 다른 일행이었다면…….

"맞아요. 쟤들이었으면 100% 죽었을 테니 너무 신경 쓰지 마세요."

"이익!"

슈타이너가 쿠라이를 쳐다보며 말했다. 당연히 그는 발끈했다. 스라웬과 라이세크도 찔렸지만 누구처럼 반응하지는 않았다.

"그만하고 그거 좀 꺼내보자."

"네."

스슥.

바하무트가 인벤토리에서 뭔가를 꺼냈다.

끝부분이 깨져 있는 이상한 재질의 석판이었다. 완전하지 않은 것이다. 슈타이너와 스라웬의 손에도 그 석판들이 들려 있었다.

[천사의 유희(4) : 유니크]

설명 : 이제는 돌아갈 수 없는 천족들의 순수했던 시절을 조각한 석판. 나눠진 순서상 네 번째에 해당한다. 과거의 잔재일지라도 그때의 그들을 추억할 수 있는 몇 안 되는 물건 중의 하나이다. 마지막 남은 치천사 우리엘이 숨은 차원의 경계로 통하는 열쇠로서 타락하지 않은 강대한 신성력이 느껴진다.

제한 : 2차 전직 이상, 종류 : 장식.
근력 +20, 체력 +20, 민첩 +20, 지능 +20, 성속성 강화 +150, 성속성 저항 +150.

특수 옵션
1. 성속 저항, 강화 5% 증가.
2. 성속성 계열 NPC니 몬스터를 만날 시 선공이 취소되며 최소 호감도가 관심으로 정해진다.

석판은 총 4개로 그들이 죽인 주교들에게서 나온 것이다. 아이템과는 별개로 구분되며 주교마다 한 개씩 들고 있었다. 이름

옆에 붙은 숫자 표시는 떨어뜨린 주교의 직위가 어땠는지를 알려줬다. 참고로 바하무트가 죽인 파울로는 4주교였다.

"이거 옵션이 좋은 거야 나쁜 거야?"

"좋은 거지."

"하나만 보면 나쁜 편에 속하겠지만 다 모으면 엄청날 것 같은데?"

대충 봐도 주교의 숫자대로 나눠진 듯했다. 11명으로 예상하고 있으니 석판도 11개가 된다. 그 옵션들을 하나로 모은다면 히어로 이상이 될 것이다. 충분히 가치 있는 아이템이었다.

"이거 합쳐지나?"

"나에게 줘봐. 합쳐 볼게."

연관성 있는 아이템이라도 서로 다른 소유자가 들고 있으면 무용지물이었다. 계정 자체가 다르기 때문이다. 이런 종류의 아이템은 한 사람에게 몰아줘야 숨겨진 능력을 확인할 수 있었다.

스슥.

슈타이너와 스라웬이 바하무트에게 석판을 넘겨줬다. 그러자 변화가 생겼다.

화악!

네 개의 석판에서 환한 빛이 뿜어졌다. 한 점의 티끌도 없는 흰색이었다.

석판은 허공에서 빙글빙글 돌다가 이내 퍼즐 조각처럼 맞춰졌다.

띠딩!

천사의 유희 ∃, ┗, ⌐, ┣번째 조각이 합쳐져 한 단계 진화합니다. 옵션이 증가하며 새로운 능력과 함께 내용이 추가됐습니다.

바하무트가 기대 어린 눈빛으로 합쳐진 석판을 확인했다. 그리고는 감탄의 기색을 내비쳤다. 나눠져 있었던 조금 전의 옵션보다 훨씬 더 뛰어났다. 등급도 유니크에서 히어로로 올라갔다. 4개가 이 정도다. 11개를 다 합치면 레전드가 될지도 모른다.

"다들 봐봐."

"와!"

"이제야 좀 쓸 만하네."

"주목할 점은 장식이라는 거다. 신성계열 유저들이 보면 게 거품을 물겠어."

천사의 유희의 종류는 재료였다. 무기와 방어구, 장신구는 착용해야만 옵션이 적용된다. 그러나 장식은 인벤토리에 들고 있는 것만으로도 아이템의 능력을 고스란히 얻을 수 있었다. 당연한 말이겠지만 동급 장비보다 몇 배 혹은 몇십 배나 비쌌다.

"슈타이너, 네가 들어."

"에엥? 제가요? 왜요?"

"너 골든 나가잖아. 언제까지 장비를 능력치 위주로만 맞출래? 이제는 성속성이나 광속성으로 정해. 스킬도 죄다 그쪽인데."

바하무트가 화룡인 것처럼 슈타이너도 광룡이었다. 그런 놈이 종족을 부정하고 제 놈 맞추고 싶은 대로 아이템을 맞췄다. 본인의 자유기는 했지만 비효율적인 걸 두고 볼 수만은 없었다.

골든 나가의 속성 패시브인 황금의 광휘도 숙련도만 올릴 뿐

보여주기에 불과했다. 좋은 스킬이라도 뒤를 봐주지 않으면 사장된다. 당장 슈타이너의 전투 스타일만 봐도 알 수 있다. 용마안이나 용투기는 잘 쓰는 편인데 용마후나 브레스는 거의 쓰지 않는다. 스스로도 전투에 필요 없다는 걸 안다는 거였다.

황금의 광휘는 성속성과 광속성을 동일하게 적용시켜 준다. 천사의 유희로 최고의 효율을 뽑아낼 수 있는 유저는 슈타이너였다.

"쿵, 이걸 언제 다 바꿔요?"

"주교들이 떨군 아이템이라도 착용해. 못해도 반은 갈아치우겠다."

슈타이너가 어쩔 수 없다는 듯 장비를 교체했다. 일행은 바하무트의 결정에 토 달지 않았다. 출발 전에 미리 조율했던 사항이었다. 아이템 결산은 마지막에 하되, 필요한 사람이 있다면 도중에 빌려주기로 말이다. 다들 성속성과는 거리가 멀었다.

"어때?"

"겉모습이……."

슈타이너가 울상을 지었다. 그가 착용하고 있던 장비는 세트가 아니지만 나름 외형 변경을 통해 균형을 맞춰놨었다. 그런데 성속성으로 교체하니 균형이 어긋나면서 뒤죽박죽 섞여 버렸다.

"풉!"

"뒈질래?"

쿠라이가 입을 가렸다. 저 모습을 보니 초보 시절 아무거나 주워 입던 게 생각났다. 그때는 아이템 살 돈이 없어 떨어지는 누더기라도 걸치고 다녔다. 방어력 1이라도 감지덕지했었으니까.

"외형 신경 쓰지 마. 퀘스트에 보탬이 되려면 조금이라도 강해져야지."

"어휴!"

"어때?"

"잠깐만요."

슈타이너가 상태창을 확인했다. 능력치는 기존과 비슷했다. 확실히 변했다고 할 수 있는 것은 속성강화와 저항수치였다. 여러 가지가 복합적으로 적용됨으로써 3배 가까이 증가했다. 장족의 발전이었다. 물론 이리됐다고 데미지가 3배가 되는 건 아니었다. 그래도 평타부터 스킬까지 예전과는 다를 터였다.

"이번 퀘스트만 버텨. 바깥에 나가서 제대로 깔 맞춤하면 되잖아?"

"해왕이랑 권능이도 버려야 돼요?"

"다른 것부터 구해보고 더 좋거나 비슷한 게 나타나면 바꿔야지."

끄덕.

길게 고민할 필요 없었다. 낄 때까지 끼다가 갈아타면 된다. 해왕의 잔혹한 분노와 타이탄의 권능은 분명 히어로 상급 이상의 장비였다.

1년 전까지 유니크는 돈이 많아도 구하기 어려운 등급이었다. 하지만 현재 중소길드 이상의 수장이나 고수들은 적어도 한 개씩은 지니고 있었다. 시대가 바뀐 것이다. 유저는 변하지 않지만 아이템은 변한다. 좋은 장비도 시간이 지나면 도태되게 마련이었다. 히어로라도 몇 년이 지난다면 똑같아지리라.

"브레인 님, 보조 물품 상태는 어떤가요? 많이 사용한 것 같은데"

"처음 기준으로 20%쯤 남았습니다."

"벌써 그렇게 썼나? 그걸로 될까? 꽉꽉 챙겨 왔는데 확 줄어드네."

오래 버틸 심산으로 마법가방까지 사서 들고 왔다. 아직 3주도 안 지났건만 반의반도 남지 않았단다. 정말이지 아슬아슬했다.

"나갔다 오면 안 되나?"

"길이 없잖아. 어디로 어떻게 나가려고?"

그들은 마법으로 이어진 경계를 건넜다. 길이 없으니 나갈 방법은 오직 텔레포트 스크롤뿐이었다. 문제는 나갔다가 들어오지 못할 수도 있다는 거였다. 지금은 한 명이 아쉬운 판이었다. 인원 충원은커녕 더 줄어들면 퀘스트 성공 확률이 낮아진다.

"실험이 필요하면 제가 하겠습니다. 그편이 그나마 안전하니까요."

일행은 브레인의 의견을 존중했다. 성혈의 사원으로 가는 길을 찾아 이곳에 들어왔고 모두가 힘을 합쳐 반쯤은 공략에 성공했다. 그는 주어진 임무를 사전에 완수했다. 사람을 실험용 생쥐로 쓰는 것은 마음에 들지 않지만 앞으로 전투가 주를 이루는 만큼 누군가 빠져야 한다면 비전투 인원인 그밖에 없었다.

"아닙니다. 일단 남은 걸로 버티고 이후의 일은 이후에 생각하죠."

"형, 내일 또 갈 거예요?"

"응. 며칠 쉬고 싶어도 그사이에 신성결계가 복구되면 끝이 잖아."

"피곤해도 난 찬성이다. 어떻게든 혼란의 시대가 시작되기 전에 끝내야 해."

"나도."

개인 소속인 바하무트들은 1시간의 여유만으로도 전쟁 준비를 완벽하게 끝낸다. 반대로 단체 소속인 라이세크들은 넉넉잡아 한 두 달은 필요했다. 그래야만 물자부터 병력편제 등을 해결한다. 고로 그들의 반은 알게 모르게 시간에 쫓기고 있는 중이었다.

벌써부터 전화나 이메일로 돌아가는 상황을 보고받았다. 이 는 갈수록 심해질 것이다. 수장의 공백은 그 무엇으로도 메울 수 없었다. 튼튼한 팔다리라도 머리가 없으면 무용지물이었다.

"아… 그래서 말이지."

"하하."

어느새 복잡한 대화가 지나가고 일상적인 대화를 나누고 있 었다. 그들 위치가 되면 이렇게 모이는 게 쉽지 않았다. 움직이 는 것만으로 주목받는 존재들이었다. 할 말들이 꽤나 많으리라.

"내일은 성혈의 사원에서 로그아웃한다."

바하무트가 작게 되뇌었다.

될지 안 될지는 모르겠지만 완벽하게 함락시키겠다는 포부였 다.

46장

과거의 영광

폐허로 변한 사원의 대신전에 대주교 베르디칼과 살아남은
주교들이 모여 있었다.

다들 침통한 표정이었다. 패전의 대가로 많은 걸 내놓았다.
그리고 더더욱 많은 걸 내놓을 예정이었다. 그들이 알기로 신의
축복자들은 부상에서의 회복이 굉장히 빠르다. 적어도 하루 이
틀 뒤면 언제 다쳤냐는 듯 건재한 상태로 나타날 것이다.

"눈치라도 볼 줄 알았는데 하루 만에 파고들다니."

"죄송합니다."

베르디칼은 자신의 판단을 후회했다.

모름지기 인간은 의심이 많다. 평소 알던 것과 조금만 달라도
섣불리 행동하지 않는다. 결계 복구를 시작하면 그 영향으로 작
은 틈이 생긴다. 바하무트들이 그것을 이상하게 여겨 며칠만 머

뭉거려 주길 바랐는데 그들은 머뭇거림 대신 전진을 택했다.

"투입된 주교 중 저와 6주교를 제외한 모두가 당했습니다. 대주교께서 소환해 주시지 않으셨다면 같은 신세가 됐을 겁니다."

"이제와 그런 게 무슨 의미가 있겠소? 다른 방법을 찾는 수밖에."

"하지만……."

테브리다가 말끝을 흐렸다. 방법? 과연 그런 게 있을까? 성기사 계열 주교들이 전멸했다. 남은 건 프리스트 계열뿐이었다. 막기만 해서는 이기지 못한다. 이기려면 공격해야 했다. 현재 상태는 최악이었다. 신성결계 복구도 멈추었다. 중도 포기는 완전한 해제를 뜻한다. 더 이상 적을 막을 만한 저지물이 없었다.

"나에게 걸린 금제를 풀어라."

갑자기 들리는 목소리에도 주교들은 당황하지 않았다. 애당초 일이 생기면 이리되도록 프로그래밍 되어 있었다.

"뒤를 부탁하네."

"최대한 시간을 끌겠습니다."

말을 마친 베르디칼이 품속에서 석판을 꺼냈다. 그러자 주교들도 그와 같은 행동을 했다. 바하무트 일행에게 빼앗긴 4개와 합치면 정확히 11개였다. 이것이야말로 왕에게 가는 열쇠였다.

드르르릉!

베르디칼이 어딘가의 장치를 건드리자 단상 아래 숨어 있던 공간에서 석판을 끼워 맞출 수 있는 네모반듯한 모형이 튀어나왔다.

딸칵!

하나둘 석판이 맞춰졌다. 그러더니 밝은 빛을 뿌리며 사람 한 명이 통과할 수 있는 게이트가 생성됐다. 굳이 다 모을 필요는 없었다. 11개의 조각 중 하나만 있어도 길을 뚫을 수 있었다.

스윽.

베르디칼이 먼저 게이트 속으로 들어갔다. 그리고 그 뒤를 5명의 주교가 하나둘씩 따라갔다. 남은 건 테브리다 한 명뿐 이었다.

"오라. 모든 걸 불태우겠다."

쩌엉!

대신전의 중앙으로 이동한 테브리다가 자신의 검을 깊게 박아 넣으며 눈을 감았다. 이르면 내일, 늦어도 며칠이면 적들이 밀고 들어올 것이다. 어차피 왕의 금제를 푸는 건 세인트들의 몫이었고 적의 발목을 붙잡는 게 자신이 해야 할 일이었다.

＊　　　＊　　　＊

콰쾅!

치열했던 어제의 전투와는 다르게 오늘의 전투는 다소 싱거 웠다. 주교들이 숨었기에 실질적인 방해물은 회색의 성군으로 한정됐다. 숫자가 많이 줄어들어 전과 같은 저지력은 없었다.

그냥 밀면 미는 대로 쓸려 나갔다. 악성향 NPC가 아니어서 살려주고 싶었지만 일행이 가만히 있어도 그들이 일행을 가만 두지 않았다. 끊임없이 달려들고 또 달려들어 어쩔 수 없이 처리해 버렸다.

사원을 정리한 일행은 숨겨진 전리품을 얻으려고 이곳저곳을 돌아다녔다. 일종의 보물찾기다. 난이도가 높은 필드형 던전답게 비싼 물건들을 아낌없이 토해냈다. 덕분에 다들 기분이 좋았다. 웬일인지 신성결계도 해제된지라 여유롭게 행동했다.

"그냥 들어가자."

"난 반대다. 분명 급한 건 사실이지만 며칠 더 기다린다고 큰 문제가 되지는 않는다. 여기까지 왔으면 반 이상 온 것과도 같다. 한 번 행동할 때마다 신중을 기해야 한다는 게 내 생각이다."

"이 안에 들어간다고 당장 최종 보스가 나오는 건 아니잖아? 예상으로는 주교들이 튀어나와서 한바탕 난리 칠 걸로 보이는데."

"후우… 그러니까 되도록 뭉쳐야지. 흩어지면 퍽이나 이기겠다."

"아니, 솔직히 내가 그분을 무시하는 게 아니라 비전투 인원이라서 안 계셔도 상관없잖아? 굳이 시간 낭비할 필요가 있을까?"

이곳은 대신전으로 들어가는 입구에서 조금 떨어진 광장이었다.

라이세크와 쿠라이가 대신전 내부로 들어가느냐 마느냐를 두고 열띤 논쟁을 벌이고 있었다. 현재 일행의 숫자는 6명으로 브레인의 모습이 보이지 않았다. 그는 오늘 접속하지 못했다. 정확히는 어제 새벽 바하무트에게 개인적으로 연락해 왔다.

'양육 관련 문제 때문에 당분간 접속이 어려울 것 같습니다. 짧으면 며칠이면 되지만 길면 주 단위로 길어지리라고 봅니다.'

바하무트는 시기가 안 좋다고 생각하면서도 내색하지 않았다. 남이 관여할 문제가 아니었다. 게임에서 어떤 일이 있든지 현실의 비중을 따라갈 수 없다. 하물며 자식에 관해서라면야.

"비전투 인원이라도 지금까지 퀘스트를 함께 진행했다. 기다리는 게 당연하다고 본다. 다른 이들도 같은 의견이라 생각하고."

솔직히 둘의 의견은 종이 한 장 차이었다. 라이세크도 전투적인 부분에서만큼은 브레인의 비중이 크지 않음을 잘 알고 있었다.

쿠라이의 말마따나 당장 대신전으로 들어가도 상관없었다. 그러나 인간적인 측면에서 한 번쯤은 기다려 주는 게 도리였다. 접속 못 한다고 말한 지 단 하루 만에 버릴 수는 없는 일이었다.

그렇다고 쿠라이가 나쁘다는 말은 아니었다. 그는 현재 일행에게 남은 시간을 고려해서 말하고 있었다. 빨리 끝내면 빨리 끝낼수록 그들의 행동이 여유로워진다는 걸 어필하는 것이다.

"네 의견은 어떤가?"

"1주일 정도는 기다려 볼 생각이다."

바하무트는 제일 먼저 연락받았던 순간부터 답을 정해놨다. 몇 주 이상 오래 기다릴 수는 없어도 그쯤은 충분히 가능했다.

"나도."

"전 아무렇게나."

슈타이너와 이사벨라도 긍정적으로 답했다. 분위기를 살피던 스라웬이 쿠라이를 설득했다. 어차피 그도 의도가 불순하지 않았기에 순순히 포기했다. 박박 우길 만큼 몰상식하지는 않았다.

결국 바하무트 일행은 대신전 내부로의 진입을 1주일 늦췄다. 베이스캠프는 협곡에서 성혈의 사원으로 옮겼다. 폐허로 변해 볼품없었지만 사방이 돌덩이로 막혀 있는 것보다는 나았다.

*　　　*　　　*

기다리는 건 어렵지 않다. 여러 가지 불합리한 조건이 붙는다면 모르겠지만 단순한 시간 때우기라면 누구든지 할 수 있었다.

브레인을 제외한 바하무트 일행의 숫자는 6명이다. 이중 3명이 개인 소속 유저였으며 남은 3명이 대길드를 이끄는 수장이었다.

당연히 하는 일이 달랐고 그에 따라 행동 양상이 둘로 나뉘었다. 바하무트와 슈타이너, 이사벨라는 하루를 태평하게 보냈다.

딱히 할 일이 없었기에 그들의 일상은 시간에 쫓기지 않는 평화로움 그 자체였다.

그러나 라이세크와 쿠라이 부부는 1주일이라는 시간을 헛되이 쓸 수가 없었다. 무엇이 그리도 바쁜 건지 로그인과 로그아웃을 수시로 반복했다. 성혈의 사원에서 빠져나갈 수가 없으니 먼 거리에서나마 간부들과 혼란의 시대를 준비하는 것이다.

외부와 단절된 이 순간에도 대륙은 변하고 있었다. 수백 수천만 이상의 NPC 혹은 유저가 그 변화를 만드는 중심이었다.

에피소드 혼란의 시대를 거절한 유저들은 전쟁의 여파를 벗어나기 위해 평소에는 거들떠도 안 보던 변두리를 몸소 찾아갔다.

아홉 개 국가.

아니, 다모스 왕국이 멸망했으니 이제는 여덟 개 국가였다. 그 국가 전체가 전쟁의 소용돌이에 휩쓸릴 터였다. 어쩌면 일국의 수도가 불바다가 될 수도 있기에 미리 대피하는 거였다.

괜히 머뭇거리다가 눈먼 칼에 맞으면 맞은 놈만 손해였다. 길드의 보호를 받지 못하는 이들은 제 살길을 스스로 찾아야만 했다.

"미치겠군. 정말 돌아버리겠어."

무너진 기둥 위에 걸터앉은 라이세크가 끊임없이 들어오는 보고에 머리채를 부여잡았다.

쿠라이 부부의 심정도 같겠으나 그와 비교하면 큰 차이가 있었다. 일단 라이세크는 사국연맹의 주체인 루펠린 제국의 공작이다. 한마디로 요직 중의 요직이란 소리다. 쿠라이 부부도 칼베인 왕국의 후작들이지만 행사할 수 있는 영향력이 달랐다.

얼마나 다르냐면 라이세크는 전쟁을 이끌어갈 계획에 직접적인 개입이 가능했다. 그가 대놓고 계획의 부당함을 토로한다면 설사 황제라도 무시하지 못한다. 바하무트와 슈타이너가 힘을 실어주기 때문이었다. 사국연맹 내에서의 영향력을 굳이 서열로 표현하자면 그는 열 손가락 안에 꼽히고도 남았다.

상황이 이러니 1주일의 시간은 그에게 휴식이 아닌 지옥을 선사했다. 수십만 이상으로 충원된 길드의 내부 정리도 골치 아픈 판국에 제국의 계획과 병력편제 등에도 개입했다. 모르긴 몰라도 퀘스트를 끝내고 간다면 지금보다 훨씬 심해지리라.

　"으아아악!"

　"하아!"

　저 멀리 떨어져 있던 쿠라이가 비명을 내지르며 발광했다. 옆에서 한숨을 내쉬는 스라웬을 보니 왜 그런지는 안 봐도 훤했다.

　"대체 이게 뭐야!"

　"그동안에 밀린 것들이야. 퀘스트를 신경 써준 간부들이 보고 내용을 최소한으로 간추려 줬어. 그러다가 여유가 생겼다고 말해주자 기회를 포착하고 밀어붙이는 거지. 이건 시작에 불과해."

　대부분 한 기업의 최종 결정권은 CEO에게 있다. 간부들에게 결정의 직권을 부여해도 자유로운 사용에 제약이 따른다. 잘못되면 혼자 덤터기 쓸 수도 있다는 압박감이 가장 큰 이유였다.

　길드도 마찬가지다. 간부들 선에서 해결할 문제라도 그들은 이게 정말 안전한지 확인받고 싶어 한다. 자신들보다 낮은 계급의 간부들에게 확인받을 수는 없으니 길드장에게 받아야 하는데 중요한 퀘스트를 수행하는 중이라 방해할 수가 없었다. 그렇기에 자신들 스스로 결정할 수 없는 부분만 따로 간추려서 올렸었다. 여유가 생겼다는 말을 듣기 전까지는 말이다.

　"아… 말도 안 돼……."

"너무 복잡하게 생각하지 마. 당장은 승인하지 않아도 되는 것들이니까. 퀘스트를 끝내고 영지로 돌아간 다음에 해도 충분해."

스라웬의 위로에도 쿠라이는 입을 벌리고 넋 나간 사람처럼 멍한 표정을 지었다. 그녀의 말마따나 당장은 그래도 되겠지만 돌아가면 어떻게 될지에 관한 미래가 그림처럼 떠올라서다.

"쟤들은 참 복잡하게 사네요. 그냥 길드를 안 만들었으면 편했을 텐데."

"각자 추구하는 게 다르잖아. 세상에 똑같은 사람만 살면 얼마나 지루하겠어? 이런 사람이 있으면 저런 사람도 있는 거지."

슈타이너는 바하무트의 말에 대답하지 않았다. 몰라서 꺼낸건 아니었다. 알면서도 이해할 수 없다고나 할까? 대충 그랬다.

끄덕.

"이사벨라 님도 동의하시나 보네요."

"네."

가까운 거리에 있던 이사벨라도 고개를 끄덕였다. 그녀 역시 바하무트가 느끼는 감정과 비슷했다.

혼자가 편한 건 맞다. 그래서 어디에도 소속되지 않은 것이다. 하지만 게임을 즐기는 방식은 저마다 다르다. 하물며 라이세크들에게 포가튼 사가는 단순한 게임이 아니라 삶이었다. 대신 해줄 게 아니라면 그냥 그러려니 하고 넘어가는 게 옳았다.

띠띵띠띵!

다들 생각에 잠겨 있을 즈음 정적을 깨는 소리가 그들의 귓속을 파고들었다. 이는 브레인이 접속하지 않았던 당일을 기준으로 정확히 1주일이 지난 정각에 울리도록 맞춰놨던 알람이었다.

"안 오셨네."

"어쩔 수 없지. 우리끼리 들어간다."

더 기다릴 수는 없었다. 브레인이 없더라도 퀘스트를 진행해야만 했다. 전력상에서는 그다지 문제될 게 없으니 괜찮을 것이다.

터벅터벅.

알람 소리를 들은 일행이 바하무트가 있는 대신전 쪽으로 모였다.

그나마 바깥일에 대한 급한 불은 꺼놓은 상태였기에 불만스러운 기색은 없었다. 정말 쓸데없이 시간 때우기를 했었더라면 다른 이들은 몰라도 적어도 쿠라이는 불평을 늘어놨을 것이다.

"연락은?"

"안 받으신다."

라이세크가 넌지시 던져 봤다. 바하무트의 연락을 일부러 안 받을 리는 없으니 받을 수가 없는 상황인가 보다 하고 넘어갔다.

"만년염옥은 대체 언제 먹을 거냐?"

"필요할 때."

바하무트는 지금까지 만년염옥을 아껴뒀다. 레벨을 올리지 못했다거나 싸우기 귀찮아서 안 먹는 게 아니었다. 아직 먹어야 할 이유를 찾지 못해서다. 폭룡무군 덕분에 쓸모없는 이가되지는 않았기에 도움이 되지 못했다는 등의 가책을 느끼지는 않았다.

"어련하실까."

"잡담 그만하고 들어가자! 이 지긋지긋한 퀘스트 끝내고 싶다고!'

쿠라이가 호기롭게 외쳤다..

그는 대신전 내부에서 무슨 일이 벌어질지 내심 기대하고 있었다.

"좋아. 진입한다."

바하무트가 일행에게 둘러싸인 채 대신전으로 들어갔다. 나중에야 어찌 됐든 현재는 약해 빠진 200레벨대의 용족에 불과했다.

* * *

쩌엉!

몰아치는 충격에 라이세크와 쿠라이가 반대 방향으로 튕겨났다. 둘은 중심의 유지가 어려웠는지 사정없이 뒷걸음질 쳤다.

찌릿찌릿!

라이세크가 두 손을 내려다봤다. 마치 전기에 감전된 것처럼 따끔한 느낌이 검을 타고 전달됐다. 기가 블레이드를 유지하고 있건만 상대는 그런 것쯤은 안중에도 없다는 듯 밀어붙였다.

드드드드!

강력한 스킬들이 충돌하며 대신전을 뒤흔들었다. 넓어서인지 방어결계가 걸려 있어서인지는 모르겠지만 그런 여파 속에서도 별다른 피해 없이 너끈히 버텨냈다. 아무래도 후자 쪽인 듯했다. 어지간한 건축물이었다면 예전에 무너져 내렸을 것이다.

"제길! 괴물이잖아!"

"말할 시간에 한 방이라도 더 때려!"

콰앙!

순식간에 다가온 직사각형 모양의 방패가 쿠라이의 옆구리를 후려쳤다. 타격에 밀린 육중한 거구가 신전 벽과 부딪히며 돌가루를 풀풀 휘날렸다. 고작 저 정도에 죽지는 않겠지만 저건 스킬이 아니라 평타였다. 실로 가공할 공격력이었다.

"보낼 수 없다."

테브리다가 날아간 쿠라이를 쳐다보며 말했다. 라이세크는 빈틈을 보이는 그의 모습을 보고서도 공격하지 않고 뒤로 물러났다.

콰르르릉!

허공에서 생성된 푸른 벼락이 테브리다에게로 떨어졌다. 그는 예상했다는 듯 당황하지 않고 방패를 들어 올렸다. 빛이 번쩍이며 방패를 감싼 기운이 벼락을 흡수하고는 되돌렸다.

콰콰콰콰!

작은 그림자가 벼락을 피해 이리저리 도망 다녔다. 사뭇 위태위태했지만 결국에는 한 방도 안 맞고 전부 피하는 데 성공했다.

스라웬은 테브리다의 위를 날아다니며 신경을 분산시켰다. 라이세크도 심호흡을 하며 검으로 언제 들이닥칠지 모를 공격을 대비했다. 까닥 잘못하면 일격에 빈사 상태가 될 수도 있었다.

콰득.

벽에 처박혔던 쿠라이가 자신을 짓누르는 방해물을 치우고는 제자리로 돌아왔다. 탱커 역할을 맡았기에 가장 많은 먼지를 뒤집어쓰는 중이었다. 그만큼 누적되는 데미지도 상당했다. 현재 그들은 테브리다 한 명을 상대로 고전을 면치 못했다.

제아무리 340레벨의 가디언이라도 300레벨 대의 유저들이 힘을 합치면 버거울 만도 할 텐데 그런 기색이 눈곱만치도 없었다.

당연한 일이었다.

지금의 테브리다는 처음 봤을 때와는 강함의 강도가 전혀 달랐다.

399레벨.

340레벨이었을 때보다 무려 59레벨이나 상승해서 4차 전직 이전에 올릴 수 있는 한계를 꽉 채운 상태였다. 그렇기에 셋의 합공에도 아무렇지 않은 것이었으며 오히려 압도하고 있었다. 특별한 지원이 없다면 라이세크들은 절대로 이기지 못한다.

"밀리네."

"지켜보다 상황 봐서 도와주도록 해. 이사벨라 님도 부탁드릴게요."

스릉.

이사벨라는 대답 대신 검을 매만지는 것을 택했다. 바하무트는 양옆의 둘을 전투에서 배제했다. 무슨 생각이 있어서는 아니다. 그저 라이세크들에게 같은 3차 전직이라도 레벨에 따라 나타나는 강함의 격차를 알려주려는 의도에서였다.

바하무트도 그렇지만 슈타이너와 이사벨라는 3차 전직을 한 지 오래됐다.

동 레벨의 적과는 이골이 날 만큼 싸웠기에 경험이 풍부했다. 반대로 라이세크들은 3차 전직을 하는 데 타인의 도움을 받았다.

더군다나 거의 전직을 하자마자 성혈의 사원으로 끌려와서 상대적으로 경험이 부족했다. 경험은 겪어보지 않으면 쌓을 수 없다. 그래서 이런 상황을 조금이나마 이용해 보려는 것이다.

쿠쿵!

아직까지 큰 문제는 없어 보였다. 테브리다의 실력이면 금세 상황을 역전시킬 수 있다. 그러나 뒤에 버티고 있는 진정한 강자를 생각하면 섣불리 행동할 수 없었다. 누가 뭐래도 그는 혼자였다. 한 손으로 열 손을 막을 수는 없으니 신중해야 했다.

'흠… 저게 그 석판인가?'

바하무트의 시선이 테브리다의 뒤로 쏠렸다. 네모반듯한 모형이 솟아 있었는데 그곳에 슈타이너의 인벤토리에서 잠자고 있는 천사의 유희와 비슷한 모양이 석판들이 놓아져 있었다. 느낌상 저게 마지막 관문이었다. 고지가 얼마 남지 않았다.

몇 시간 전 대신전에 진입했을 때 어둠의 미궁을 다시 들어간다는 심정의 각오를 다졌다.

그런데 예상외로 탐사는 어렵지 않았다. 그냥 돌아다니면서 이곳저곳을 헤집다 보니 어느새 이곳에 도착한 뒤였다. 그때 발견한 테브리다는 340레벨이었다. 그런 놈이 신이 어쩌고 몇 마디 중얼거리고는 무지막지하게 강해졌다. NPC는 몰라도 몬스터 중에서는 내키는 대로 레벨을 조절하는 부류가 있었다.

테브리다가 그런 부류일 수도 있고 아니면 특별한 힘을 받았거나 혹은 그 외 짐작하지 못한 여러 가지 변수가 있을 수도 있기에 복잡하게 여기지는 않았다. 레벨이 몇이든 죽여야 한다는 점에서는 변함이 없었다.

"저러다가 한 명쯤은 죽겠네요."

"이 퀘스트만 무사히 넘기면 저 녀석들도 한층 성장할 거야."

툭툭!

슈타이너가 차분한 눈빛을 한 채 손가락으로 창을 두들겼다. 당장은 아니지만 언제라도 튀어나갈 타이밍을 찾는 것이다. 경험은 라이세크들이 죽기 직전까지면 만족했다. 더는 과욕이다.

"갈게요."

"응."

파앙!

슈타이너가 뛰쳐나갔다.

슬슬 다음 단계로 넘어갈 때였다. 그가 움직이자 이사벨라도 가만있지 않았다. 한 명에게 다섯 명이 달려드는 모습이 보기 좋은 편은 아니었지만 놀러온 게 아닌 만큼 넘어가기로 했다.

＊　　　＊　　　＊

밝게 빛나는 성검이 떨어졌다. 바하무트 일행 중 그 누구도

단독으로는 막지 못할 위력을 내포하고 있었다.

슈타이너와 이사벨라의 공격이 검과 충돌하며 파괴적인 기운을 상쇄시켰다. 뒤를 이어 테브리다가 만들어낸 빛의 방패에 라이세크들의 스킬들이 쏟아졌다. 방어보다 공격에 신성력을 집중했기에 얼마 지나지 않아 방패마저 산산조각 나버렸다.

"징그럽게 세네."

"이놈은 문지기일 뿐이야. 진짜는 이후다."

쿠라이가 바닥에 누워 있는 테브리다를 보며 치를 떨었다. 합공을 받고도 죽지 않았다. 곧 죽기야 하겠지만 대단한 건 대단한 거였다. 끝까지 세 명이서 싸웠다면 자신들이 죽었을 것이다.

"바하무트, 죽여라."

"그래."

우웅!

바하무트의 손이 붉게 물들었다. 테브리다는 그걸 보면서도 손가락 하나 까닥이지 못했다. 이미 죽은 거나 다름없는 상태였다. 평소라면 코웃음을 치겠지만 지금이라면 한 방에 끝난다.

"그분의 힘을 받은 날 이렇게 만든 건 놀라운 일이지만 결국 너희도 죽을 것이다."

"그럴 수도 있고 아닐 수도 있고. 앞날은 어떻게 될지 모르니까."

바하무트는 테브리다가 우리엘의 힘으로 강해졌음을 알아냈다. 하긴, 그동안 봐왔던 반신 급의 존재들은 죄다 상식을 벗어나 있었다. 이런 일을 벌인다고 이제 와 신기해할 이유가 있을까?

화륵!

붉은 손이 테브리다를 쓰다듬자 그의 육체가 맹렬하게 타올랐다.

생명력이 간당간당했기에 굳이 요란하게 일을 벌이지 않아도 살아날 가능성은 없었다.

갑옷이 타고 살이 탔다. 그리고는 아이템을 남긴 채로 사라졌다.

테브리다의 아이템 중에서 일행에게 유용한 건 검뿐이었다. 검을 쓰는 유저는 둘밖에 없어 이사벨라보다는 공격력이 부족한 라이세크가 착용키로 했다. 방패를 포함한 방어구도 나왔는데 세트라서 다 모으기 전에는 큰 효과를 바라기가 어려웠다.

띠딩!

언제 들어도 기분 좋은 소리가 들렸다. 많이 들으면 들을수록 좋다.

바하무트를 제외한 일행 전부가 최소 2~4까지 레벨업을 했다. 파티 경험치를 많이 줘도 여럿이서 야금야금 나눠 먹으니 일정 수치 이상을 기대하기가 어려웠다. 아마 독식이었다면 레벨이 가장 높은 이사벨라를 기준으로 10 이상 올랐을 터였다.

'255레벨인가? 249가 넘었으니 몇이 되든 간에 큰 의미는 없겠지.'

고 레벨 사이에 끼어 있어서인지 249까지 올리는 데 시간이 오래 걸렸다. 레벨 차이가 심하면 경험치의 분배 비중이 낮아진다. 캐릭터의 밸런스를 위해서였다. 그래도 목표를 달성한 후로는 레벨업에 대한 압박감이 줄어들어 한결 편한 플레이를 해왔다.

"바하무트?"

"아?"

라이세크의 부름에 바하무트가 반응했다. 레벨 생각에 정신이 팔려 미처 못 들었다.

"이 녀석은 석판을 떨구지 않았다. 아무래도 저기 박혀 있는 것 같다."

라이세크가 턱짓으로 모형을 가리켰다. 테브리다에게 얻을 수 없다면 저기였다. 그에 모두가 약속이라도 한 듯 동시에 모형 쪽으로 걸음을 옮겼다. 가는 도중 슈타이너가 농담조로 말했다.

"설마 석판 꺼내는 동시에 바로 보스전은 아니겠지?"

"그럴지도."

"그럼 나중에 꺼내야겠네. 너희 지금 부분 무기력 걸리지 않았어?"

부분 무기력은 완전 무기력까지는 약화판으로 스킬 사용을 과다하게 했을 때 나타난다. 강한 적과 싸웠던 라이세크들은 죽지 않으려고 노력했기에 과부하에 의한 무기력을 피할 수 없었다.

"2시간 지나야 풀린다."

"난 1시간 30분, 쿠라이가 탱커 역할이어서 제일 오래 걸릴 거다."

1주일도 기다렸는데 2시간을 못 기다릴까.

실제로도 그리 긴 시간이 아니므로 눈 깜짝할 사이에 흘러갔다.

"슈타이너, 석판 꺼내서 저기 갖다 대봐."

"떨린다."

슈타이너가 인벤토리에서 천사의 유희를 꺼냈다. 그리고는 바하무트의 말대로 모형 가까이 가져갔다.

철컥!

미완성이었던 석판이 움직이며 나머지를 저절로 끼워 맞췄다. 웃긴 건 11개가 합쳐졌음에도 크기 자체는 그다지 변화가 없었다. 다만 석판의 그림이 세세해지며 살아 있는 것처럼 시시각각 바뀐다는 거였다. 바뀌는 그림은 석판의 숫자와 같았다.

"이게 끝이야?"

"다른 변화는?"

화려한 뭔가를·원했는데 단순히 석판이 합쳐진 걸로 끝나자 슈타이너와 쿠라이가 맥이 빠진다는 듯 실망했다. 다른 이들도 내색은 안 했지만 내심 긴장했던 스스로를 바보처럼 여겼다.

우우우웅!

"시작인가."

1분 정도가 지날 쯤 주변 공간이 일그러졌다. 어느 한쪽만 그렇다기보다 대신전 전체가 찌부러지는 느낌이었다. 바하무트들은 이 현상이 끝나기를 기다렸다. 이를 해결할 뚜렷한 방법이 없었기 때문이다. 영원하지는 않을 테고 금세 끝날 것이다.

스스스스.

세상이 어두워졌다. 바하무트가 급히 용마안을 활성화시켰지만 시야가 확보되지 않았다. 그는 자신의 숙련도가 낮아서일지도 모른다는 생각에 슈타이너에게 말을 걸었지만 그도 마찬가지였다. 이래서는 옆에 사람이 있는지 없는지조차 모르겠다.

"화악!

싸한 기운이 스치며 환경이 바뀌었다. 조금 전처럼 어두운 것은 맞는데 손과 발이 보였다. 멍한 표정을 짓고 있는 일행도 보였다. 그리고 사방에서 그들을 쏘아보는 검은 석상들도 보였다.

"공간을 여는 게 아니라 통째로 비트는 거네."

"저것들 가고일 종류는 아니겠지? 몬스터면 우린 죽은 목숨이야."

가고일은 석상으로 위장해 있다가 유저들을 기습하는 짜증나는 몬스터다.

검은 석상의 외형은 천사로서 대충 봐도 숫자가 만 단위를 훌쩍 넘었다. 만약 살아 있는 거라면 난감한 일이 발생한다. 폭룡무군의 피해가 90%에 달했기에 그들이 전부 감당해야 했다.

"건드려 볼까?"

"하지 마, 미친놈아."

슈타이너가 소스라치게 놀라며 쿠라이를 말렸다. 이런 상황에서는 선제공격을 받더라도 모른 척 내버려 두는 게 옳은 행동이다. 가만있으면 중간은 간다는 말이 괜히 생긴 게 아니다.

"그런데 이거 길인가?"

"길이다. 저 석상들은 단순히 장식품인 듯하다."

바하무트는 쉬지 않고 주변을 두리번거렸다. 이곳은 괴리감으로 가득했다. 육안으로 식별할 수 있는 거라고는 석상뿐이었다. 길이라고 인지하는 것도 석상들이 일정한 간격을 두고 쭉 이어지고 있어서였다. 마치 어딘가로 안내하려는 듯한 모습이었다.

멈칫!

바하무트가 걸음을 멈췄다. 길은 얼마 지나지 않아서 끊겼다.

편의상 그리 표현했을 뿐 정체 모를 이곳에 들어와서 30분은 족히 걸은 듯했다. 그리고 길의 마지막에 도착하기 무섭게 보이는 눈앞의 광경은 바하무트들의 긴장감을 최고조로 증폭시켰다.

"타락한 천사의 궁전이 뭘 뜻하는가 싶었는데… 이런 거였나."

"궁전은 그렇다 치고 그럼 저건 뭔데? 저게 우리가 싸워야 할 왕이야? 무슨 미친! 어떻게 이겨?!"

궁전의 참뜻은 왕의 거처이다. 그런데 그 뜻과는 거리가 멀었다. 하늘 높이 솟은 기둥 위에 바하무트의 본체 크기만큼 커다란 석상들이 한 자리씩 차지하고 있었다. 그런 기둥의 숫자가 수천 개를 족히 넘어갔다. 당연히 석상도 그러했다.

기둥들의 중심부.

사람의 신체 구조로는 걸어 올라가는 게 불가능할 정도로 거대한 계단이 하늘과 지상을 연결했다. 계단의 종착지에는 외부에서 내부가 훤히 보이도록 만들어진, 벽이 없고 기둥과 지붕만 있는 건축물이 존재했다. 바로 그곳에 바하무트 일행이 상대해야 할 존재가 오만한 표정으로 그들을 내려다보고 있었다.

"하루살이들이 왔군."

조용한 음성임에도 압도적인 위압감이 대기를 무겁게 짓눌렀다. 등 뒤에 달린 6쌍의 날개를 접고 왕좌에 앉아 있는 반신.

무려 499레벨이었다.

칭호는 천신을 미워하는 자.

타락한 천사들의 왕, 마천사 우리엘.

바하무트가 봤던 499레벨은 화룡왕 크라디메랄드가 유일했다. 비록 수면에 들기 전이었더라도 저만하면 단순 비교로도 그의 전성기 시절과 동급이었다. 이곳에 모인 6명이 무슨 짓을 해도 이길 수 없는 수준이다. 밸런스 파괴라는 단어가 적절했다.

애당초 최종 관문에서 상대해야 할 우리엘의 레벨이 정해진 게 아니었으니 이런 사태가 일어나도 문제될 건 없었다.

그러나 어느 선이라는 게 있다. 이건 해도 너무하단 생각이 들었다.

'정말 저걸 상대로 싸워야 하나?'

'불가능하다.'

'방법은?'

바하무트의 머릿속으로 수십 가지 상념이 계속해서 떠올랐다 사라지기를 반복했다. 그는 이번 퀘스트의 주동자였다. 안 그런 척 포커페이스를 유지함에도 부담감이 없다면 거짓이었다.

띠딩!

마천사 우리엘과 마주치셨습니다. 현재 그는 정체 모를 강력한 금제에 육체를 결박당한 상태로써 왕좌를 벗어나지 못합니다.

대주교 베르디칼을 포함한 6명의 주교가 금제를 풀기 위한 마법진을 작

동시킵니다. 우리엘의 가호가 주교들을 보호합니다.

마법진의 숫자는 도합 6개이고 각각 머리, 몸통, 양팔, 양다리를 결박하고 있습니다. 1시간이 지날 때마다 하나씩 풀립니다.

주교를 못 죽이면 우리엘이 조금씩 자유를 되찾고 죽이면 힘이 약해집니다. 전자와 후자에 관계없이 마법진이 사라지면 우리엘은 그에 해당하는 신체를 움직일 수 있게 됩니다.

죽일 수 있는 주교는 5명으로 모두 죽일시 약해질 대로 약해진 400레벨의 우리엘이 왕좌에서 벗어납니다.

마법진의 카운트다운이 시작됩니다. 4시간 59분 59초 남았습니다.

주교들은 1주일 전에 들어왔지만 바하무트들이 올 때까지 아무것도 하지 않았다. 시스템 가동 조건을 채우지 못했기 때문이다.

"이거……."

"요약한다."

알림음은 단순히 귀로만 들리지 않고 눈으로도 읽을 수 있게끔 채팅창에 친절하게 적힌다. 바하무트는 평소 숨김으로 해놓은 채팅창을 켜고 내용을 정리했다. 머뭇거릴 틈이 없었다.

"마지막에 남은 놈은 우리엘의 최소 레벨을 정해놓는 보정 시스템인 듯하고 1시간에 한 명씩, 5시간 동안 5명을 죽여야 한다.”

"5명을 다 죽여도 400레벨이면 한 놈만 놓쳐도 레벨이 뻥튀기될 수가 있다는 건가? 얼마만큼의 비중을 차지하는지는 모르겠지만 대충 19~20레벨쯤 되겠군. 반드시 숫자를 꽉 채워야해.”

바하무트의 말을 이해한 라이세크가 뒷내용을 덧붙였다. 놓치면 420, 또 놓치면 440, 예상일 뿐이라도 신빙성이 없지는 않았다.

"5명이니까 흩어질까? 한 명당 하나씩 죽이면 5명 금방일 텐데.”

"불가. 흩어져서 싸우면 죽이기는커녕 죽을 거야. 또한 개개인의 화력으로 1시간 안에 마법진을 부술 수 있을지도 장담 못하고.”

바하무트가 강하게 부정했다.

우리엘의 가호가 주교들을 보호한다고 했다. 왕좌를 벗어나지 못해 움직임에 제한이 따른대도 499레벨은 이미 존재 자체로 바하무트들과는 차원을 달리했다. 거짓말을 좀 보태면 손가락만으로 그들을 찍어 죽일 수 있는 괴물이었다.

이럴 때일수록 흩어지지 않고 뭉쳐야 했다. 서로가 서로의 눈이 되고 귀가 된다. 먼저 이사벨라와 슈타이너가 왕좌에서 가해지는 우리엘의 공격을 막는다. 둘은 오로지 거기에만 집중한다. 라이세크들은 상황에 따라 다르지만 일단은 마법진을 파훼하는데 전력을 기울인다.

모두 불만 없이 바하무트의 의견을 따랐다. 기발하지는 않았지만 단순하면서도 확실한 작전이었다.

"주교들을 어디서 찾아?"

"우리엘 주변에 있겠지. 시간도 촉박한데 숨겨놨을 리가 없다."

"올라가자."

"형."

바하무트가 계단을 오르려고 준비할 때 슈타이너가 말을 걸었다.

"응?"

"형은 여기 있어요."

"왜?"

"주교들을 다 죽여도 결국 400레벨의 우리엘을 상대해야 해요. 저희 쪽도 비장의 카드 하나쯤은 있어야죠. 저 정도는 저희선에서 어떻게든 해볼 테니까 왕좌 바깥에서 기다리고 계세요."

"하지만 제시간에 못 죽이면 그 뒤는 0.01%의 가능성도 없이 퀘스트 실패야. 차라리 초반부터 밀어붙이는 게 낫지 않을까?"

"제시간에 죽여도 6명이 지친 상태면 결과는 똑같아요. 이러니저러니 성공과 실패가 섞여 있다면 제가 하라는 대로 해봐요."

슈타이너는 바하무트가 남아 있는 게 낫다고 판단했다. 물론 기회가 있을 때 밀어붙이는 한 방 승부도 좋지만 무슨 짓을 해도 성패의 가능성을 점칠 수 없다면 만약을 대비해야 했다.

"알았다."

"콜!"

바하무트가 흔쾌히 허락했다. 슈타이너가 창을 바로 잡고는 날개를 펼쳤다. 그리고는 빠른 속도로 계단을 가로질렀다. 그가 선두로 출발하자 남은 일행도 약간의 시간 차를 두고 따라붙었다.

"죽여라."

그그그극!

우리엘의 명령이 떨어짐과 동시에 기둥 위에 서 있던 석상들이 살아 움직였다.

다행인 것은 지나쳤던 석상들은 정말 석상이었다는 것이다. 전부 움직이지는 않았다. 수천 개 중에서 고작 100개 정도?

"산 넘어 산이군. 그래도 어쩌겠어. 여긴 내가 해결하는 수밖에."

석상의 이름은 우리엘의 피조물.

숫자는 보이는 바와 같이 적었지만 문제는 299라는 레벨이었다. 저런 게 100개면 아주 피똥 쌀 각오를 하고서 싸워야 한다.

우우우우!

바하무트가 폭룡무군을 소환했다. 유지 비용이 엄청나서 몇 번이고 욕을 했었는데 예상외로 큰 도움을 줬다. 한계 정원을 안 채우고 왔다면 우리엘의 얼굴도 못 보고 돌아갔을 터였다.

그동안 노예처럼 부려먹었기에 1만의 병력이 1,500이하로 줄었다. 못 이길 것이다. 물량이 많아도 질에서는 훨씬 밀렸으니까.

"몇 번이고 봤지만 이상하군. 장군 급의 용족이 아니면 사병

을 보유할 수 없을 텐데? 저쪽의 골든 나가였다면 이해하겠다
만."

우리엘이 의아해했다. 공간 너머에서 용족의 군대가 성혈의
사원을 침공하는 걸 지켜봤다. 긴 세월을 살았기에 용족의 지위
체계에 관해서는 빠삭했다. 이는 정상적인 현상이 아니었다.

"설명해 주고 싶은데 그러기에는 시간이 모자라서 안 되겠
어."

쿠쿠쿠쿵!

바하무트를 보호하던 폭룡무군이 수십 단위로 나눠져서 석상
들에게 달려들었다. 그가 대장군의 직책을 유지하는 이유는 도
전하는 용족이 없어서다. 같은 장군들끼리는 서열 다툼을 벌일
수 있다. 지금 상태라면 누구든지 그를 밀어낼 수 있었다.

드드드드.

석상과 폭룡무군의 모습은 말벌 한 마리를 죽이려는 꿀벌들
과도 같았다.

이리저리 치여도 다닥다닥 붙어서 악착같이 물고 늘어졌다.

'부탁해들. 나도 최선을 다할게.'

바하무트가 가까이 있는 석상에게 날아갔다. 이것들을 위로
올려 보낼 수는 없었다. 어떻게든 스스로의 손에서 끊어야 했
다.

*   *   *

"아오!"

"괜찮다. 바하무트가 알아서 할 거야."

계단을 오르던 슈타이너가 뒤를 돌아보더니 욕지거리를 내뱉었다. 바하무트가 석상들에게 둘러싸여 난전을 벌이고 있었다.

당장에라도 발을 빼서 그를 도와주고 싶었지만 그건 불가능했다.

"도착했다."

"까닥하면 밟혀 죽겠다."

우리엘의 크기는 거대했다. 머리부터 발끝까지 족히 70~80미터는 될 듯했다. 그랬기에 멀리서도 식별할 수 있었던 것이다.

"왕좌를 벗어나지 못한다는 게 바닥에 그어진 붉은 선을 뜻하나?"

정답이었다. 그가 앉은 왕좌를 기준으로 동그란 원 내부에 그려진 오망성이 활동 가능 범위였다. 그리고 더 나아가 끝부분에서 금제를 해제하기 위해 노력하는 주교들의 모습을 발견했다.

"피해!"

"으악!"

콰콰콰쾅!

슈타이너들이 대경실색하며 산개했다. 잠깐 머물렀을 뿐인데 칠흑보다 어두운 눈동자에서 뿜어진 한 쌍의 광선이 슈타이너들이 서 있는 자리를 훑고 지나갔다. 우리엘의 기습 공격이었다.

지상까지 높이가 상당한데 그들이 밟은 바닥을 꿰뚫고도 모자라서 지하 바닥까지 갈라 버렸다.

저걸 몸뚱이에 허용하면 눈과 눈 사이에 공기가 스쳐 갈 것이다.

"누구부터?"

"시계 방향으로 돌자."

대화는 짧았어도 행동은 재빨랐다. 시계 방향이라고 해봐야 근처에서부터 돌면 되는 거다. 우리엘의 후미로 돌아가면 시야에서는 벗어나지만 반신 급의 존재에게 사각이 있을 리가 없었다. 이 위치에서는 어느 방향을 가도 그의 감각권 내였다.

지이이잉!

다시 한 번 광선이 쇄도했다. 이번에는 머리를 썼는지 하나는 목표를 고정하고 남은 하나는 피하리라 예상되는 방향으로 날렸다. 효과는 확실했다. 첫 번째 공격은 다들 무사히 피했다. 그러나 두 번째 공격은 정확히 슈타이너를 노리고 있었다.

"흥! 직선 공격이면 나도 지지 않아!"

휘리리릭!

창이 회전하며 공기를 빨아들였다.

기류가 소용돌이치며 전방으로 뻗어 나갔다. 소닉 붐의 회풍포였다.

퍼엉!

두 스킬이 충돌하면 잠시 동안 힘겨루기를 하는가 싶더니 한쪽이 다른 한쪽을 집어삼켰다. 광선이 회풍포를 분쇄시킨 것이다.

한 번의 충돌로 광선의 기세가 줄어들었어도 여전히 매서웠다.

스윽.

슈타이너가 창을 회수했다. 부딪히기로 마음먹었을 때부터 피하기 늦은 상태였다. 회풍포가 밀렸다면 더 큰 스킬로 박살낸다.

"제가."

"어어?"

한 호흡 만에 다가온 이사벨라가 슈타이너의 앞을 막아섰다. 그리고는 제자리에서 양손으로 검을 내려 벴다. 거센 풍압이 발생하며 반월형의 소울 블레이드가 광선을 두 쪽으로 갈라냈다.

강제로 방향이 틀어진 광선은 애꿎은 곳에다가 화풀이를 했다.

"공격은 저게 끝인가?"

"처음은 쉬운 법이지. 현재로써는 눈빛 발사가 유일한 공격수단인 것 같지만 금제가 풀릴수록 미쳐 날뛸 거다. 방심하지 마라."

양팔만 움직일 수 있어도 차원이 다른 공격들을 선보일 것이다.

피피피핑!

이동하는 와중에도 슈타이너들에게 광선이 날아갔지만 맞추지는 못했다.

이쯤이면 짜증 날 법도 한데 우리엘의 표정은 변함이 없었다. 생긴 자체가 괴기해서 무슨 생각을 하고 있는지 도통 모르겠다.

"저기다!"

"엄호해 줄게. 바로 쳐."

눈앞에 마법진이 보였다. 주교는 적이 가까이 왔는데도 눈을 감고서 금제를 푸는 일에만 열중했다.

콰드드득!

야수화한 쿠라이가 마법진을 보호하는 결계를 때렸다. 물론 끄떡도 없었다. 일격에 깨뜨리기에는 한없이 모자란 데미지였다.

곧 라이세크와 스라웬도 합류했다. 슈타이너와 이사벨라는 결계 공격에 가담하지 않고 연속으로 다가오는 광선들을 쳐냈다.

채채채챙!

검과 창이 어우러지며 춤을 췄다. 둘이서 마음먹고 방어하자 약간의 여유를 두고도 어렵지 않게 맡은 바 역할을 수행했다.

"제법이군."

침묵을 고수하던 우리엘이 입을 열었다. 진심으로 하는 말이었다.

불순한 목적을 지녔어도 실력은 인정할 만했다. 다크 빔을 쳐내는 몸놀림이 괜찮았다. 비록 단조롭게 운용하고 있어도 말이다.

"발버둥 치거라. 마법진을 전부 없앤대도 너희는 날 이기지 못한다."

우리엘은 느긋했다. 주교들의 생사에 상관없이 마법진이 사라질 때마다 신체일부의 자유를 되찾는다. 지금이야 다크 빔 하나뿐이지만 2~3개만 풀려도 다양할 공격을 할 수 있었다. 제아무리 발악해도 차례차례 죽어나가는 것은 정해진 수순이다.

NPC와 몬스터에게는 레벨이란 개념이 없다.

그러나 서로의 격차를 감지할 수 있는 프로그램이 탑재되어 자연스레 먹이사슬의 상하 관계를 구분한다. 우리엘이 느낀 바 최악의 경우인 400레벨이 돼도 저들은 한낱 먹이에 불과했다.

'메제기스가 밉다. 마족도 밉고, 나를 따르지 않은 동족도 밉다.'

금제에서 벗어나 권능을 회복하면 제일 먼저 타락한 천족들을 규합하여 차근차근 세를 불릴 것이다. 종국에는 마족들과 메제기스를 죽이는 게 그의 목표였다. 불가능하겠지만 그럼에도 꿈을 꾼다. 그것마저 포기하면 삶은 이을 필요가 없으니까.

> 두 번째에 위치한 주교를 죽임으로써 마법진의 가동이 멈췄습니다. 해당 마법진이 금제하고 있던 우리엘의 왼팔이 조금 약해진 상태로 자유를 되찾습니다. 4시간 37분 23초 남았습니다.

슈타이너들은 우리엘이 상념에 잠기면서 공격이 느슨해진 틈을 놓치지 않았다. 후반부로 갈수록 힘들다면 최대한 전반부를 빨리 끝내는 게 이득이었다. 그래야만 더더욱 많은 기회를 부여받는다. 시간이 정해져 있으므로 머뭇거릴 여유가 없었다.

스윽.

우리엘의 시선이 다음 목적지로 향하는 움직임을 쫓았다. 타락을 상징하는 검은 기운이 스멀스멀 그의 팔에서 뿜어졌다. 왕좌에서 떠오른 팔은 정확히 슈타이너들을 가리켰다. 어찌나 거대한지 바하무트의 본체를 한 손으로 움켜쥘 정도였다.

씨익.

우리엘의 입가에 비릿한 미소가 번졌다. 마법진 한 개쯤은 준비운동에 불과하다. 어디 이번에도 잘 버티는지 시험해 봐야겠다.

＊　　　＊　　　＊

이곳은 성혈의 사원.

얼마 전까지는 나름의 질서를 구축하고 있던 도시였건만, 지금은 작은 생기조차 느낄 수 없이 황폐화되어 스산함만 감돌았다.

파팟!

대신전에서 100미터 정도 떨어진 공터에서 유저가 로그인할 때 나타나는 빛이 발생했다.

그리고는 제 몸만큼 큼지막한 가방을 맨 유저 한 명을 토해냈다.

"면목이 없네, 면목이."

브레인이 세수하듯 얼굴을 쓸었다. 미안한 감정을 표현한 것이다. 양육 문제로 1주일을 접속하지 못했다. 그것도 중요한 순간에 빠졌다. 게임보다 현실이지만 이번 것은 보통 퀘스트가 아니었다. 극단적으로 말하면 목숨 걸고 해결해야 하는 종류였다.

"편지 확인."

로그인 전에도 편지를 확인할 수는 있다. 그러나 들어와서 확인하면 될 것을 굳이 볼 필요가 없어서 내버려 둔 거였다. 편지는 여러 개로 바하무트가 보낸 것이었다. 브레인은 차례대로 읽어 내려갔다. 마지막 편지를 제외하면 특별한 내용은 없었다.

―저희부터 들어가겠습니다. 접속하시면 음성 주세요. 방해물은 치워놓을 테니 걱정 마시고 이동 경로는 따로 표시하겠습니다.

"시간이……."

시간 체크를 해봤다. 일행이 출발한 지 5시간 정도가 지났다. 이후로는 편지가 없는 걸로 봐서 아직까지 퀘스트를 진행하고 있는 듯했다. 빨리 합류해서 작은 도움이라도 주고 싶었다.

띠딩!

일행의 현재 상태를 확인하기 위해 파티창을 활성화시켰다. 그런데 생명력과 마력 등이 비공개로 바뀌어 있었다. 접속해 있다는 부분만 확인이 가능했다. 서로 까마득하게 멀리 떨어져 있거나 던전 같은 곳으로 넘어갔을 때 일어나는 현상이었다.

브레인은 바하무트에게 접속했다는 걸 알리지 않았다. 중요한 일을 진행하고 있을지도 모른다. 정신을 분산시키는 행동은 자제해야 했다. 여유 있는 상황이라면 그쪽에서 먼저 할 것이다.

탁.

브레인이 대신전으로 발을 디뎠다. 길을 재촉해야 했다. 앉아서 구경만 할 수는 없다. 그는 지역탐색 스킬로 내부를 스캔했다.

200레벨의 후반을 달리고 있었기에 예전보다 숙련도가 크게 늘어난 상태였다. 대신전은 굉장히 넓었다. 높은 등급의 던전만큼은 아니어도 건축물로 따지자면 일국의 왕궁과도 비슷했다.

"아이템으로 표시를 해두시다니… 언제나 상식을 벗어나시는군."

바하무트는 자신들의 이동 경로를 아이템으로 표시해 놨다. 지나간 길에 던져 놓는 식으로 말이다.

그가 왜 이런 행동을 했는지는 알고 있었다. 이곳의 유저는 자신들 일행이 유일했고 떨궈놔도 주우면서 올 것을 알아서였다. 안 그랬으면 돈이 많아도 아깝게 버리지는 않았을 것이다.

원래 유저들은 표시에 색연필과 형광펜 등의 소모품을 이용한다. 벽이나 바닥에 살짝만 문대도 일정 시간 유지되기 때문이다.

이 같은 행동을 기준으로 했을 때 아이템을 떨궈놓는 짓은 낭비 중의 낭비였다. 다른 사람들이라면 설사 같은 방법을 사용한다고 해도 내구도가 땅을 치거나 버려도 상관없는 것들로만 엄선했을 것이다. 왜냐고? 돈이 아까우니까.

스윽.

헨젤과 그레텔에서 나온 빵 조각처럼 떨어진 아이템을 따라가니 금세 원하던 목적지에 도착했다. 확실히 아이템은 표시 용도가 아님에도 이펙트 현상 탓에 멀리서도 번쩍번쩍 잘 보였다.

"전투가 있었군."

브레인이 이곳저곳 둘러보며 자세히 살펴봤다. 뚜렷한 흔적은 없었지만 넓은 범위에 걸쳐 날카로운 상흔이 미세하게 새겨져 있었다. 이 정도면 큰 규모의 전투가 벌어졌던 게 분명했다.

"여기부터는 어떻게 가지?"

막다른 곳이었다.

대신전 전체를 둘러본 것은 아니지만 바하무트가 남긴 흔적과 지역탐색 스킬의 결과로는 이곳이 일행이 머물렀던 마지막 공간이었다. 쓸데없이 다른 곳을 살피기에는 시간이 모자랐다.

여기에서 멈추든가 방법을 찾아서 길을 뚫어야 했다. 물론 전자의 경우 거론할 필요가 없었기에 선택은 후자로 넘어갔다.

팍.

한쪽으로 치워뒀던 파티창에서 효과음이 울렸다. 앞으로 나아가기 위해 주변을 훑어보던 브레인의 눈동자가 크게 흔들렸다.

팍팍.

효과음은 한 번으로 끝나지 않았다. 첫 번째를 시작으로 1~2분 간격으로 두 번이 더 들렸다. 파티와 공간을 격해 있어서 그렇지 만약 한 공간에 있었다면 이런 알림음이 울렸을 것이다.

> 파티원 쿠라이 님이 사망하셨습니다.

> 파티원 스라웬 님이 사망하셨습니다.

> 파티원 라이세크 님이 사망하셨습니다.

좋지 않았다. 어떤 존재를 상대로 싸우는지 몰라도 300레벨을 넘은 강자 3명이 짧은 사이에 죽었다. 브레인의 행동이 급해

졌다. 그곳에 가봐야 지도나 만드는 나부랭이가 할 만한 일은
없었다. 그래도 그 자리에 있다면 마음이나마 편할 것 같았다.

"석판!"

전진하던 브레인이 석판을 발견하자마자 소리쳤다. 그는 천
사의 유희에 적혀 있던 설명을 기억해 냈다. 분명 우리엘이 숨
은 차원의 경계로 통하는 열쇠라고 했었다. 저거다. 저게 입구
다.

> 파티원 슈타이너 님이 사망하셨습니다.

또 한 명이 죽었다. 이제 남은 일행은 바하무트와 이사벨라뿐
이다.

우웅!

브레인이 석판 쪽으로 손을 뻗었다. 손이 다가옴에 석판이 빛
을 발했다. 그리고는 그가 가고 싶은 곳으로 친절하게 보내줬
다.

＊　　　＊　　　＊

왕좌의 아래에서 석상을 상대하는 바하무트도, 왕좌 부근에
서 주교들을 죽이며 우리엘의 공격을 버텨내는 슈타이너들도
브레인이 접속을 알아채지 못했다. 퀘스트의 집중을 위해 외부
에서 들어오는 모든 알림을 꺼놔서다. 눈과 귀를 막아놓은 것이
다.

파티창을 살펴보면 접속 유무를 확인할 수 있겠으나 지금 그들에게는 그럴 만한 정신이 없었다. 주교 한 명을 죽인 이후로 둘을 더 죽여서 마법진의 가동을 막아냈다. 그때까지는 좋았다.

힘들어도 전력을 다하면 버틸 수 있었다. 문제는 세 개의 금제가 풀려 우리엘의 신체가 반 정도 자유를 되찾았을 때부터였다.

주먹을 뻗으면 반경 내의 모든 것을 지워 버렸고 땅을 밟으면 대지진이 발생했다. 이건 막고 자시고도 없었다. 무조건 피해야 했다. 한 방의 위력이 바하무트의 오 조합 스킬과 비슷했다.

쿠우우웅!

우리엘이 발을 굴렀다. 왕좌에서 시작된 진동이 물결처럼 퍼져 나가 지진을 일으켰다. 계단과 기둥이 무너졌다. 자연이나 만들 천재지변을 그가 만들어냈다. 과연, 반이라도 신은 신이었다.

"물러나! 뒤로 빠져!"

"무리다!"

"내가 간다!"

파앙!

이를 악문 슈타이너가 몸을 밀어냈다. 그는 자신에게 허락되는 최고의 속도로 날아가서 라이세크를 껴안고는 곧바로 자리를 이탈했다. 둘이 빠지자마자 파괴적인 기운이 그곳을 덮쳤다.

"고, 고맙다."

"그런 말 하기에는 아직 이른 것 같은데?"

슈슈슈슉!

발 공격이 끝나면 여지없이 주먹 공격이 날아온다. 역시나 우리엘은 허공에 떠 있는 그들에게 여유를 주지 않고 폭격을 가했다.

퍼퍼퍼펑!

슈타이너가 뒤로 빠지면서 몸을 흔들었다. 피해 범위가 상당해서 아슬아슬하게 피하면 안 된다. 되도록 수십 미터 이상의 거리를 두고 피해야 했다. 살짝만 스쳐도 생명력이 쭉쭉 빨린다.

"환장하겠네."

"접근을 못 하겠다. 저런 걸 앞에 두고 딴짓할 엄두가 안 난다."

"두 개, 두 개만 더 깨면… 고지를 눈앞에 두고도 못 오르다니!"

5시간 중에서 4시간이 흘렀다. 충분한 게 아니냐고 말할 수도 있겠지만 그렇지가 않았다. 첫 번째 마법진은 20분 만에 가동을 중지시켰다. 두 번째는 45분, 세 번째는 1시간 20분이었다.

네 번째는 단순히 계산해도 3시간이라는 결론이 나온다. 치는 중이기는 해도 남은 시간과 필요 시간이 안 맞았다. 정상적인 방법으로는 임무를 완수할 수 없다. 어떡해야 할지 모르겠다.

"아래는 슬슬 마무리되나?"

"그런 것 같다."

바하무트는 불리한 상황에서도 미친 듯이 싸웠다. 그 결과 폭룡무군의 숫자가 손가락으로 셀 수 있을 만큼 줄었다. 석상들도 거의 전멸하기 직전이었다. 다행히 추가 병력은 없는 듯했다.

파팟.

슈타이너들이 우리엘에게서 멀어졌다. 이리해서는 절대 공략하지 못한다. 해결책, 이 난관을 타계할 해결책이 절실했다.

"어쩌지?"

"접근해도 피하는 게 고작이다. 어찌어찌 잘해도 한 개가 한계야."

라이세크는 현실을 직시했다. 목표는 5개인데 현실은 시궁창이었다.

3개의 마법진을 없애며 우리엘의 레벨이 많이 내려갔다. 내려가는 수치가 어떤 식으로 계산되는지는 의문이었지만 지금은 447레벨이었다. 레벨이 내려가니 공격력도 내려갔다. 그런데 패턴 자체가 훨씬 까다로워져서 차라리 높았을 때가 나았다.

"네 번째 마법진 얼마나 더 치면 깨질까?"

"내구도가 앞서 깬 세 개와 같다면 반 이상은 쳤다. 하던 대로면 오래 걸리겠지만 전부 달려들면 시간을 줄일 수 있을 거다."

"그건 전부 달려들었을 때의 이야기 아니야? 저놈이 우릴 가만 내버려 둘 리가 없으니 방해할 건 눈에 선하고 그렇게 공격을 피하고 또 피하다 보면 당했던 것처럼 악순환의 반복이잖아."

쿠라이가 옳은 말을 했다. 맞다. 피해서는 원하는 걸 얻지 못한다.

"안 피한다."

"뭐? 안 피하면 저걸 그냥 맞자고? 한 방에 한 명씩 죽을 텐데?"

쿠라이가 반박하자 모두가 라이세크의 말에 귀를 기울였다.

"우리엘은 한 번 공격하면 잠깐의 휴식을 갖는다. 대여섯 번만 막아도 10분 정도는 벌 수 있다는 소리다. 첫 번째 마법진을 20분 만에 깬 거 알지? 방해만 없으면 저것, 별것도 아니다."

"그래서 어쩌자는 거야?"

"순번을 정해서 가해지는 공격을 막는다. 물론 그 사람은 죽겠지. 억울할 수도 있겠지만 이건 한 명만 살아도 다 같이 웃을 수 있는 단체 퀘스트다. 애당초 100% 생존은 불가능한 일이다."

라이세크의 말을 해석하면 개개인이 고기 방패가 되자는 거였다.

목숨을 걸면 두 번쯤은 막아낼지도 모른다. 세 번은 무리다. 한 명이 희생하는 사이 마법진의 결계를 깨고 주교를 죽인다. 죽음에 대한 거부감만 없다면 쉽게 수행할 수 있는 작전이다.

초반에는 제법 여유가 있었고 갈수록 어려워지리란 걸 예상했음에도 누군가 고기 방패가 될 줄은 몰랐기에 이 방법을 쓰지 않았던 것이다. 하지만 더는 지체할 수 없다. 밀고 나가야 했다.

"좋아. 나부터 간다."

"네가?"

슈타이너의 눈이 동그랗게 뜨고 반문했다. 다른 누구도 아닌 쿠라이가 선두를 자처하다니. 놀랄 노자였다. 성격 같아서는 제일 끝에 나서겠다고 때를 써도 이상한 게 없는 놈이었다.

"그 눈은 뭐냐? 내가 늦게 죽겠다고 투정이라도 부릴 줄 알았냐?"

휘익!

슈타이너가 휘파람을 불며 딴청을 부렸다. 그렇다고 말하고 싶은데 정작 본인이 나서겠다 말하니 선뜻 입이 열리지 않아서다.

"너하고 이사벨라 님이 끝이다. 변수를 생각하면 약한 순으로 나서는 게 당연한 거다. 우리 마누라보다 늦게 죽기는 싫고 어차피 한 명만 빼고 죽을 거라면 언제 죽는 게 무슨 상관이냐?"

매도 먼저 맞는 게 낫다고 한다.

이미 암묵적으로 최후의 일인은 바하무트로 정해졌다. 이것은 굳이 말로 표현하지 않아도 다들 알고 있다. 첫 번째나 두 번째나 순서 같은 건 무의미했다. 뭐가 되든 그게 그거였으니까.

"언제?"

"바로, 한 번은 피한다."

타타타탓!

한마디면 족했다. 라이세크의 신호가 떨어졌다. 모두 애써 벌려놨던 우리엘과의 거리를 좁혔다. 어그로를 끌었으니 공격이 쇄도하는 것은 불 보듯 뻔했고 한 번은 맞서지 않고 피했다.

쿠쿠쿠쿠!

마법진의 결계가 조금씩 희미해졌다. 꺼지기 직전의 전구를 보는 것처럼 깜빡거렸다. 레벨이나 장비 수준이 동료보다 월등해서인지 슈타이너와 이사벨라의 공격력은 단연 독보적이었다.

"온다! 잘 막아!"

"그거, 잘 죽으라는 소리지? 걱정 마라! 같이 죽자고는 안 한다!"

쿠라이가 일행에게서 등을 돌렸다. 그러자 무지막지하게 큰 우리엘이 눈에 들어왔다. 이게 현실이었다면 식은땀이 흘렀을 것이다. 반신의 위엄은 그의 심신을 절로 수그리게 만들었다.

생긴 것부터가 일단 상대를 위협했다. 고층 건물만 한 크기에 먹물에 담근 듯이 시커먼 피부색, 당장에라도 터질 만큼 부푼 근육은 보디빌더 저리 가라였다. 그런 주제에 6쌍의 날개라니.

그나마 뿔이나 꼬리가 안 달렸으니 망정이지 저 외모에 그것마저 달렸다면 마천사가 아니라 악마라고 해도 믿었을 것이다.

쿠우우웅!

1분 정도가 지났을까? 스킬 쿨을 회복한 우리엘의 발바닥이 지면을 강타했다.

몇 번이고 봐왔던 지진이었다. 파도가 밀려오듯 진동이 밀려왔다.

후우!

쿠라이가 숨을 들이마셨다. 가슴이 빵빵해지며 공기를 흡수한 전신 근육이 크게 부풀었다. 그는 양팔에 전력을 집중시키고서 땅속 깊숙이 손을 찔러 넣었다. 모든 방위를 막는 일은 역량 바깥이다. 그저 공격이 빗겨 나갈 일부만 막아도 충분했다.

자유도가 높은 포가튼 사가에서 스킬이란 응용하기 나름이었다. 같은 종류라도 어떻게 사용하느냐에 따라 효과가 달라진다.

쩌어어엉!

지하에서 폭발한 기운이 역지진을 발생시켰다. 역지진은 다가오는 지진과 충돌했고 서로의 힘을 상쇄했다. 그러나 둘의 레벨 차이는 극심했다. 제아무리 일부라도 우리엘이 만들어낸 공격이다. 쿠라이 하나로는 온전히 막아내는 데 한계가 있었다.

'두 번은 될 거라 예상했는데……'

마음속으로 씁쓸한 감정을 표현한 쿠라이가 전신에 오러를 집중해서 크게 키웠다. 과부하고 무기력이고 신경 쓰지 않았다.

부아아앙!

거대한 원형의 배리어가 규모를 넓히더니 지진을 반으로 갈라 버렸다. 물이 흐르는 개울가의 중심에 커다란 바위가 있으면 물은 저절로 빗겨간다. 세월이 지나면 깎일 수도 있겠지만 당장은 어찌하지 못한다. 쿠라이의 현재 모습이 딱 그러했다.

빠지지직!

유리가 깨지듯 배리어에 금이 갔다. 살이 찢기고 뼈가 부러지는 소리가 섬뜩하게 울려 퍼졌다. 라이칸스로프의 재생력이 어떻게든 버티려고 노력함에도 결국에는 주인을 지키지 못했다.

띠딩!

동료의 사망을 알리는 소리가 들렸지만 정해진 결과였다. 그것보다 중요한 일은 정작 따로 있었다.

"이번에는 제가 갈게요."

"부탁드립니다."

스라웬이 움직였다. 머뭇거림은 곧 독이었다. 우리엘은 기다려 주지 않는다. 첫 타에 이은 후속타가 연달아서 날아올 것이다.

*　　　*　　　*

퍼서서석!

바하무트의 염왕권이 석상의 머리통을 날려 버렸다. 이로써 모든 석상을 돌 조각으로 만드는 데 성공했다. 꽤 힘든 싸움이었다. 아래의 난잡한 전투 속에서 살아남은 존재는 그밖에 없었다.

수백억을 투자한 폭룡무군은 하나도 안 남고 허공으로 증발했다.

콰르르릉!

뇌성벽력이 내리쳤다. 바하무트의 시선이 본능적으로 귀를 따랐다.

"천공대낙뢰……."

하늘이 열렸다. 실제로 저게 하늘인지 아닌지는 모르겠지만 없던 구름들이 생겨나며 벼락이 떨어질 수 있도록 길을 터줬다.

스라웬의 제우스의 분노가 품은 오의였다. 원래 원소술사들의 기본 공격력은 모든 직업을 통틀어서 손가락 안에 꼽힌다. 그중에서도 페어리족은 원소마법에 특화된 특수 종족이었다. 모르긴 몰라도 다른 걸 배제하고 위력으로만 따졌을 때 슈타이너가 300레벨 초반에 사용했던 천살창혼파와 비슷할 것이다.

콰콰콰쾅!

천공대낙뢰의 영향으로 바하무트가 있는 아래까지 후폭풍이 미쳤다. 위에서 무슨 일이 벌어지는지 알 길이 없었다. 보이는 건 왕좌에 앉은 우리엘이 주먹을 뻗고 발을 구르는 것뿐이다.

그것도 반 정도는 추측이다. 이곳의 각도로는 계단에 시야가 가려졌기에 작디작은 슈타이너들의 모습을 확인하기가 어려웠다.

'올라갈까?'

'아니다. 조금만 기다리자.'

마음 같아서는 올라가고 싶었지만 금제에서 풀린 우리엘과 싸우려면 슈타이너의 말마따나 좋든 싫든 전력을 보존해야 했다.

띠딩!

두 번째 사망 알림음이다. 쿠라이의 뒤를 이어 스라웬까지 죽었다. 이대로 가다간 6명 전부가 죽을지도 모른다. 그렇지만 퀘스트의 성공을 생각하면 희생이 따라오는 건 어쩔 수 없었다.

드드드드!

천공대낙뢰 다음으로는 라이세크의 토네이도 트위스트였다. 시퍼런 빛줄기가 폭풍 사이로 뿜어지고 있었는데 기가 블레이드를 켜놓은 상태에서 이중 스킬을 응용하면서 생겨난 듯했다.

다섯 번째에 위치한 주교를 죽임으로써 마법진의 가동이 멈췄습니다. 해당 마법진이 금제하고 있던 우리엘의 오른발이 조금 약해진 상태로 자유를 되찾습니다. 35분 23초 남았습니다.

우리엘이 레벨이 425까지 줄었다.

깬 마법진은 네 개이며 하나만 더 없애면 그의 힘을 최대한 억제시킬 수 있었다. 그런데 인원이나 시간이나 가능해 보이지가 않았다. 라이세크마저 죽음으로써 위에는 두 명밖에 없었다.

"일단 이놈을 보내봐야지."

바하무트가 일그러진 재앙을 꺼내 헬 나이트 마스터 큐페일을 소환했다. 직접 갈 수가 없으니 소환수라도 보내볼 심산이다.

우우.

어둠에서 태어난 큐페일은 타락한 천사들의 궁전이 마음에 들었다. 마치 마계에 있는 듯이 편안했다. 능력이 강해짐은 물론이고 왠지 허용된 시간보다 오래 있을 수 있을 것만 같았다.

어둠의 기운을 부여받은 큐페일의 능력이 이번에 한해서 30% 증가하며 5분의 소환 시간이 20분으로 늘어납니다.

누가 암속성 아이템 아니랄까 봐 공간의 영향을 톡톡히 받았다. 아마 다른 아이템들도 큰 변화가 있을 것이다. 그러나 그것들은 효과가 강해져도 쓸 데가 없었기에 사용의 필요성을 못 느꼈다.

"가서 우리엘을 공격해."

"대천사의 한 명인 우리엘을 말하는 것인가? 그가 이곳에 있는가?"

"궁금한 점은 그놈한테 가서 직접 묻고 너는 그냥 하라는 대로해."

큐페일은 마계의 후작이다. 질문의 의도는 능히 짐작할 수 있지만 소환수에게 일일이 대답해 주기에는 20분의 시간이 아까웠다.

"…알았다."

두둥실 떠오른 큐페일이 계단을 길 삼아 따라갔다. 저만하면 큰 도움이 될 것이다. 시간이 지날수록 폭음이 거세졌다. 슈타이너와 이사벨라가 얼마나 고생하고 있는지는 안 봐도 훤했다.

*　　　*　　　*

슈타이너와 이사벨라는 마지막 마법진 근처로는 접근조차 못했다. 저 괴물은 양 팔다리가 자유로워짐에 가벼운 손놀림만으로도 자연재해를 일으켰다. 살아 있는 재앙이 바로 저놈이었다.

"이익!"

"아무래도 빠지는 게 좋을 듯해요."

이사벨라가 슈타이너를 설득했다. 한 명이 공격을 막고 한 명이 결계를 깬다?

불가능했다. 5명이었을 때면 몰라도 현재 전력으로는 어림도 없었다. 물론 이대로 물러난다면 우리엘이 425레벨로 부활하겠지만 안 되는 걸 억지로 밀어붙인다고 해결될 일이 아니었다.

잘못하면 바하무트만 남기고 어처구니없는 죽음을 맞이할 수도 있었다. 그리되면 먼저 간 동료들을 볼 면목이 사라진다. 차라리 뒤로 물러나서 다 같이 싸우는 게 옳은 선택이었다.

"하나면 되는데!"

"으음……."

둘도 아니고 하나면 된다. 그런데 눈앞에서 포기해야 한다니.

"동료를 희생하면서 여기까지 왔는데 더는 무리인가 보구나."

"시끄러워!"

슈타이너가 악을 썼다. 이제는 하다못해 몬스터가 훈계를 내린다.

얄미운 주둥이를 뭉개놓고 싶었지만 그런 시도를 했다간 본인의 목숨이 위험했다. 육체에 무리가 안 가도록 조절했어도 4시간 넘도록 스킬을 남발했다. 삐걱거리는 게 당연하다. 그건 이사벨라도 마찬가지였다. 둘 다 아슬아슬한 경계에 서 있었다.

"음?"

슈타이너들을 어떻게 죽일까 생각하던 우리엘은 가까이 접근하는 이질적인 기운을 느꼈다.

동류 같으면서도 불쾌감을 유발시키는 탓에 눈살이 찌푸려졌다.

그의 마안이 확대되며 먼 거리에서 날아오는 큐페일을 포착했다.

"마족……? 들어올 수가 없을 텐데? 신의 축복자들이 지닌 아티펙트의 능력인가? 어쨌거나 상관없다. 죽어라. 심연의 처형."

그가 주문을 외우자 수십 명의 마천사가 소환됐다. 각자 소름끼칠 만큼 거대한 낫을 들고 있었는데 흡사 사신을 보는 듯했다.

슈아아악!

마천사는 슈타이너들을 무시한 채 큐페일만 노렸다. 우리엘의 기분이 어떤지를 보여주는 부분이었다.

마족에 대한 증오가 쌓일 대로 쌓였기에 우선순위가 바뀐 것이다.

채채채챙!

큐페일과 마천사들이 상공에서 격돌했다. 대검과 낫이 부딪
히며 날카로운 마찰음이 생겨났다.

누구의 소환수인지 잘 아는 슈타이너는 그 틈에 마법진 근처
로 이동했다. 반드시 깨고 말겠다는 집념으로 불타오르면서 말
이다. 이사벨라도 멍하게 있지 않고 금세 행동으로 옮겼다.

"저게 뭐죠?"

"형의 아이템 중 일그러진 재앙이라고 있거든요. 어둠의 미궁
에서 후작 잡고 먹었는데 거기 특수 옵션으로 뽑은 졸병이에요."

핵심만 집어서 간단하게 설명했다. 이사벨라는 이해했는지
더 물어보지 않았다. 시간을 끌어주면 자신들로서는 감사할 따
름이었다.

> 마법진의 카운트다운이 3분 52초 뒤에 종료되며 그와 동시에 우리엘
> 이 부활합니다.

슈타이너가 알기로 큐페일의 소환 시간은 5분에 불과했다.
저대로 얼마나 버텨줄지 모르지만 기껏해야 찰나에 불과할 것
이다.

[슈타이너, 큐페일의 소환 시간은 20분이다. 이곳이 암속성으
로 꽉 채워져 있어서 그런 것 같아. 아직 16분 정도 남았다.]

[굿!]

이것이야말로 가뭄의 단비였다. 막막했던 상황에서 작다지
만 활로가 뚫렸다.

큐페일은 암속성의 영향을 받아 능력도 훨씬 강해진 듯했다. 벌써 마천사 수십을 해치우고 우리엘을 향해 날아가고 있었다.

"권능을 보니 후작이나 공작이로구나. 잘됐다. 그냥 죽이는 것보다 네놈의 기억을 뽑아서 마계의 상황을 알아봐야겠다."

후작 이상의 고위마족이면 어지간한 고급 정보는 전부 알 터였다.

이곳에서 까마득한 시간을 숨어 살았다. 그렇기에 바깥 상황에 관해서는 무지했다. 저놈의 기억을 흡수하면 향후 계획을 실행할 밑거름이 될 것이다.

콰아아앙!

슈타이너가 마법진의 결계를 크게 후려쳤다. 우리엘이 즉시 반응했지만 확실히 관심이 분산되어 방해가 반으로 줄었다.

큐페일의 소환 시간이 끝나기 전에 승부를 봐야 한다. 도무지 둘로는 견제를 받으며 마법진의 결계를 파괴할 자신이 없었다.

차츰차츰 시간이 흘렀다. 바하무트가 소환한 검둥이는 우리엘의 공격을 요리조리 잘도 피해 다녔다. 정면으로 붙는 것을 피하고 주변을 배회했기에 가능한 일이었다. 그사이에 슈타이너들도 순조롭게 마법진 공략을 진행했다.

크으으으!

우리엘은 큐페일이 잡힐 듯한데 잡히지 않자 슬슬 열이 받기 시작했다. 마계의 상황을 알 수 있다는 흥분에 인내심이 적어진 거였다.

[슈타이너, 5분 남았다.]

[5분이요? 아직 시간이 더 필요해요!]

당황한 슈타이너가 평소에는 잠자고 있던 머리를 바쁘게 굴렸다. 어찌하면 시간을 벌 수 있을까? 많이 원하지도 않는다. 5분에서 늘어나기만 하면 된다. 그게 1~2분이라도 괜찮았다.

"얌전히 잡혀서 기억을 내놓아라!"

우리엘의 외침에도 큐페일은 조용했다. 그는 성마대전 당시에 태어나지 않았으므로 전쟁을 겪지 못했다. 우리엘에 관해서는 마계의 구대군주와 동급의 존재라고 들었다. 바하무트가 그의 이름을 말했을 때 볼 수 있다는 생각에 호기심이 생겼다.

막상 만나보니 마족과 다를 바가 없었다. 실망했냐고? 실망이란 감정과는 거리가 멀다. 그가 타락하든 말든 관심 밖이었다.

강함만큼은 진짜였지만 구대군주에게서 매번 느꼈던 감각이다. 군이 말로 표현하자면 '그냥 그렇구나' 정도가 알맞을 듯했다.

슈타이너는 간간히 들어오는 우리엘의 공격을 피하며 그들의 하는 짓을 유심히 지켜봤다.

저렇게까지 잡으려 하는데 잡으면 뭘 하려나? 정말 기억이라도 뽑으려나? 기억을 뽑게 해주면 좀 더 시간을 벌 수 있으려나?

[형! 장거리에서도 큐페일에게 명령 내릴 수 있어요?]

[말하면 알아서 듣더라. 아이템 보유자하고 영적으로 연결되나 봐.]

[그러면 그만 피해 다니고 우리엘에게 잡혀주라고 해요. 어서요.]

[응. 해볼게.]

바하무트는 왜? 라고 묻지 않았다. 그도 생각이 있을 것이다. 이쯤은 믿고 넘어가도 된다.

소환 시간도 간당간당해서 평소에 안 하던 짓을 해보기 딱이었다.

멈칫!

도리도리!

큐리엘이 육체가 잠시 멈췄다. 그는 잡혀주라는 명령을 거부했다. 아이템 보유자는 신이나 다름없다. 말도 안 되는 현상이었다.

바하무트로서는 황당하겠지만 나름 복잡한 시스템이 적용 중이었다. 잡히는 순간 기억이 뽑혀서 마계의 상황을 우리엘에게 강제적으로 알려준다. 종족의 안전과 관련됐기에 시스템이 충돌하는 것이다. 그러나 결국에는 잡혔다. 잡혀준 게 아니다.

큐페일이 혼란스러워하는 틈을 타서 우리엘이 잽싸게 낚아챈 거였다.

지이이잉!

어둠의 구체가 큐페일을 집어삼켰다. 기억을 빼내려는 수작이다. 당하는 입장에서는 미칠 노릇이지만 벗어날 방법이 없었다.

우리엘이 눈을 감고 밀려들어 오는 기억들을 정리했다. 수천 년이 넘는 삶이었다. 그만큼 다양하고 복잡했다. 정신이 미약한 존재였다면 흡수는커녕 얼마 못 버티고 죽었을 것이다.

재미난 건 큐페일의 소환 시간이 끝났는데도 강제로 붙들고 있다는 점이었다.

버그인지 아닌지는 몰라도 만약 신고해서 버그로 밝혀지면 몬스터나 퀘스트 등으로 입수가 불가능한 특수 아이템을 받는다.

게임 초반에야 많이 발견됐지만 안정기에 들어서며 발견하기가 하늘의 별 따기로 변했다. 오죽하면 버그 같은 걸로 현금 거래까지 하겠는가. 어쨌거나 바하무트가 손해 볼 것은 없었다.

번뜩!

우리엘의 눈을 뜨자 검은 안광이 번뜩였다. 그의 입가가 조금씩 비틀어지더니 대소를 터뜨렸다. 상상 이상의 결과를 얻었다.

"하하하! 마족들의 오만함이 결국 사단을 일으켰구나! 사탄은 봉인됐고 워리놈과 플뤼톤은 중간계에, 리리스는 아직까지 전쟁의 후유증을 회복하지 못했으며 벨제뷔트는 행방불명인가!"

용마전쟁을 일으켰단다. 용족은 강하다. 순진한 천족과는 달리 마족보다도 호전적인 전투 종족이었다. 시비를 걸고 무사하길 바라는 건 욕심일 뿐이었다. 실제로도 대가를 톡톡히 치렀다.

마족의 전력이 반 토막 났다. 용족도 큰 피해를 입었지만 그건 그들의 사정으로 우리엘에게 중요한 건 마족의 상황이었다.

"후후! 지금 내 힘이라면 구대군주의 둘과 동시에 싸울 수 있다."

설명부터 하자면 천족의 대천사는 구대군주나 칠대용왕과 동급이었다.

물론 그 영역 내에서도 실력의 상하 관계가 나눠지지만 타락하기 전 우리엘은 450레벨이었다. 그러던 게 어둠의 기운을 받아들여 499레벨이 된 것이다. 용족과 마족과의 균형을 맞추려는 방법으로 크라디메랄드와 사탄을 겨냥해서 정해진 거였다.

그렇기에 둘을 동시에 상대할 수 있다는 말은 거짓이 아니었다.

"일단 이곳을 정리하고서 봉인된 마천사들을 깨운다. 녀석들이 방해가 심하겠지만 금제가 풀리면 무의미한 발악에 불과하다."

기분이 좋았다. 너무나도 좋아서 다른 중요한 걸 까먹고 있었다.

첫 번째에 위치한 주교를 죽임으로써 마법진의 가동이 멈췄습니다. 해당 마법진이 금제하고 있던 우리엘의 몸이 조금 약해진 상태로 자유를 되찾으며 이로써 모든 금제가 풀렸습니다.

우리엘이 부활합니다. 미션 성공에 의해서 4ㅁㅁ레벨로 조정됩니다.

우우우우!

영혼을 송두리째 흔드는 절대자의 포효가 거침없이 퍼져 나갔다. 단순한 목소리를 넘어서서 범접치 못할 언령이 담겨 있었다.

둥실!

우리엘의 거체가 허공으로 떠올랐다. 육체를 타고 흐르는 파괴적인 기운이 자신과 닿는 모든 물질을 바스러뜨렸다. 그가 앉았던 왕좌도 그에게로 올라오는 계단도 가루로 화해 사라졌다.

과거에는 신성력이었지만 어둠에 오염되어 변질되어 버린 성마력의 위력이다. 이 성마력이 우리엘을 지탱하는 힘의 근원이다.

"내가 한눈판 사이에 기회를 잘 노렸군. 보답으로 편한 죽음을 내려주마. 헌드레드 다크 빔."

지이이잉!

우리엘의 주변으로 그의 눈과 닮은 수많은 눈동자가 생겨났다. 징그러워 보일수도 있겠으나 그런 걸 감상한 여유는 없었다.

"헉!"

"피할 수 없어요!"

슈타이너와 헛숨을 들이켰다. 어둠의 광선들이 소나기처럼 쏟아졌다. 한두 발씩 쏴댈 때와는 차원이 달랐다. 그때는 막지 못해도 피할 수는 있었는데 지금 눈앞에 닥친 광경은 피하는 것조차 불가능했다. 살려면 물러서지 말고 부딪혀야 했다.

콰콰콰콰!

전력을 다한 소닉 붐의 관천이 쉴 새 없이 휘둘러졌다. 한 번이 아니라 수십 번 연달아서다. 무리 없이 펼칠 수 있는 스킬이지만 지친 상태에서 사용하니 경고음이 시끄럽게 왱왱거렸다.

띠딩띠딩!

과부하의 퍼센트 게이지가 세상 모르게 치솟았다. 100%가 되는 순간 본인의 의지와는 상관없이 창의 움직임이 멈출 것이다. 옆에서 검을 내리긋는 이사벨라의 상황도 그와 비슷했다.

"망할!"

"이러다가 죽겠어요."

"기회를 만들게요. 이사벨라 님은 뒤로 빠져서 형하고 합류하세요."

"네?"

슈타이너가 체내에 남아 있는 용투기를 모아 창끝으로 집중시켰다. 그리고는 우리엘이 떠 있는 곳까지 최단 거리로 날아갔다.

"내게 닿을 수 있다고 생각하나?"

퍼엉!

"컥!"

광선에 저격당한 슈타이너의 꼬리가 잘렸다. 피가 줄줄 흐르고 뼈마디가 보임에도 그는 날갯짓을 멈추지 않았다. 꼬리 다음은 왼팔이었고 그렇게 근육으로 덮인 골든 나가의 육체가 너덜너덜한 걸레 조각으로 변해갔다. 모습을 보니 살기는 글렀다.

"제발… 좀… 죽어줘라…….."

소닉 붐(Sonic boom) : 오의.
천살창혼파(天殺槍魂波) : 하늘조차 죽이는 창의 물결.

투아아앙!

간절한 염원이 깃든 천살창혼파가 우리엘의 심장을 노렸다. 소용돌이치는 창의 찌르기가 성난 울음을 토해냈다. 그와 동시에 힘을 소모한 슈타이너의 머리가 광선에 휩싸여 녹아내렸다.

머리가 사라지며 날갯짓을 멈춘 육체가 지상으로 추락하다가 입자가 되어 흩날렸다. 지친 몸으로 무리를 강행한 결과였다.

콰아아앙!

천살창혼파가 목적지에 도착했다. 충돌 직전 주인을 해하려는 기운에 성마력이 저절로 결계를 형성했다. 드릴이 벽을 뚫듯 들어감에도 워낙에 질기고 단단했기에 성과를 이루지 못했다.

"호오? 역시 장군 급의 용족답군. 성마력의 결계에 흠집을 내다니."

우리엘이 가슴을 내려다봤다. 일그러진 결계가 쉽게 회복하지 못하고 있었다. 그만큼 대단한 공격이라는 뜻이다. 실제로 슈타이너는 장군이 아니었지만 실력으로는 이미 충분했다.

"남은 건 이제 두 명, 아니, 세 명이군. 누군가 또 들어왔어. 저들의 동료인가? 그런데 뭐지? 일개 마천사에도 못 미치는 전투력이라니. 형편없군. 위협은커녕 신경 쓸 가치도 없다."

우리엘이 헛웃음을 터뜨렸다. 그가 느낀 기척은 브레인의 것이었다. 위치로 볼 때 석상 길의 막바지였다. 아마도 10~15분 후면 현장에 도착하리라. 아무런 도움도 못 주고 죽어버리겠지만.

"후후… 도망가는가? 저 하이엘프를 죽이면 이 싸움도 끝이군"

우리엘이 도망치는 이사벨라의 뒷모습을 직시했다. 적에게 남은 실질적인 전력은 그녀 하나뿐이었다. 슈타이너가 시간을 벌어줬어도 찰나에 불과했다. 궁전에 침입한 이상 어디를 가도 자신의 감각권을 벗어나지 못한다. 잡혀 죽는 건 시간문제였다.

"멈춰라."

우뚝.

"무, 무슨?"

이사벨라가 눈을 부릅떴다. 몸이 움직여지지 않았다. 무언가 발목을 잡고 늘어지는 것처럼 요지부동이었다.

반신에게만 허락되는 언령이었다. 동급의 존재에게는 효과가 없고 약한 이에게도 효과가 떨어지지만 무시 못 할 능력을 지녔다. 오러가 요동치며 육체를 구속하는 언령을 밀어내려했다.

이사벨라는 지쳐 있었기에 제대로 대항하지 못했다. 손가락에 걸린 실을 따라서 움직이는 마리오네트처럼 이리저리 휘둘렸다.

쿠웅!

멈춰 있던 틈에 우리엘이 근처까지 접근했다. 그리고는 이사벨라를 한 손으로 낚아채서 들어 올렸다.

80미터 가까이 되는 거인이었기에 손의 크기가 어마어마했다. 단순히 잡는 행동 자체만으로도 상대를 꼼짝 못하게 만들었다.

"너희들 덕분에 마계의 상황을 아는 등 많은 걸 얻었다. 미련을 버리고 앞서 간 동료들을 따라가거라. 잠시지만 재미있었다."

콰득.

우리엘이 손아귀에 힘을 줬다. 약하게 주다가 서서히 강도를 높이는 식으로 줬다. 이사벨라는 버텨보려 했으나 압도적인 근력이다. 문득 바하무트가 걱정됐다. 무슨 수로 이긴단 말인가?

타타타탓!

"응? 마지막 발악인가?"

아래쪽에서 기척이 들렸다. 우리엘이 쳐다보니 붉은 머리카락의 남자가 달려오고 있었다.

바하무트였다. 우리엘은 그가 전투력 미달로 자신과의 싸움에서 배제됐다고 생각했다. 관심을 거둬들였다. 동료를 구하려는 것 같은데 저런 힘으로는 아무것도 못한다. 벌레일 뿐이다.

화륵!

불꽃이 피며 바하무트가 본체로 현신했다. 고룡이 아니기에 덩치가 예전의 반절에도 못 미쳤다. 강대했던 투기와 패기도 느껴지지 않았다. 우리엘이 괜히 만만하게 보는 게 아니었다.

"드래고니언? 아쉽구나! 고귀한 혈통을 타고난 존재가 이런 곳에서 죽어야 하다니. 종족의 숫자가 손가락 안에 꼽힐 터인데… 내가 죽었다는 걸 알면 크라디메랄드가 가만있지 않겠지?"

우웅!

바하무트의 주먹이 붉게 달아올랐다. 그걸 보면서도 우리엘을 중얼거림을 이어갔다.

무슨 짓을 해도 무의미하기에 여유를 부리는 것이다. 장군 급의 골든 나가도 성마력을 못 뚫었다. 레드 드래고니언이 용족 최고의 혈통이라지만 저리 어려서야 실력을 발휘할 수 없었다.

"거참, 쫑알쫑알 말 많네. 제아무리 강해도 자만심은 독이야. 너 6.25가 왜 일어났는지 알아?"

바하무트가 인벤토리에서 뜨겁게 타오르는 만년염옥을 꺼내 곧바로 복용했다.

그러자 미약했던 힘이 폭증하며 세상을 뒤엎을 거력을 선물했다.

"놈!"

원인 모를 불길함을 느낀 우리엘이 뒤늦게 반응했지만 이미 바하무트는 그의 가슴팍으로 스머든 뒤였다.

"방심해서다. 너처럼."

콰아아아아아앙!

순식간에 부풀어 오른 거대한 폭권이 우리엘의 가슴을 관통했다.

*　　*　　*

바하무트는 슈타이너의 죽음과 동시에 움직였다. 뚜렷한 대책이 있어서는 아니다. 서서 구경만 할 수는 없었기 때문이었다.

슈타이너들은 우리엘을 죽이기 전에 수행해야 하는 마법진 파괴 임무를 완벽하게 완수했다. 그러나 그만큼의 타격을 입었다. 전부 죽고 이사벨라만 남은 것이다. 만년염옥을 복용하고 399레벨이 된다한들 400레벨의 반신을 상대로는 어림도 없었다.

또한, 그보다 시급한 문제는 둘이 힘을 합쳐서 이길 수 없다는 거다. 이래도 안 되고 저래도 안 된다. 문득 진퇴양난이라는 사자성어가 떠올랐다. 남은 것은 하나뿐이었다. 바로 발악이다.

'생각하자. 생각해.'

일단 달렸다. 그렇다고 무작정 들이받는 건 자살행위다. 이곳에 온 이유를 기억해야 한다. 바로 퀘스트의 성공이다. 실패할 거면 그냥 영지에 박혀서 혼란의 시대가 오길 기다렸을 터였다.

우리엘의 모습이 보였다. 이사벨라를 붙잡고 쥐어짜기 전이었다.

무식한 놈.

숙녀에 대한 매너가 없다. 하긴 겉모습부터 그리 생겨먹었다. 어쨌거나 저러다간 얼마 못 버티고 동료의 뒤를 따라갈 것이다.

하나나 둘이나 거기서 거기지만 확신한 건 둘이 낫다는 거였다.

거의 근접했을 쯤 우리엘이 눈치채고 반응했다. 그런데 조금 이상했다. 뭐랄까? 시큰둥하다? 자신을 공격하든 말든 관심 없어하는 기색이 역력했다. 기운이 약하다고 얕보는 것이었다.

바하무트의 눈이 차갑게 빛났다. 상대를 얕보는 것만큼 멍청한 짓도 없다. 우리엘은 몸뚱이를 믿고 무방비 상태로 서 있었다.

물론 어지간한 공격력으로는 타격을 입히지 못한다. 개나 소나 입힐 정도로 만만한 존재가 아니었다.

하지만 바하무트가 누구인가? 레벨과 장비 등의 모든 면에서 유저들의 선두에 서 있는 최강자였다. 400레벨이라도 저따위로 행동하면 죽을 수 있다는 것을 보여줄 능력이 충분했다.

다시는 오지 않을 기회였다. 제정신을 차린다면 승산이 없다.

차리기 전에 쳐야 했다. 일격에 격살하겠다는 각오로 말이다.

화륵.

바하무트가 인간의 껍질을 벗어 던졌다. 그리고는 만년염옥을 복용했다. 과거의 그를 넘어서는 강대한 힘이 전신에 깃들었다.

> 만년염옥을 복용하셨습니다. 피닉스의 원천이 내부에 깃들며 15레벨이 증가합니다.

> 399레벨을 달성하셨습니다. 4차 전직 퀘스트의 기본 자격을 갖추셨습니다. 화룡왕 크라디메랄드의 부재로 현존하는 칠대용왕의 누구를 찾아가도 4차 전직 퀘스트를 받을 수 있습니다.

> 강력한 화기를 흡수한 영향으로 불의 신전에 봉인되어 있는 불의 정령왕 이프리트가 400레벨로 진화합니다. 권능을 회복한 그는 현재를 기준으로 30일 뒤에 정령계로 돌아갑니다.

> 그가 정령계로 돌아가기 전에 찾아가서 겁화의 위엄의 봉인을 풀어야 합니다. 시기를 놓치면 훗날을 기약할 수가 없습니다.

우리엘을 처음 만났을 때보다도 훨씬 많은 알림음이 들렸다. 한 번 듣고 이해할 만한 수준을 넘어섰다. 조용한 곳에서 차근차근 살펴봐야 할 것들이었다. 그러나 현재로썬 여유가 없었다.

단지 399레벨을 달성함으로써 우리엘을 경악시킬 만큼 강해

졌다는 건 확실했다. 저 놀란 눈을 보라. 참으로 바보 같지 않은
가?

스슥.

급격한 레벨업으로 쌓인 능력치 포인트가 분배되고 아이템을
레벨에 맞게 갈아입었다.

지난 몇 년간 반복적으로 해왔던 일이다. 눈 감고도 할 수 있
었다.

콰우우우!

용투기를 전력으로 전개한 바하무트가 화룡왕의 레프트 암과
염왕대겁신을 연달아서 사용했다.

한 방 치고 그만둘 건 아니지만 이 상황에선 첫 공격이 중요
했다.

폭화 언령술 : 오 조합 스킬.

*뜨거울 염(炎), 사나울 폭 (暴), 클 거(巨), 위협할 겁(劫), 주먹
권(拳).*

*염폭거겁권(炎暴巨劫拳) : 뜨겁고 사나운, 크고 위협적인 주
먹.*

염폭거겁권은 대염왕권의 확장판이다. 특별한 건 없고 데미
지만 높아졌다.

단일 공격력으로는 폭화 언령술의 모든 스킬 중에서 최고였
다.

부글부글!

바하무트의 폭권은 우리엘의 가슴을 포함해서 등까지 뚫어버렸다. 상처 난 자리가 수만 도의 고열을 못 이기고 녹아내렸다.

우리엘의 칠공에서 죽은피가 흘러내린다. 관통과 동시에 폭발한 폭권의 기운의 그의 내부를 쑥대밭으로 만들었다. 한눈에 봐도 엄청난 타격을 입었다. 실제로도 그러했다. 반신이기에 망정이지 바하무트와 동 레벨만 됐어도 사경을 헤맸을 것이다.

휘청!

거대한 동체가 흔들렸다. 마치 술 취한 사람처럼 비틀거렸다. 의지와는 상관없이 고통받는 육체가 내지르는 비명이었다.

"무··· 슨?"

우리엘의 신음에는 자신이 당했음을 믿지 못하는 감정이 담겨 있었다. 바하무트가 공격으로 가슴을 관통되며 내부가 폭발에 휩싸였다. 그리고 충격을 받았다. 그건 안다. 아는데, 이해를 못하겠다.

조금 전까지 일개 마천사 급이었건만, 어떻게 강해진 거지? 힘을 숨겼나? 아니다. 숨겼으면 모를 리가 없다. 어지럽고 혼란스러웠다. 이 상황이 낯설었다. 낯설고··· 분노가 치밀었다.

이유야 어찌 됐든 바하무트의 술수로 중상을 입었음을 인지했다.

스거거걱!

갑작스레 느껴지는 통증에 우리엘이 발밑을 내려다봤다. 언제 풀려났는지 모르겠지만 손아귀에 잡혀 있던 이사벨라가 이리저리 움직이며 그의 아킬레스건을 난도질하고 있었다. 성마력이 흩어지며 결계가 사라졌기에 상처 내는 데 무리가 없었다.

아무래도 가슴이 관통당하는 고통에 눈치채지 못한 듯했다.

"죽여 버리……!!"

우리엘이 당황하며 말을 멈췄다. 눈앞에서 한 쌍의 날개가 펼쳐지더니 그를 향해 내리그어졌다. 두 번째 공격, 염살지옥검이었다. 바하무트는 그에게 회복할 시간을 줄 생각이 전혀 없었다.

한눈판 사이 피할 타이밍을 노친 우리엘이 성마력을 전개하여 전신을 감쌌다.

그러면서 다가오는 염살지옥검의 궤도에서 벗어나려고 몸을 틀었다. 정확히 정수리를 노렸다. 두 쪽을 내겠다는 뜻이다.

푸화아악!

늦었다. 발목의 고통을 신경 쓰지 않고 피했어야 했다. 한 번의 방심은 연이은 독으로 작용했다. 애당초 이사벨라의 의도는 관심을 돌리려는 거였다. 그 작전은 성공했고 우리엘은 걸렸다.

끄아아아!

거대한 왼팔이 통째로 잘렸다. 기둥보다 길고 두꺼운 근육질의 팔이 바닥에 떨어지자 굉음이 울려 퍼졌다. 가슴이 뚫리고도 모자라 팔까지 날아갔다. 정말이지 미치고 환장할 노릇이다.

콰콰콰콰!

고통에 이성에 마비된 다크 빔을 난사했다. 시커먼 광선이 레이저 포인트처럼 훑고 지나갔다.

특정한 목표가 없었다. 그냥 자신의 반경 수백 미터를 초토화시켰다. 어쩔 때는 노리는 공격보다 무작위 공격이 피하기 힘들다. 흐름을 읽을 수가 없기에 어디로 어떻게 튈지 몰라서.

"큭!"

바하무트가 용투기의 보호를 받으며 다크 빔을 견뎌냈다. 검붉은빛이 부딪히며 스파크가 튀었다. 무작정 견딘다는 게 아니다. 되도록 피하다가 피할 수 없을 때만 몸으로 받았다. 생명력이 무지막지하게 빠진다. 제자리에서 버티는 건 불가능했다.

'좋아! 이대로면 승산이 있다.'

'이길지도…….'

바하무트와 이사벨라가 속으로 한마디씩 했다. 무려 400레벨 반신의 레이드였다. 성공을 바라면서도 100% 자신하지 못했다. 그럴 수밖에. 저런 괴물이 상대인데 어떻게 자신하겠는가?

'친다. 죽을 때까지 친다.'

정신을 집중했다.

공격은 다크 빔 말고도 여러 가지였다. 그나마 다행인 건 이사벨라가 남았다는 것과 공격과 방어, 회복의 세 가지를 동시에 하지는 못하는지 우리엘의 상태가 호전되지 않는다는 점이다.

아니, 회복은 하는데 속도가 굉장히 더뎠다. 그나마도 엎치락뒤치락하는 중이었다.

속성에는 저마다의 상태이상이 존재한다. 얼음에는 동상이나 빙결, 전기에는 감전 등이 대표적이다. 바하무트의 속성인 불은 화상이다. 회복하려면 지지고 또 지져서 짜증을 유발한다. 현재 우리엘도 그런 짜증을 느끼고 있었다.

거동이 불편한 그와는 다르게 바하무트는 쉴 새 없이 움직이며 주변을 빙글빙글 돌았다. 철저히 치고 빠지는 방법을 고수했다. 어쩔 수가 없었다. 정면으로 붙는 자체가 미친 짓이었다.

"후욱! 건방진 놈들… 그래 봐야 너희는 날 이기지 못한다. 결국 내 손에 죽게 될 것이다."

우리엘은 끊어지려는 이성을 최대한 부여잡았다. 당장에라도 끓어오르는 분노를 표출하고 싶음에도 꾹 눌렀다. 분노는 스스로를 갉아먹는다. 하물며 이런 악조건 속에서는 치명적이었다.

그러나 그런 각오도 잠시에 불과했다. 이어지는 바하무트와 이사벨라의 공격에 간신히 부여잡은 이성을 저 멀리 날려 보냈다.

콰쾅!

대염왕권이 우리엘의 얼굴을 후려쳤다. 마치 동일한 크기의 거인이 레프트 훅을 갈기는 모습이다.

그걸로 끝나지 않았다.

우리엘은 발밑에서부터 뭔가 타고 올라오는 감각을 느꼈다. 매우 빠른 속도였다. 어느새 허벅지와 엉덩이를 지나치고 있었다. 그리고 그 감각은 등을 넘어 내부로 들어가고서야 멈췄다.

채채채챙!

이사벨라의 검이 수천 개로 분열됐다. 지친 그녀가 할 수 있는 마지막 공격이었다. 이마저도 무리했다. 아마 무리한 스킬 운용으로 죽음을 피하지 못할 것이다. 그래도 후회는 없었다.

크억!

우리엘이 피분수를 토했다.

외부를 공격당하는 것과 내부를 공격당하는 것은 차원이 다르다.

중요 장기들이 모여 있기에 목숨 날아가는 건 순식간이었다. 가슴은 구멍이 작아서 괜찮아도 등 쪽은 컸기에 미처 못 막았다.

우우우웅!

"모두, 모두 죽어라! 다크 플레어!"

"이사벨라 님! 피하세요!"

"저는 틀렸⋯⋯."

우리엘이 일을 벌였다. 대규모 광역스킬 다크 플레어를 발동한 것이다. 이는 바하무트의 초열대지옥과 비슷했다.

특정 목표를 노리지 않고 반경 내에 들어오는 모두를 노리는 스킬이었다. 성마력의 소모가 극심해서 위험한 상대가 아니라면 자제하는데 불리한 상황이 우리엘을 구석으로 몰아넣었다.

쿠아아아아앙!

파괴적인 기운이 주변에 존재하는 지형지물을 전부 먹어치웠다. 그것으로 모자라 직경 5킬로미터의 크레이터를 만들어냈다. 이건 궁극의 살상기다. 유저라면 그 누구도 살아남지 못한다.

이사벨라는 강제로그아웃이라는 알림음을 들으면서 눈을 감았다.

파드드득!

바하무트의 용투기가 소멸하며 다크 플레어가 그의 육체를 앗아갔다.

'이거나 처먹어라.'

그냥 죽기 억울했다. 다 죽어가는 것처럼 보이면서 저런 기술이라니.

 폭화 언령술 : 삼 조합 스킬.
 터질 폭(爆), 불 화(火), 화살 시(矢).
 폭화시(爆火矢) : 폭발하는 불꽃 화살.

 폭화시가 날아간다. 삼 조합 스킬이면 때리나 마나겠지만 부위가 부위니만큼 효과가 있을지도 모른다.
 결과를 확인하면 좋을 텐데 얄미운 시스템이 허락해 주지 않았다.
 오오오오!
 폭화시가 그의 눈에 박혀 폭발했다.
 우리엘이 손으로 눈을 가렸다. 충격이 큰지 연신 비명을 질러댔다. 가슴이 뚫리고 팔이 잘렸는데 눈까지 터졌다. 그의 인생에서 이만큼의 중상을 입은 것은 성마대전 이후로 처음이었다.
 쿠웅!
 80미터의 거체가 뒤로 꼬꾸라지며 지상과 충돌했다. 전신에 힘이 풀린 채로 넘어갔기에 그자체로도 미약한 데미지를 입었다.
 "컥! 내가… 내가 이런 부상을… 고작 저따위 놈들에게!"
 우리엘에게서 흐르는 피가 대지를 적셨다. 크기만큼 출혈량도 무지막지했다. 회복마법을 쓰려 해도 초반에 심장을 갉아먹은 공격과 다크 플레어의 무리한 사용으로 성마력이 바닥났다.
 치욕스럽지만 이기긴 이겼다. 죽지는 않는다. 오래도 필요 없다. 몇 시간을 쉬면 거동이 가능하고 며칠을 쉬면 성마력이 차오를 것이다. 어차피 이곳에는 아무도 없으니 걱정할 게…….

부릅!

하나 남은 눈이 부릅떠진다. 걱정할 게 없다고 생각했는데 그게 아니었다.

있었다. 이제까지 죽인 6명 말고도 아직 한 명이 더 남아 있었다.

터벅.

발소리.

소리 자체는 작았지만 우리엘에게는 천둥소리보다도 크게 들렸다.

*　　　*　　　*

터벅터벅.

브레인은 우리엘의 가슴이 뚫리는 순간부터 그가 꼬꾸라지기 전까지의 모든 과정을 지켜봤다. 거기에는 바하무트와 이사벨라가 다크 플레어에 분해되는 모습도 포함되어 있었다.

도와주고 싶었지만 끼어드는 자체가 방해였다. 그토록 강한 동료들조차도 추풍낙엽처럼 쓸려 나갔다. 접근하는 즉시 검은 기운에 휩쓸려 피를 토하고 나자빠지리라. 후폭풍도 대단했기에 명품관에서 구매한 대모험가의 망원경이 없었다면 과정을 지켜보기는커녕 구석에 숨어 알림음만 듣고 있었을 것이다.

"크윽… 네놈……!"

"멀리서도 컸는데 가까이서 보니까 더 크네. 어딜 치면 죽으려나?"

우리엘이 무슨 말을 하든지 한 귀로 듣고 한 귀로 흘렸다. 대화로 풀어낼 상황도 상대도 아니었다. 죽고 죽이는 것만이 답이다.

스윽.

브레인이 우리엘의 왼팔로 걸음을 옮겼다. 강력한 몬스터의 경우 죽기 직전의 상태에 놓여도 어느 정도 방어력 보정이 걸린다.

지휘봉으로 쳐봐야 큰 데미지를 주기가 어려웠다. 그렇다고 죽일 방법이 없지는 않다. 약한 부분을 골라 치면 몬스터가 아니라 몬스터 할아비가 와도 맞아죽는 것은 정해진 수순이었다.

바하무트가 만들어낸 가슴의 상처는 대부분 아물었다. 등판은 육중한 덩치로 막고 있어서 들어 올리지 않는 한 공략하지 못한다. 가장 때리기 쉽고 가까운 부분이 절단된 왼팔이었다.

퍽!

짧은 지휘봉이 상처를 쑤시고 들어갔다. 우리엘이 비명을 질렀다.

비록 보조직업 무기였지만 방어력이 마이너스 단위로 떨어진 상처 부분을 공략하기에는 무리가 없었다. 생명력이 아슬아슬했기에 우리엘에게는 한 방 한 방이 엄청난 치명타로 적용했다.

퍽퍽!

단순노동이 계속해서 반복됐다. 회복돼도 모자랄 판에 오히려 악화되자 우리엘의 신체 균형이 빠르게 붕괴됐다. 두꺼운 근육이 조금씩 쪼그라들었고 피부색도 서서히 빛을 잃었다.

'죽는다.'

우리엘의 마음이 급해졌다. 가랑비에 옷 젖듯 야금야금 갉아먹혔다. 죽기 싫었다. 자신은 이런 곳에서 죽을 존재가 아니었다.

"나와 거래를 하자."

"거래?"

브레인이 고개를 갸웃거렸다. 무슨 거래를 하자는 말인가? 설마 목숨을 살려주는 대신에 소원을 들어주겠다는 그런 뻔한?

"축복자들은 나약한 인간의 껍데기를 벗어버리고 싶어 한다지? 날 살려주면 위대한 마천사의 삶을 살게 해주겠다. 더불어 그대가 착용한 아티팩트보다 훨씬 뛰어난 보물을 하사하겠다."

브레인이 놀란 표정을 내지었다.

아이템은 둘째 쳐도 마천사의 삶이면 숨겨진 종족을 말하는 듯했다. 지금까지 포가튼 사가에서 숨겨진 직업은 발견됐어도 종족은 없었다. 거래를 받아들이면 본인이 최초가 되는 것이다.

띠딩!

다급해진 우리엘이 권속으로서의 삶을 제안했습니다. 마천사의 종족 등급은 용족과 마족하고 동일합니다. 제안에 응하시면 간략한 절차를 거치고서 인간에서 마천사로 종족이 바뀝니다. 이제까지 쌓아놨던 모든 게 사라지지만 우리엘은 당신에게 그 이상의 보상을 해줄 겁니다. 어떻게 하시겠습니까?

실로 매력적인 제안이다. 아이템보다 종족 변환이 가슴에 와 닿았다. 포가튼 사가에서 특수 종족을 원하지 않는 유저는 없었다. 숨겨진 특수 종족이라면 억만금을 줘서라도 얻으려고 할 것이다.

'마천사라……'

브레인도 사람이다.

유혹에 흔들리지 않았다면 거짓말이리라. 그도 뒤에서 지휘봉만 만지작거리는 것보다 대륙십강처럼 압도적인 무력을 뿜내며 세상이 좁다며 날뛰고 싶었다. 그건 모든 유저의 꿈이었다.

퍽퍽!

잠시 멈칫했던 행동이 이어졌다. 특수 종족? 아이템? 좋다. 하지만 바하무트를 배신하기에는 그에게 받은 게 너무나도 많았다.

그리고 이 게임이 사라지지 않는 한 더더욱 많은 걸 받을 것이다.

마천사가 된다고? 그 이후에는? 대륙십강과 척을 져서는 죽도 밥도 안 된다. 행동 하나하나에 태클이 걸려올 터였다. 단순히 눈앞에 이득을 잡으려고 미래를 버리는 건 멍청한 짓이었다.

"그, 그만! 거절하는 것인가? 원하는 게 있으면 전부 들어주겠다!"

"관심이 가는 종류는 마천사밖에 없는데 그거 먹자고 다른 걸 토해내기에는 수지타산이 안 맞아서."

"보물을 주마! 천족의 영웅이라 불렸던 자들의 아티팩트를 주겠다!"

영웅이라면 히어로일까? 확실히 보물이란 단어를 붙일 가치가 있었다. 그러나 그 정도는 바하무트가 매번 해주는 일이었다.

"아티팩트? 널 죽이면 보물이 산처럼 쏟아질 텐데 굳이 먼 길을 돌아갈 필요가 있을까? 그냥 죽어서 전쟁 자금이나 떨궈라."

우웅!

브레인이 자신의 지휘봉에 전력으로 압축한 오러를 불어넣었다.

그러더니 쑤시기를 중단하고 우리엘의 가슴에 뛰어올라 그의 얼굴, 정확히는 눈 쪽으로 다가갔다. 죽은 자는 말을 할 수 없었다. 거부하기 힘든 제안을 건네기 전에 끝장낼 심산이었다.

"안 돼!"

"반신이라도 죽음 앞에서는 똑같네. 어쨌거나 드디어 끝났다."

푸욱!

우리엘의 눈을 뚫고 들어간 지휘봉이 오러의 도움을 받아 길이보다도 깊숙이 파고들었다. 덩치에 비해 작은 상처라서 눈을 찔린 정도로는 죽지 않아도 뇌에 타격이 가해진다면 끝이었다. 뇌는 신체의 모든 장기를 통틀어 가장 중요한 부분이었다.

"나도 오러 다룰 줄 안다고."

"크악! 이놈!"

콰앙!

우리엘의 머릿속에서 오러가 폭발했다. 중추신경이 마비되며 눈동자에서 생기가 사라졌다. 그냥 죽지는 않았다. 마지막 순간 파리를 쳐내듯이 손바닥으로 브레인을 후려갈겼다. 생명력도 적고 방어력이 약한 브레인은 그 한 방을 버티지 못했다.

"처, 천족을 부활시켜야 할 내가 이런 곳에서 죽다니… 과거의 영광이여… 나는 무엇을 위해 살았단가… 억울하다. 억울해!'

씨익.

죽어가는 브레인의 표정에 미소가 감돌았다. 임무를 완수했다는 해방감이 느껴졌다. 짜릿한 쾌감이 외부로 표출되는 것이다.

마천사 우리엘이 사망했습니다. 555급 퀘스트 타락한 천사들의 왕을 완료하셨습니다.

파티원 전원에게 2ㅁ레벨 증가와 1,ㅁㅁㅁ만 골드가 지급됩니다.

공적 1위를 하셨습니다. 왕을 영면에 들게 함으로써 성스러운 순백의 영혼을 지급받으셨습니다.

성스러운 순백의 영혼이 무슨 아이템인지는 모르겠다. 이 상태로는 확인할 수도 시간도 없었다. 다들 죽었으니 하루 후에 접속할 것이다. 그때를 맞추면 된다. 퀘스트 성공을 실감하지 못하겠지? 놀랄 모습을 생각하니 벌써부터 기분이 좋아졌다.

*　　　　*　　　　*

다음 날 접속한 바하무트 일행은 퀘스트를 완료했다는 사실에 기겁했다.

그들의 기억으로 마지막은 실패였다. 브레인이 나타나기 전까지 의문은 계속됐고 그가 나타난 후에야 전후사정을 파악했다.

오오!

타락한 천사들의 궁전에 환호 소리가 울려 퍼졌다.

더해서 정확한 이유는 알 수 없지만 이차원 바깥으로 튕기지 않았다.

아무래도 퀘스트를 성공해서 그런 듯했다. 이곳저곳 드넓은 반경에 파괴의 흔적이 남아 있었고 그 사이사이로 반짝이는 아이템들이 즐비했다. 우리엘과 그의 피조물, 주교들이 떨군 것이다.

스슥!

제각각 흩어져서 아이템을 수거했다. 적이 없었기에 여유로웠다.

"이놈은 금제나 푸는 일회용이었나? 하긴 아무럼 어때. 좋은 게 좋은 건데."

슈타이너가 왕좌 중앙에 떨어진 아이템을 주우면서 말했다. 이곳에는 대주교 베르디칼이 자리했었다. 그의 결계는 깰 수가 없는 것이라서 차후에 우리엘이 풀려나면 문제가 되리라고 여겼는데 이렇게 사라진 것을 보면 괜한 걱정을 했던 듯싶었다.

15~20분가량 흩어져 있던 일행이 다시금 한곳으로 모였다.

저마다 인벤토리가 빵빵해짐으로써 마음까지 풍요로워진 상태였다.

"결정해라. 영지로 돌아가서 정산할래, 아니면 이곳에서 할래?"

"이곳에서 하자. 남의 눈도 없고 우리만 있는 게 조용해서 좋다."

바하무트의 말에 라이세크가 대표로 결정했다. 영지로 돌아가서 정산해도 조용한 건 마찬가지지만 퀘스트로 얻은 부산물이니만큼 이 장소에서 확실히 끝내는 게 여러모로 편할 듯했다.

끄덕.

하나둘 동의한다는 의사 표현을 했다.

그들로서는 반대할 이유가 전혀 없었다. 나가면 나가는 대로 바빠질 것이다. 이것하고 저것하고 동시에 신경 쓰기는 싫었다.

"정산 전에 확실히 말하겠습니다. 함께 노력했으니 되도록 공평하게 분배하겠지만 공적 배제가 불가능함을 알아줬으면 합니다."

아이템은 하나인데 사람은 7명이라면? 한 명을 위해 나머지가 양보하는 수밖에 없었다.

분배하다가 안 되면 치사해도 공적 순위를 따지는 수밖에 없었다.

"모아보자."

"떨리는군."

잠자던 아이템이 모습을 드러냈다. 유니크 미만은 꺼내지 않았다.

매직이나 레어는 숫자가 수천을 훌쩍 넘어갔기에 일일이 따지면서 진행했다간 늙어 죽고서야 끝난다. 이것들은 나중에 바깥으로 나가 명품관을 통해 판매한 다음 숫자대로 쪼갤 생각이다.

"이건 내가……."

"그럼 옆에 걸로 하지."

유니크는 문제없었다.

개인 소속 유저들은 대부분 선택권을 포기했다. 반대로 단체 소속 유저들은 휘하 길드원들에게 필요한 아이템을 선별했다. 딸린 식구가 많았고 수장으로서 챙겨줘야 한다는 의무감에서였다.

워낙에 종류가 다양했기에 공적 운운하지 않고도 끝날 수 있었다.

"히어로로군."

"이게 도대체 몇 개지? 황홀해서 미칠 것만 같다. 포가튼 사가에 존재하는 히어로란 히어로는 죄다 여기에 모아둔 것 같아."

11명의 주교에게서 13개가 떨어졌다. 대주교 베르디칼과 2주교 테브리다가 2개씩, 나머지가 1개씩이다.

최종 보스인 우리엘은 무려 7개를 떨궜다. 합쳐서 20개였다. 독식하면 재벌에 버금가는 부를 축적하겠지만 모두의 것이었다.

"포기할 사람은 포기해라. 고로 난 포기."

"저도 포기하겠습니다."

바하무트와 브레인이 아이템 권한을 포기했다. 탐나는 게 없었다. 차라리 돈으로 받는 게 이득일 듯했다. 또한 포기함으로써 동료들의 선택폭을 넓혀줘야겠다는 의도도 포함되어 있었다.

처억!

슈타이너가 바하무트를 향해 엄지를 치켜들었다. 안 그래도 7개의 선택권을 가져야 세트가 완성되는 상황이었다. 다들 모난 성격이 아니기에 양보해 주겠지만 배려는 고마운 것이었다.

7명 중에 2명이 포기했다. 사람당 3개 정도 선택할 수 있었는데 4개로 늘어났다. 시간이 흐름에 따라 차츰 장내가 정리됐다.

서로 친분 있고 자신의 위치를 인지하는 유저라서 말싸움 한 번 없이 막바지를 달렸다. 그러나 만약 다른 유저들이었다면 돈에 눈이 멀어 하나라도 더 얻으려고 게거품을 물었을 것이다.

"이제 레전드다."

"2개인가?"

"바깥의 석판까지 포함하면 3개다. 뽑힐지는 모르겠지만 말이야. 일단 석판은 뺀다. 브레인 님이 드신 성스러운 순백의 영혼과 우리엘이 떨군 타락한 우리엘의 검은 날개, 의견 있는 사람?"

정적이 흘렀다. 쉽게 말을 꺼내는 유저가 없었다. 히어로도 아니고 무려 레전드였다. 어디서부터 말을 꺼내야 할지 모르겠다.

"애매하군."

"자신과 어울리는 아이템은 하늘이 점지해 준다던데 정말 그러네."

성스러운 순백의 영혼은 장비 종류가 아니었다. 씨앗으로 분류되며 타락하지 않은 천족들의 영혼이 담긴 일종의 그릇이었다.

[성스러운 순백의 영혼(100) : 레전드(봉인)]

설명 : 과거, 타락천사 중의 극소수는 세상을 미워하면서도 운명이라 생각하며 현실에 순응했다. 그들은 우리엘과 반목하며 작은 전쟁을 일으켰다. 그리고는 남은 마음까지 잃어버리기 전에 스스로를 정화하여 성스러운 순백의 영혼에 가뒀다.

제한 : 3차 전직 이상.
종류 : 씨앗.
능력 : 모든 데미지 20% 감소.

특수 옵션

1. 봉인을 풀면 영혼에 갇힌 천족들이 부활하며 여섯 번째 특수 종족 천족이 추가됩니다. 봉인은 푼 유저는 종족 변환이 가능해지며 이제까지 쌓아났던 모든 것을 유지하실 수 있습니다.

2. 봉인을 풀어도 아이템 능력은 사라지지 않으며 은혜를 입은 천족들이 합당한 보상을 해줍니다.

봉인 해제에 필요한 재료들은 상세 보기에 나열되어 있었다. 아이템 등급답게 구하기 어려운 재료들뿐이었다. 그래도 마음만 먹으면 충분히 구할 수 있는 것들이라 크게 걱정하지는 않았다.

지금 바하무트의 걱정은 이 골치 덩어리를 어떻게 해결하느냐다.

아이템은 한정되어 있는데 사람은 그 몇 배를 넘는다. 모두의 눈빛이 이글이글 타오른다. 아무래도 조율이 쉽지 않을 듯했다. 이럴 때는 조금 비겁해도 모든 방법을 동원하는 게 답이다.

"구매 되는 사람?"

"다, 당장?"

쿠라이가 당황했다. 라이세크와 스라웬도 마찬가지였다. 당장은 큰돈을 준비할 수가 없었다.

전쟁 물품을 비축하느라 어마어마한 군자금을 사용하고 있었다. 구매 대금을 모으려면 시간이 필요한데 줄 것 같지가 않았다.

"사정 봐주면서 기다려 주기에는 원하는 사람이 많아 보이는군."

바하무트가 단도직입적으로 말했다. 공은 공이고 사는 사였다.

길드는 영지만큼 돈을 빨아먹는다. 특히 팔대길드 수준이면 자금이 멈춰 있지 않고 항상 유동적이다.

얼마가 될지는 몰라도 족히 수백억은 줘야 할 것이다. 솔직히 그조차도 낮게 잡은 거다. 정신병자로 가득한 포가튼 사가를 헤집으면 그 이상을 부르지 말란 법도 없다. 가까운 유저 중에 대륙상단연합의 베라울트만 해도 그럴 능력이 넘쳐흘렀다.

"경매를 하자는 거냐?"

"그게 공평하다면 그렇게 해야겠지?"

바하무트가 현질 싸움을 걸었다. 사실 조금 전에는 공적을 적용한다고 했지만 이제와 생각해 보니 먼저 죽은 유저들이 일방적으로 불리했다. 죽고 싶어서 죽은 게 아니다. 기회를 만들어주려고 희생한 것이다. 그걸 이용할 정도로 모질지는 못했다.

[형, 가능할까요?]

[녀석들보다 유리한 건 확실해. 만약 모자라면 컬렉션을 전부 팔아서라도 만들 거야. 쟤들이 이거 구매하려고 사비랑 길드 공금 털면 전쟁 준비에 차질 생길 걸? 절대 공금은 사용 못해.]

라이세크와 쿠라이 부부의 재력이 얼마나 되는지는 확실하지 않다. 다만 무일푼으로 시작해서 이 자리까지 올라온 것만큼은 확실했다. 시간을 넉넉히 준다면야 모을 수도 있겠지만 길드의 도움을 받지 않은 개인으로서는 결단코 불가능했다.

[저랑 브레인 님이 도우면 독식이네요. 야비하지만 승부의 세계는 냉정한 거니까.]

슈타이너도 팔을 걷어붙였다. 당장은 출혈이 크더라도 무리할 때였다.

유니크는 새로운 시대가 열리면서 1~2년 전의 레어처럼 물량이 풀리는 중이다. 돈만 있으면 누구든 풀 세트를 맞춘다. 히어로도 구하기가 하늘의 별 따기지만 시간이 해결해 줄 것이다.

그러나 레전드 아이템은 언제 얻을지 기약이 없었다. 400레벨 이상의 반신, 재앙 등급 몬스터는 그 숫자가 극도로 제한된다.

유저들은 대충 30~40을 예상했다. 많은 정보를 지닌 바하무트도 같은 생각이었다. 황당한 건 그중의 반 이상이 특수 종족 NPC라는 거다. 몬스터로 치부되는 존재는 한 명도 없었다. 이번에 사냥한 우리엘이 최초였다. 적대 관계라면 이해하겠지만 적어도 타 종족과 적대적으로 읽힌 종족은 마족이 유일했다.

이것저것 따졌을 때 중간계에서 획득 가능한 레전드 아이템은 고작해야 10개 미만일 것이다. 어쩌면 이게 끝일수도 있었다. 몬스터를 발견한다 해서 잡는다는 보장도 없었으니까.

"바깥에 박혀 있는 석판까지 혼자 먹겠다는 거냐? 3개를 전부 다?"

"단어 설정이 거시기하네? 공평하게 경매로 가자는 거잖아."

쿠라이가 투덜거리자 슈타이너의 말에도 가시가 박혔다. 양보하기는 싫으면서 양보해 줬으면 하는 속내가 뻔히 들여다보였다.

"이사벨라 님은 어떻게 생각하시는지?"

"전 원하는 아이템이 없어요. 알아서들 결정하시고 돈으로 주세요."

이사벨라는 이미 바하무트들 세 명이 성스러운 순백의 영혼을 찜해놨다는 것을 눈치챘다. 그녀 역시 탐나기는 했지만 공적이나 노력 등을 생각하면 포기해 주는 게 예의라고 여겼다.

'우리엘의 검은 날개는 나와 극악의 상성이야. 껴봐야 무의미해.'

하이엘프가 암속성 아이템을 착용하면 옵션이 제아무리 좋아도 캐릭터 자체에 페널티가 붙는다.

차라리 없는 게 낫다. 바깥에 박아놓고 온 석판도 그녀 본인보다는 슈타이너에게 특화되어 있었다. 욕심난다 뿐이지 정말 제 옷처럼 딱 맞는 그런 아이템은 없었기에 순순히 물러났다.

대신 레전드 쟁탈전에서 빠져줬으니 한 가지 부탁을 하려 했다. 가는 게 있으면 오는 것도 있어야 한다. 다른 이들도 느끼겠지만 요즘 들어 장비가 부실하다는 생각이 부쩍 들었다. 히어로와 유니크가 반반씩 섞인 정도로는 만족하지 못한다.

하이엘프의 상성에 맞는 몇몇 몬스터를 찾아놨는데 단독으로는 도저히 잡을 수가 없었다. 고로 도와달라고 할 속셈이었다.

스윽.

이사벨라가 경매의 현장으로 시선을 돌렸다. 금액이 천정부지로 치솟았다.

500억은 진작 넘었다. 쿠라이의 표정에 졌다는 기색이 떠올랐다. 라이세크는 포기했는지 한숨만 쉬어댔다. 바하무트는 아직까지 여유롭다. 아마 현실에서도 부유한 환경일 것이다. 그의 행동은 정당했다. 순전히 제 능력으로 모두를 누르고 있었다.

'공평해.'

화야 나겠지만 경매에서 지면 깔끔하게 욕심을 접고 물러나
는 게 옳다. 이사벨라는 빨리 끝나기를 바라며 관심을 거두었
다.

47장
폭풍 전야

Explosive
Dragon King
Bahamut

레전드 쟁탈전의 최종 승자는 바하무트가 차지했다. 라이세
크와 쿠라이 부부는 금력으로 눌러 버리는 그가 내심 얄미웠지
만 자신들의 한계를 체감하고 이사벨라처럼 골드로 정산받았
다. 그런데 막상 정산받으니 길드 재정에 커다란 도움이 됐다.

돈 들어갈 곳이 한두 군데가 아니었기 때문이다. 흔히들 과하
면 안 좋다고 하는데 돈은 많으면 많을수록 좋은 녀석이었다.

바하무트는 참으로 오랜만에 현실의 능력을 빌려왔다. 지급
해야 할 금액이 워낙 컸기에 캐릭터가 가지고 있는 정도로는 해
결할 수가 없었다. 그리고 베라울트에게 몇 년 이상 꾸준히 모
았던 컬렉션을 전부 팔았다. 레전드 3개의 구매는 그로서도 무
리한 것이라서 취미 생활을 이어갈 상황을 앗아갔다.

시원섭섭했지만 훗날 다시 구할 수 있으므로 깔끔하게 넘겼

다. 희소성을 따졌을 때 컬렉션 수천수만의 개의 가치보다도 레전드 하나의 가치가 훨씬 높았다. 옳은 선택을 한 것이다.

이후 퀘스트로 뭉쳤던 대륙십강의 여섯은 각자의 일상으로 돌아갔다. 시간이 빠르게 흘렀다. 다들 눈코 뜰 새 없이 바빴다.

길드의 수장님들은 하루가 멀다고 회의와 결재에 치여 살았다. 바하무트는 이프리트를 만나 겁화의 위험에 걸려 있던 모든 봉인을 풀어냈다. 덕분에 옵션의 폭증으로 한층 더 강해졌다.

아슬아슬했던 건 그가 찾아갔을 때 세 마리로 늘려놨던 이그니스가 전부 죽고 없었다는 거다. 이야기를 들어보니 타마라스가 제국 측 유저들과 찾아와서 레벨업의 제물로 사용했단다.

염두에 두고 있던 일이기는 했다. 200레벨 대의 사냥터는 풍부해도 300레벨로 올라서면 어디서 사냥해야 할지 막막해진다. 예전처럼 단순 반복으로 때려잡는 게 아닌, 강력한 몬스터 한 마리를 레이드하는 식으로 게임 진행이 바뀐다. 그런 의미에서 330레벨의 이그니스는 그들에게 있어 놓칠 수 없는 먹잇감이다. 니쿠룸이 정확한 위치를 알기에 안내하기 쉬웠으리라.

그나마 다행은 이프리트에게로 통하는 겁화의 길이 발견됐는데도 화속성 저항수치 미달로 내려가지 못했다는 거였다. 정말이지 하마터면 큰일 날 뻔했다. 타마라스가 포함된 대륙십강의 네 명이면 399레벨의 이프리트를 잡을 가능성이 있었다.

방심할 수 없는 노릇이다. 적들도 나름대로 철저히 준비하고 있는 듯했다. 우리엘 퀘스트를 실패했다면 실로 아찔했을 것이다.

슈타이너는 이사벨라와 다니면서 그녀가 사냥하지 못했던 몬스터를 죽이는 데 힘을 보탰다. 더불어 레벨업도 하고 말이다.

브레인도 바쁜 대열에 합류했다. 299레벨을 달성해서 3차 전직 퀘스트를 봐야 할 상황에 처해 버렸다. 바하무트도 마음 같아서는 4차 전직을 하고 싶었지만 보류시켰다. 단시일 내에 끝낼 수준이 아니었다. 최소 1년 이상 끌어야 할 내용이었기에 모든 일이 마무리되고 천천히 공을 들여 진행해 볼 생각이었다.

*　　　*　　　*

이곳은 아반트 공국의 공왕전.

사국연맹이 전쟁준비에 한창 열을 올리고 있을 때의 일이다. 타라마스는 누군가를 앞에 두고 비밀 대화를 나누고 있었다. 주변에서 그를 지키던 호위 병력도 바깥으로 내보낸 상태였다.

"요약하자면 무법도시 알테인을 정복해서 벨카 왕국을 침공해라?"

"확실히 머리는 잘 돌아가는군. 정답이다. 우리끼리 동맹을 맺었대도 엄밀히 말해서 알테인은 사국연맹도 제국연합도 아니다. 완벽한 중립이지. 혼란의 시대 수락을 미루고 있다지?"

타마라스와 대화를 나누는 인물은 알테인에 뿌리를 둔 붉은 눈물 길드장 샤펠라였다. 형식적으로는 제국연합과 손을 잡았지만 어디에도 소속되지 않았다. 한마디로 자유로운 몸이었다.

퀘스트를 수락한 양 세력의 대륙십강은 운신의 폭이 굉장히 좁다. 90일이라는 시간이 채워지기 전에는 넋 놓고 기다려야만 했다. 그런데 타마라스는 기다리고 싶은 생각이 전혀 없었다.

이기기 위해서는 뭐든지 할 거고 그럴 준비도 되어 있었다.

"틀린 말은 아니군. 하지만… 이건 양날의 검이 아닌가? 공격할 수 있다는 것은 반대로 공격당할 수도 있다는 뜻이니까."

벨카를 침공하면 사국연맹에서 가만히 있을까? 병력을 파병하거나 바하무트들이 움직일 것이다. 정체를 안 들키면 몰라도 그럴 가능성은 적었다. 들키는 순간 알테인은 쑥대밭이 된다.

"최악의 경우 알테인을 포기한다. 그 대신 보상으로 벨카 왕국을 넘겨주지. 어때? 이만하면 이득을 봐도 너무 볼 것 같은데?"

"공적을 양보하겠다는 건가?"

"사국연맹을 쓸어버리면 그 엄청난 땅덩이를 관리하기 위한 논공행상이 이루어질 거다. 300레벨의 울티메이트 마스터라면 굳이 공적을 양보하고 그럴 필요 없이 중용이 가능하다."

샤펠라는 타마라스의 지원으로 3차 전직을 완료했다. 제국소속 대륙십강도 마찬가지였다. 유능한 자는 쓰임새가 다양하다. 헬렌비아 제국의 황제 크라이시아 17세라면 샤펠라를 얻는조건으로 벨카 왕국의 작은 땅덩이쯤은 흔쾌히 내어줄 것이다.

"흐음… 그런 조건이라면……."

"유리한 쪽은 공격이고 불리한 쪽은 방어다. 치고 빠지고를 반복하면 남은 시간 내에 벨카 하나 정도는 지도상에서 지운다."

사국연맹에서도 이 방법을 쓰려다가 중지했다. 무소속 유저중 선두에서 강력한 무력을 뽐낼 중심축을 구할 수가 없어서다.

299레벨 수준으로는 원하는 성과를 이루지 못한다. 차라리

하지 않는 게 낫다. 3차 전직을 시켜주면 되지 않느냐고? 그리하면 게임의 균형이 깨진다. 타마라스도 그런 짓은 하지 않았다.

본격적인 양산에 들어가면 난장판도 그런 난장판이 없을 터였다. 개나 소나 300레벨이라고 날뛰는 진풍경이 벌어질 것이다.

"좋다. 때를 알려다오."

"며칠 뒤 제국연합의 병력이 국경 쪽으로 전진 배치 될 것이다. 심리를 압박하려는 얄팍한 수작이지. 그 시기에 맞추면 된다."

병력이 전진 배치 되면 사국연맹도 좋든 싫든 호흡을 따라가야 한다. 라이세크들은 또 골머리를 썩을 테고 자그마한 틈을 보일 것이다. 샤펠라는 그 틈을 파고들 숨겨진 비수였다.

이후로도 타마라스는 샤펠라에게 몇 가지 사항을 더 알려줬다. 언제 어디를 먼저 공격해서 무력화시켜야 하는지 등을 말이다.

그는 잘 이해했다.

확실히 한 길드의 수장이며 이익을 추구하는 자답게 약삭빨랐다. 둔해 빠진 제국 측 대륙십강보다 눈치 면에서 한 수 위였다. 그렇게 안 보이는 곳에서부터 전쟁은 시작되고 있었다.

* * *

타마라스의 확언대로 며칠 지나지 않아 제국연합의 병력이 국경선 부근으로 이동할 기미를 보였다.

그 숫자가 물경 수백만에 이르렀다. 이마저도 일부분에 불과했다. 아직도 연합 내부에는 보낸 만큼의 병력이 대기하고 있었다.

급조 병력이 아니다. 전원이 강도 높은 훈련과 상급 장비로 무장된 정예병이었다. 하물며 유저들은 포함되지도 않은 상태였다. 마음먹고 출정한다면 머릿수를 세다가 질려 버릴 것이다.

이처럼 제국연합에서 먼저 움직이자 사국연맹도 급히 자리에서 엉덩이를 떼었다. 시간이 남았어도 적국보다 출발이 늦으면 안 된다. 적국은 국경선에 미리 도착해 있는데 자신들은 자국에서 지켜보기만 한다면 결국 밀린 만큼 손해를 볼 것이다.

전쟁의 승패는 공성과 수성 중에서 무엇을 하고 있느냐에 따라서 달라진다. 간단한 이치다.

수성을 한다는 건 적이 자국의 안마당까지 진출했다는 걸 뜻한다. 해당 국가의 영토가 전쟁에 휩싸이는 것이다. 고로 양 세력의 최전선은 국경과 국경의 중심인 무인지대가 되어야 했다.

이곳에서 승기를 잡는 쪽이 전쟁에서 승리할 가능성이 높아진다.

"공작 전하, 오르시지요."

"그러지."

제국연합의 총사령관 솔레이온 공작이 말에 올라탔다. 그러자 수백 명의 정식기사가 그의 주변을 둘러싸는 형태로 보호했다.

철컹!

제국을 상징하는 특정 문양이 새겨진 은빛 갑옷이 태양빛에 반사되며 화려함을 뽐내었다. 비단 황제와 그의 측근들뿐만 아니라 끝없이 도열해 있는 제국연합의 병사들에게도 나타났다.

이러한 현상은 제국 각지에서 일어나고 있었다. 오늘이 지나기 전에 명령을 하달받은 귀족들이 병력을 이끌고 길을 나설 테고, 서로 만날 때쯤이면 어마어마한 대군이 완성될 것이다.

"사국연맹은?"

"저희의 움직임에 맞추고 있습니다."

솔레이온 공작을 보좌하는 귀족이 돌아가는 상황을 보고했다. 개전 이전이라 특별한 점은 없었다. 그냥 방어적인 자세를 유지할 뿐이었다. 하긴 호들갑을 떠는 것도 우스운 일이었다.

"간다."

"이동 대형으로!"

쿵쿵쿵쿵!

수백만 대군의 대열이 한마음처럼 자유자재로 변화했다. 가장 외곽의 병력부터 이동하며 차례대로 출발했다.

솔레이온 공작과 기사들도 파도에 휩쓸리듯 앞으로 나아갔다. 그의 표정이 여유롭다. 승리를 확신하는 것이다. 사국연맹의 세력이 예전보다 강해졌어도 제국을 넘기에는 한참이나 부족했다. 가진 것을 지키려고 발악해 봐야 달라지는 것은 없었다.

*　　　*　　　*

화르르륵.

사방으로 번지는 화마에 삶의 터전이 잿더미로 화했다. 평소 무법도시로 불렸다지만 이렇게까지 막장으로 치닫지는 않았었다.

써걱!

알테인의 성주였던 부레논의 목이 떨어졌다. 299레벨의 제법 강력한 NPC였어도 3차 전직 유저인 샤펠라의 상대는 아니었다.

게임 시스템이 어찌나 잘 표현됐는지 목이 잘린 다음에도 억울한 눈을 부릅뜬 채로 감지 못하고 있었다. 물론 오래가지는 않았다. 시간이 지나면서 아이템 몇 개를 떨구고는 사라졌다.

"타마라스에게 연락이 왔습니다."

"출발했군."

무슨 연락인지는 굳이 들을 필요가 없었다. 내용이야 뻔했으니까.

"카솔 후작령에서 병력을 보냈다지?"

"그들에게는 내전으로 보였을 테니 절호의 기회가 아니겠습니까? 모두가 지치기를 기다렸다가 막판에 치고 들어와서 꿀꺽!"

현재 알테인의 바깥에는 카솔 후작령에서 파병한 수천의 병력이 모여드는 중이었다. 손 안 대고 코를 풀겠다는 의도였다.

"난 목표 지점으로 가겠다. 맡겨도 되겠지?"

"저희만으로도 충분합니다."

붉은 눈물 길드는 거대하다. 팔대길드를 제외하면 능히 세 손가락 안에 든다. 인원수도 많고 PK에 능숙했기에 실력도 좋았다. 이미 길드의 간부 몇몇이 2차 전직을 완료한 상태였다. 샤펠라가 없어도 바깥의 병력쯤은 몇십 분 내로 정리한다.

"무리하지 않는 선에서 최대한 여러 지역을 공략해라. 죽음에 대한 보상은 끝나고 한꺼번에 해주겠다."

"걱정 마십시오."

파팟!

샤펠라가 모습을 감췄다. 나머지는 간부들이 알아서 할 것이다. 길드의 악명이 자자해도 희생의 대가는 확실히 보장해 준다. 그래야만 번창한다. 고혈만 빨아먹는 것은 망하는 지름길이다.

*　　　*　　　*

"지금 그게 무슨 소리더냐!"

"전하! 고정하십시오!"

벨카 왕국의 국왕은 실시간으로 전해지는 급보에 얼굴이 시뻘게졌다. 성격이 다혈질인 그는 노발대발하며 분노를 표출했다.

샤펠라의 명령을 받은 간부들은 천 단위 부대로 쪼개져서 벨카 왕국 전역을 들쑤시고 다녔다.

붉은 눈물 길드의 인원은 1만이 훌쩍 넘는다. 길드의 특성상 199레벨 유저의 비중이 대부분을 차지했다. 거점도시가 알테인이기에 약하면 받아주지도 않을뿐더러 살아남기도 어려웠다.

숫자도 많고 개개인의 무력도 출중한지라 남작령처럼 작은 영지는 하루도 못 버티고 지도상에서 사라졌다.

근처에 인접한 고위 귀족들이 부랴부랴 지원군을 보냈지만 적들은 정면으로 부딪히지 않고 적당한 성과만 달성하고는 도망치기 바빴다. 게다가 이번에는 백작령까지 함락당했단다.

"행동으로 보건대 축복자들의 소행으로 보입니다."

"감히!"

여기서 나타났다 저기서 사라졌다. 행동이 종잡을 수가 없었다. 벨카 왕국의 귀족들은 이를 유저들의 짓이라고 여겼다. 신기한 능력을 다양하게 보유한 그들이라면 충분히 가능했다.

왜 이런 일을 벌이는지는 대충 짐작할 수 있었다. 제국의 사주를 받은 것이다. 어쨌거나 되도록 빠른 시일에 잠재워야 했다. 사국연맹의 병력 동원이 코앞이다. 계속해서 타격을 입다간 왕국의 명성이 바닥으로 곤두박질친다. 그전에 해결해야 했다.

"당장 마스터가 포함된 기사단을 보내서 놈들의 악행을 막아라!"

콰쾅!

국왕이 명령을 내림과 동시에 무언가 터지는 폭음이 들렸다. 소리가 큰 건지 거리가 가까운 건지는 모르겠다.

그러나 개국 이래 한 번도 이런 적이 없다는 것만큼은 확실했다.

"무슨 소리지?"

"소리가 들린 방향이면 성문 쪽이로군."

"가서 무슨 일인지 확인하라!"

철컥철컥!

왕궁에 모인 귀족들이 의문을 드러냈다. 주변에 있던 근위병들이 소리가 들린 쪽으로 이동했다.

근위기사들은 국왕을 지켜야 하기에 제자리에서 움직이지 않았다.

크아아악!

폭음이 들린 데 이어 비명 소리가 들렸다. 한 번으로 끝나지 않고 연달아서 발생했다.

저 중에는 방금 왕궁을 벗어났던 근위병들도 있으리라 생각됐다.

"대, 대체 이게……."

"루벵 부단장! 당장 국왕 전하를 뫼시고 안전한 곳으로 피하시게!"

상황은 인지한 근위기사단장이 휘하부단장에게 다급히 외쳤다. 전방에서 무시무시한 기운이 빠른 속도로 다가오고 있었다. 기사들과 병사들이 벌 떼처럼 몰려드는데도 속도가 안 줄었다.

부단장은 일부 기사만 대동해서 백작 이상에게만 알려주는 비밀 통로로 그를 안내했다. 먼저 이곳을 벗어나 가까운 영지 혹은 왕국에 지원을 요청할 요량이었다. 아마 지금쯤이면 왕족들도 저마다 기사들의 호위를 받아 몸을 피하고 있을 것이다.

슈아아앙!

왕궁 대전의 문이 반으로 쪼개지며 날카로운 기운이 국왕에게로 쇄도했다.

기사들이 몸을 날려 막았지만 속수무책이었다. 국왕의 목숨이 경각에 달렸을 때 부단장이 그를 밀어내고 대신해서 공격을 받아냈다. 단장보다는 약했지만 명색이 250레벨의 마스터였다.

뿌캉!

부단장의 머리가 소울 블레이드로 무장된 검과 함께 잘렸다. 직접 검을 맞댄 것도 아니고 멀리서 날아온 공격에 죽은 것이다. 이 말도 안 되는 현실에 장내가 혼돈의 도가니로 물들었다.

"으아아악!"

"전하!"

국왕이 엉덩방아를 찧었다. 찰나만 늦었어도 목숨이 날아갔을 것이다. 구해줬다는 고마움? 이미 사라졌다. 죽음의 공포 앞에서는 노예나 왕족의 구분이 없었다. 다 같은 인간일 뿐이었다.

"쉽네."

"네 이놈! 여기가 어딘 줄 알고 왔느냐!"

"벨카 왕궁이잖아?"

잘린 문 사이로 샤펠라가 들어왔다. 히쭉히쭉 웃어대는 게 행동 하나하나에서 여유로움이 묻어 나왔다. 예전에는 이 왕궁의 벽이 그토록 높아 보였는데 이제 보니 한없이 낮았다. 울티메이트 마스터가 없어서 그런 건지 오는 길이 힘들지는 않았다.

"죽여라!"

"적은 하나다!"

근위기사단장과 근위기사들이 샤펠라를 공격했다. 한 명이라고 만만히 봤나 보다.

그도 피하지 않았다. 되도록 속전속결이 좋았다. 이곳에 있으면 지속적으로 위치가 노출된다. 가랑비에 옷이 젖듯이 시간을 끌면 결국에는 지칠 것이다. 그전에 국왕의 목을 따야 했다.

우웅!

샤펠라의 검이 핏빛으로 물들었다. 한계를 넘으면서 스킬이나 숙련도가 비약적으로 강해졌고 아이템의 수준도 높아졌다. 이곳에 있는 근위기사 50명 정도는 20분 내로 정리할 수 있었다.

파파파팟!

일반 근위기사는 샤펠라의 일격에 끝장났다. 이격? 없었다. 버티는 자는 근위기사단장이 유일했다. 한두 달 전이었다면 비슷비슷한 실력이었을 텐데 전직 이전과 후의 차이가 극심했다.

시간이 지날수록 근위기사의 숫자가 줄어갔다. 수백 명이었다면 해볼 만했겠지만 고작 50으로는 상대의 독주를 막지 못했다.

부들부들!

국왕과 귀족들이 구석에 처박혀 병 걸린 강아지마냥 경련을 일으켰다. 비밀 통로로 도망치려해도 말이 떨어지질 않았다. 가만있다간 죽을 것을 뻔히 아는데도 말이다. 참으로 나약했다.

"거의 정리됐군. 일단 국왕을 죽이고 몇 번만 더 흔들면 되겠지."

샤펠라가 피 묻은 검을 털었다. 일국의 국왕을 죽이면 처형 범위에 해당되어 위험한 상태가 되지만 어차피 조만간 대륙의 질서가 뒤집어질 것이다. 그까짓 거 한발 먼저 걸쳐도 괜찮다.

규모가 작다지만 벨카 왕국은 사국연맹에서 하나의 축을 담당한다. 이걸 무너뜨리면 제국연합이 유리한 고지를 점한 채 전쟁에 임할 수 있었다. 누구든 안 그러겠냐만 샤펠라는 이번 전쟁에 게임 인생을 걸었다. 거의 목숨을 걸었다고 보면 된다.

터벅!

샤펠라가 국왕 쪽으로 몸을 돌렸다. 귀족들도 죽이면 좋겠지만 첫 순위는 국왕이었다. 다른 잡것들은 상황을 봐서 판단한다.

흠칫!

국왕에게 걸어가던 샤펠라의 기감에 무엇가가 포착됐다. 그리고 그것은 육체를 관통하는 불안감으로 이어졌고 그는 길게 생각하지 않고 뒤쪽으로 몸을 날렸다. 신속한 임기응변이었다.

쿠아아앙!

그가 피하는 순간에 맞춰 왕궁의 지붕이 녹아내리며 불꽃으로 뭉쳐진 주먹이 바닥으로 내려꽂혔다. 그걸로도 모자라 고열의 열기가 일정 반경을 뒤덮으며 붉은 혓바닥을 날름거렸다.

"제때 도착했네. 영지에서 쉬고 있어야 할 내가 이런 고생이라니."

"바하무트? 당신이 이곳에는 어떻게?"

"최근 벨카 왕국에서 벌어지는 현상 때문에 왔습니다. 오고 싶어서 온 건 아니고 라이세크 녀석이 하도 부탁을 하는 바람에."

사국연맹의 대륙십강은 전쟁 준비에 한창이므로 벨카 왕국에 신경 쓸 여유가 없다. 슈타이너와 이사벨라도 사냥에 열중하는 중이라며 모르쇠로 일관했다. 하는 수없이 빈둥빈둥 놀고 있는 바하무트에게 라이세크가 벨카 국왕의 안전을 부탁했다.

왕궁이 위치한 수도를 벗어나지 않는 선에서 왕궁에서 시선을 떼지 않다가 일이 벌어진 즉시 달려왔다. 사실 늑장 피우다가 늦었다. 일찍 왔다면 근위기사들이 죽지 않았을 것이다.

"당신이 벨카를 쳤다는 건 타마라스의 편이라는 뜻일 테고… 아하! 알테인이 독립 영지라서 무소속으로 적용되는구나."

알테인의 반란은 플레이포럼으로 확인했다. 언제 일어나도 일어날 일이었기에 놀랍지 않았다. 벨카 왕국과 알테인은 지근거리다. 어쩌면 샤펠라가 연관됐으리라 여겼는데 딱 맞았다. 직접 만나기 전까지는 그럴지도 모른다는 추측이었을 뿐이었다.

바하무트의 생각에 샤펠라는 혼란의 시대를 수락하지 않은 듯했다. 그렇지 않고서야 벨카 왕궁을 이리 쳐들어오지는 못한다.

"일이 꼬였군요. 조용히 처리하고 싶었는데."

"반대로 죽게 생겼네요? 일단 당신을 죽이고 알테인을 밀어 버린 다음……."

샤펠라가 침을 삼켰다. 바하무트의 레벨은 측정 불가였다. 예전에 만났을 때도 3차 전직 유저였다. 어림짐작으로 찍어보자면 못해도 300레벨 중반은 넘었을 것이다.

"다음은 나중에 생각해야지."

"큭!"

씨익.

바하무트가 차갑게 웃었다.

천개의 불구슬, 천폭화주가 생성되며 샤펠라를 외부와 차단시켰다. 그리고 그가 바라보는 세상을 불지옥으로 만들었다.

*   *   *

벨카 왕궁에서의 첫 격돌은 시작에 불과했다. 바하무트는 장장 1개월 동안 샤펠라를 집요하게 괴롭혔다.

그 결과 두 번이나 죽일 수 있었다. 도망치거나 잔챙이의 방해가 없었다면 대여섯 번은 죽였을 거다. 굳이 본체로 현신하지 않아도 레벨을 포함한 모든 면에서의 차이가 하늘과 땅 정도였기에 전력을 다하지 않아도 30분이면 모가지를 비틀었다.

처음 라이세크의 부탁을 받아 벨카 왕국을 향했을 때만 해도 귀찮은 감이 없잖아 있었다. 혼란의 시대가 오기 전까지 영지에서 푹 쉬고 싶은 마음뿐이었다. 399라는 최대 레벨에 장비마저 빵빵했다. 굳이 스펙 맞추기에 열을 올릴 필요가 없었다.

솔직히 왜 이런 고생을 하는지도 모르겠고 벨카를 누가 무슨 목적으로 어지럽히는지도 자세히는 몰랐다. 그냥 가라니까 간 것이다. 그런데 막상 와보니 타마라스에게는 못 미쳐도 니쿠룸이나 레이란 급으로 싫어하는 샤펠라가 있는 게 아닌가?

바하무트는 이를 쌓이고 쌓인 스트레스를 풀라는 하늘의 계시라고 여겼다. 그때부터 그의 독무대가 펼쳐졌다. 불순한 무리, 붉은 눈물 길드가 나타났다는 곳이면 샤펠라가 있든 없든 쫓아가서 난장판을 피워댔다. 숫제 두더지 게임을 하는 듯했다.

날이 갈수록 재밌어졌다. 머더러들이 이 맛에 PK 중독에서 빠져나오지 못하나 보다. 몬스터와는 확실히 다른 반응들을 보였다.

강력한 지원군의 등장에 벨카 국왕은 병력을 동원해서 적의 소탕을 명령했다. 이것은 유저들에게 퀘스트로 전달됐다. 게다가 국왕을 노렸기에 처형 권한이 성립되어 샤펠라를 사로잡아 국왕에게 데려가면 그의 캐릭터를 삭제시키는 것도 가능했다.

　평소 붉은 눈물 길드에 악감정이 있었다거나 거기에 상관없이 일확천금을 노리는 유저들이 몰려들었다. 금세라도 잡혀서 현실로 추방될 것 같았지만 이름값을 하는 건지 그리 녹록치가 않았다. 바하무트가 경찰이면 샤펠라는 도둑이었다. 범죄를 저지르기는 쉽지만 미리 예방하기는 쉽지 않다. 그들의 상황도 딱 그러했다.

　쫓고 쫓기는 추격전이 이어졌다. 바하무트는 여유로웠고 샤펠라는 초조했다. 벨카 왕국의 영토 중에서 55~60% 정도만 흔들었다. 나머지 부분도 흔들어야 원하는 목적을 달성할 수 있었다.

　바하무트는 틈틈이 라이세크와 연락을 주고받았다. 점점 그날이 다가왔고 다가오는 시간에 맞춰서 행동을 변경해야 했다.

　[가능하면 알테인을 지워줄 수 있어? 그리고 피해를 최소화하기 위해 벨카 왕국을 압축해야겠다. 국왕에게는 내가 말해놓을 테니 너는 옆에서 샤펠라가 헛짓 못하도록 감시만 좀 해줘라.]

　벨카 왕국이 소국이라도 하나의 국가다. 바하무트 혼자 전역을 보호하는 건 무리였다.

　백작령 이하 도시나 마을 사람들을 대도시로 이주시켜 특정 부분만 신경 써서 보호한다면 지금보다 한결 수월해질 것이다. 바하무트는 샤펠라에게서 관심을 거두고 즉시 실행에 옮겼다.

이미 라이세크가 손을 써뒀기에 그가 나서서 해야 할 일은 없었다. 있다면 현재 내려다보고 있는 독립 영지 알테인의 처리였다.

웅웅!

하늘로 쭉 뻗은 바하무트의 왼팔 위로 태양처럼 둥글고 붉은 폭화멸혼주가 둥둥 떠 있다. 스킬 사용자라 다행이지 타인이었다면 진작 불타 죽었을 것이다. 이글거리는 아지랑이 현상이 반경 100미터를 뒤덮으며 그 공간 전체를 사우나로 만들었다.

"정작 일을 벌인 놈들은 모조리 빠져나가고 남은 건 NPC뿐이네."

알테인은 붉은 눈물 길드의 본거지다.

여느 때 같았으면 저 대도시는 유저들로 북적거렸을 터였다. 그러나 부레논에게 가한 반란의 여파와 바하무트의 공격을 피하려는 유저들이 대거 빠져나가며 거의 빈집이나 다름없었다.

"찝찝하지만……."

부웅!

바하무트가 폭화멸혼주의 제어를 풀었다. 급할 게 없었기에 천천히, 아주 천천히 날려 보냈다.

솔직히 다 떠나고 껍데기만 남은 곳을 초토화시키고 싶지 않았다.

그렇다고 남겨두기에는 제법 성가신 전력이다. 샤펠라가 휘하 길드와 알테인의 병력을 이끌고 벨카 왕국을 침공하면 제국연합을 상대해야 하는 사국연맹으로선 큰 지원을 해주지 못한다.

샤펠라의 3차 전직은 확실히 예상외였다. 하긴 그랬기에 벨카 왕궁을 뚫고 들어왔던 거겠지. 제국연합의 울티메이트 마스터는 10명이다. 유저가 5명, NPC가 5명이다. 사국연맹은 유저가 6명, NPC가 3명이다. 단순 계산만으로도 한 명이 모자라다.

바하무트들의 레벨이 높다고 우세할 거라 생각하겠지만 헬렌비아 제국의 사대공작은 전원이 300레벨 후반이었다. 특히 수장인 솔레이온 공작은 399레벨이었다. 투스반 왕국의 카본 공작도 340레벨이나 됐다. 다들 예전에는 지금보다 레벨이 낮았었는데 시간이 지나면서 성장했다. 만만히 볼 수준이 아니었다.

초인들의 전력에서도 밀리고 국가 간의 전력에서도 밀렸다. 오랜 세월 대륙에 군림했던 제국의 저력은 실로 어마어마했다.

여유가 있을 때 하나라도 줄여놔야 앞으로가 편해진다. 첫 단추를 잘 꿰어야 했다. 벨카 왕국이 함락당하도록 내버려 둘 수는 없었다. 야금야금 먹히다 보면 금세 절벽 끝에 다다를 것이다.

쿠쿠쿠쿠!

폭화멸혼주가 알테인의 중심을 파고든다. 직접적인 살상 반경은 수백 미터에 불과하지만 폭발에서 생겨나는 초열은 킬로미터 단위에 영향을 끼친다. 이만하면 재건축은 꿈도 꾸지 못한다.

"왕국 보호에 조금만 더 힘쓰고 나도 몇 가지 일을 처리해야겠다."

급한 게 아니라 뒤로 밀었지만 바하무트라고 할 일이 아예 없지는 않았다. 벨카 왕국이 안전해지면 슬슬 움직일 생각이다.

그로부터 얼마 뒤.

벨카 왕국의 소도시 이하 마을에서 대규모의 이주가 이뤄졌다. 인파의 행렬은 수도와 대도시로 향했으며 혼란의 시대가 며칠 남지 않았을 때는 그 현상이 사국연맹 전역으로 확산됐다.

48장
혼란의 시대

쿵쿵!

발소리가 들리며 땅이 흔들린다. 한두 명은 고사하고 수천 명으로도 내지 못할 소리였다. 최소 수십만, 어쩌면 100만 단위의 병력이 동시에 움직여야 낼 수 있을 만큼 우렁차고 화끈했다.

스윽.

바하무트가 산꼭대기에 앉아 루펠린 제국의 대군을 쳐다봤다. 오와 열을 맞춰 진군하는 모습이 숫제 개미 떼를 보는 듯했다.

지잉!

용마안을 사용하자 그의 눈동자가 붉어지며 시야를 확장시켰다.

군단의 선두와 중심, 후미 쪽에 한 명씩의 울티메이트 마스터가 자리했다. 그중 라이세크는 후미였다. 라파드 공작은 선두, 카팔리온 공작은 중심이었다. 이러한 배치에는 이유가 있었다.

라파드 공작은 오늘날까지 헬렌비아 제국의 국경 부근에서 적의 움직임을 감시하며 루펠린을 지켰다.

이번에도 최전선에서 싸우겠다는 마음가짐으로 선두를 자처했다.

카팔리온 공작은 근위기사단장이라 왕족 호위를 맡았다. 현재 군단의 중심에는 루펠린의 왕족이 거만한 표정으로 이동하는 중이었다. 직접 출전한 것이다. 마지막으로 라이세크는 뒤에서 지원해 주는 형식으로 남은 자리를 차지했다. 뭔가 밀렸다는 느낌이 다분했지만 정작 본인은 크게 신경 쓰지 않고 있었다.

"와! 많이도 간다, 많이도 가."

"저건 빙산의 일각이다. 본격적인 전쟁에 돌입하면 공장에서 찍어내듯 병사들을 내보내겠지. 얼마나 죽을지 상상도 못하겠다."

제국연합에 관해서는 아는 바 없지만 사국연맹은 병력을 둘로 분산했다. 루펠린은 벨카와 모나크의 지원을 받아 헬렌비아와 아반트를 치고 칼베인은 아루스, 루칸, 투스반을 친다. 지원 병력은 미리미리 대기시켜 놓다가 필요한 곳에 투입시킨다.

바하무트는 슈타이너와 브레인, 이사벨라와 같이 있었다. 그들은 저 귀찮고 짜증 나는 대열에 합류할 생각이 전혀 없었다. 라이세크를 따라다니다가 그가 도움을 요청하는 곳에 투입된다.

칼베인 쪽은 그 국가가 보유한 울티메이트 마스터와 쿠라이 부부가 따라간다. 상대가 투스반이라서 니쿠룸들과의 일전을 피하지는 못하겠지만 이곳만큼 치열하지는 않을 것이다.

누가 뭐래도 제국 간의 전쟁이 주이고 나머지는 보조에 불과했다. 사국연맹의 선발은 350만이었다. 제국연합도 마찬가지리라.

"그나저나 그 아저씨한테는 무슨 부탁 했어요?"

"아저씨? 아, 샤칸?"

슈타이너가 궁금하다는 듯 물어봤다. 바하무트는 며칠 전 샤칸을 만났다. 그는 실라우리스의 일로 언제든지 한 번은 도와주겠다며 수정 구슬을 건네줬었다. 구슬을 깨면 위치를 알려준다나 뭐라나? 어쨌거나 속는 셈치고 깨봤는데 진짜 나타났다.

"간단한 거야."

"뭔데요?"

"제국연합의 울티메이트 마스터 중에 아무나 한 명만 죽여달랬어."

처음에는 제국연합의 솔레이온 공작이나 사대공작을 죽여줄 수 있냐고 물어봤다.

최대한 강한 전력부터 줄이는 게 현명한 판단이라 생각해서였다.

그런데 거절당했다. 수많은 병력 속에 파묻힌 사대공작을 죽이는 건 무리란다. 더군다나 솔레이온 공작과는 사이가 나빠서 마주하면 둘 중 한 명은 죽어야 한다며 부탁의 강도를 줄이랬다.

"누굴 죽여달랬어요?"

"사대공작 죽여달랬는데 안 된다고 해서 칼베인 쪽으로 보냈어. 제국 전투만 잘 버티면 양쪽에서 샌드위치 해버릴 수 있겠지."

"형이 솔레이온?"

"아마?"

선택의 여지가 없었다. 사국연맹에서는 바하무트가 그의 유일한 상대였다.

솔레이온 공작 정도면 아이템도 대단할 것이다. 모르긴 몰라도 제국의 보물을 덕지덕지 발랐으리라 예상된다. 레전드까지는 아니라도 히어로 세트는 염두에 둬야 했다. 비교적 레벨이 낮은 슈타이너와 이사벨라는 사대공작의 둘이면 적당할 듯했다.

"흐흐! 내 백색의 광휘와 천사의 유희가 빛을 발할 때가 왔구나!"

슈타이너가 실실 쪼개며 즐거워했다.

우리엘의 공간에서 왔던 길을 되돌아가니 바깥으로 나갈 수 있게끔 구조가 변해 있었다. 그곳에서 나와 천사의 유희를 회수하고 슈타이너에게 대여 형식으로 빌려줬다. 그냥 믿고 주려는데 가격이 엄청나다며 거절당했다. 그래서 대여 계약서를 작성하고서야 줄 수 있었다. 레전드라도 성속성이라 바하무트에게는 효과가 미비했다.

백색의 광휘는 주교들이 떨군 히어로 세트였다. 브레인이 지녔던 성스러운 순백의 영혼은 바하무트가 가져갔다. 20%의 데미지 감소는 개인전이나 단체전에 상관없이 생명력을 바퀴벌레

와 동급으로 늘려줄 것이다. 특수 옵션은 아직 필요 없었다.

"브레인 님, 그건 쓸 만해요?"

"솔직히 잘은… 맵퍼가 착용하기에 과분한 건 확실하지만 제게서는 제대로 된 위력이 안 나오네요. 돼지 목에 진주 같습니다."

브레인이 등에 두른 망토를 만지작거렸다. 그는 호신용으로 타락한 우리엘의 검은 날개를 착용했다.

외형이 지다가다 눈알이 튀어나올 정도로 화려했기에 평범하게 바꾸었다.

조용한 곳에서 스킬을 몇 번 써봤다. 그런데 직업 자체가 공격력도 저질에 아이템이나 능력치도 길 찾기에 특화된 세팅이라 바하무트의 사 조합 스킬 위력밖에 안 나왔다.

그것만도 대단했지만 조금 전에 말한 대로 돼지 목에 진주였다. 멀리 갈 필요 없이 라이세크에게 넘긴다면 경천동지한 위력을 내보일 것이다.

쓸 수 있는 사람에게 빌려주면 어떻겠냐 하자 바하무트가 부정했다. 한번 레전드에 맛 들리면 다른 아이템이 쓰레기처럼 보인다. 슈타이너만큼 친하면 몰라도 타인과 공유할 수는 없다. 라이세크나 쿠라이 부부에게 맡긴다면 팔라고 발악할 것이다.

"그걸 드린 이유는 절대로 죽지 마시라는 의미에서 드린 거예요."

"어휴!"

브레인이 한숨을 내쉬더니 어깨를 늘어뜨렸다. 바하무트는 정말 어처구니없는 일을 저질러서 그의 마음을 돌덩이로 만들었다.

아마란스 영지의 소유주를 반강제적으로 옮겨 버린 것이다. 그럴 만한 이유가 있었지만 막상 거대 영지의 영주가 되니 책임감이 막중했다. 다 같이 전쟁에서 패하면 몰라도 처형 권한이 있는 유저나 NPC에게 죽기라도 하면 영지가 통째로 날아간다.

그동안 바하무트는 틈틈이 시간을 내서 브레인에게 남작 작위를 만들어줬다. 귀족이 아니면 영지를 이어받을 수가 없어서다.

그는 전쟁에서 패할 기미가 보이면 슈타이너와 본체로 현신할 생각이었다. 좋은 생각은 아니었다. 인간끼리 관련된 퀘스트에서 용족의 모습을 드러내면 인간일 때 이뤄놨던 모든 것이 송두리째 날아간다.

바하무트는 아마란스 영지의 영주였다. 예전이면 몰라도 현재 아마란스의 가치는 상상을 초월했다. 지킬 수 있음에도 불구하고 될 대로 되란 식으로 행동하다 날리면 뒷감당이 어려웠다. 퀘스트 보상을 못 받는 것은 물론이고 한 달간 계정이 정지당한다. 그래도 지는 것보단 나았다.

슈타이너는 영주인 채로 하겠단다. 영지를 방치해서 남작령 중에서도 최악이라 평가받았다. 팔아도 푼돈이라 미련이 없었다.

"답답하시겠지만 조금만 참으세요. 저희와 같이 다니면 아무 일도 없을 거예요. 죽어도 브레인 님 잘못이 아니니 걱정 마세요."

"네……."

말이 쉽지 막상 일이 벌어지면 미안함에 잠도 못 잘 것이다. 그러나 이미 수락해서 영주가 됐고 없던 일로 무르기는 늦었다. 이리된 이상 죽기 싫으면 거머리처럼 찰싹 붙어 다녀야 했다.

"저희도 슬슬 이동하죠."

"고고!"

바하무트가 몸을 일으켰다. 소풍 가듯 사국연맹의 군단을 따라가다 보면 수백만이 나뒹구는 전쟁의 한복판에 떨어질 것이다.

*   *   *

제국연합 총사령관 막사.

이곳에는 헬렌비아의 사대공작과 대륙십강의 세 명이 자리하고 있었다. 투스반 왕국이 칼베인을 상대함으로써 잡것들에게 신경 쓰지 않고 루펠린만 무너뜨리면 되는 구조로 바뀌었다.

내부의 인물들은 병력 운용을 어떤 식으로 해야 할지에 관해 회의 중이었다. 한꺼번에 밀어붙일지 아니면 여러 개로 나눠서 전술적으로 운용할지 말이다. 대부분이 후자 쪽을 지지했다.

"흠… 타마라스 대공께서는 본인들과 생각이 다른 것 같습니다."

"아닙니다. 병력을 쪼갠다는 생각은 같지만 이렇게 운용하는 것보다 좀 더 세세하게 해보는 게 어떨지 해서 말씀드린 겁니다."

사대공작은 울티메이트 마스터의 숫자에 맞춰서 병력을 일곱

개로 쪼개 적의 한 부분씩 공략하는 작전을 짜려 했다. 그런데 타마라스는 그게 마음에 들지 않았다. 복잡하기 때문이었다.

사국연맹의 울티메이트 마스터는 NPC보다 유저의 비율이 높았다. 무려 두 배 차이였다. 유저들은 활동 반경이 굉장히 넓었다.

개인으로 움직이면 각개격파당할 수도 있다. 슈타이너나 이사벨라도 위험하지만 바하무트와 마주치는 날에는 솔레이온 공작을 제외한 모두가 그에게 죽을 거다. 그리되면 전쟁에서의 승기를 빼앗긴다. 그것만큼은 무슨 일이 생겨도 막아야 했다.

'바하무트가 3차 전직을 한 지 2년 가까운 시간이 흘렀다. 300대 후반일 가능성이 높고 어쩌면 399레벨을 찍었을 수도 있겠지.'

타마라스는 최악을 가정했다. 그럼 아래를 걱정하지 않아도 된다. 돌발 상황이 생겨도 모두 가정했던 것보다는 좋을 테니까.

"제 생각에는 일곱보다는 셋이 좋을 듯합니다."

"셋이라?"

"사대공작이 둘로 나뉘고 저희 축복자들이 하나로 뭉치는 겁니다."

"혹시 혼자 다니다가 죽을 것을 염두에 두고 한 말입니까?"

사대공작의 한 명, 하세이 공작이 타마라스를 직시했다. 그의 음성이 날카롭다. 딱 봐도 달갑지 않아 한다는 걸 알 수 있었다.

'병신 같은 놈. 주제 파악을 못 하는군.'

하세이 공작의 자만심은 하늘을 찌른다. 그가 강하다는 사실에 이의는 없다. 그건 확실했으니까. 그러나 절대적인 강함은 아니었다.

절대적이었다면, 홀로 모두를 쓸어버릴 수 있었다면 애당초 천 쪼가리 내부에 앉아 이런 작전이나 짜고 있었을 리가 없었다.

"사국연맹에는 솔레이온 공작님과 비슷한 실력의 강자가 있습니다. 그와 마주친다면 누구라도 목숨을 장담하지 못하겠지요."

"그게 말이 된다 보오? 제국제일기사를 누구와 비교하는 것이오!"

정작 당사자는 가만있는데 옆에 앉아 있던 하세이 공작이 언성을 높였다. 그에게 솔레이온 공작은 어려서부터 우상이었다. 이런 말을 듣고 참을 정도로 인내심이 깊지도 않았고 말이다.

"그자의 이름이 바하무트라고 했습니까?"

"그렇습니다."

솔레이온 공작의 눈동자가 깊어졌다. 상대는 다모스 왕국의 그레이스 공작과 싸우면서 NPC들 사이에 명성을 떨쳤다. 신의 축복자들은 끊임없이 강해진다. 경지의 정체가 없었다. 이제 와 자신의 실력과 비슷해졌다고 해서 크게 놀랄 일은 아니었다.

"대공의 뜻에 따르겠습니다. 축복자들에 관해서는 우리보다 잘 알 테니 사대공작을 나누고 나머지는 알아서 하시지요."

"이해해 주셔서 감사합니다. 일단 정찰대를 보내겠습니다. 그들이 가져오는 정보를 토대로 세부 계획을 짜고서 행동하겠습니다."

양측 모두 퀘스트 시작도 전부터 군대를 움직였다. 아마도 며칠 후면 일정한 거리를 두고서 탐색전을 펼칠 것이다. 많은 걸 알아내려는 게 아니다. 임시 막사의 배치나 병력의 숫자 정도랄까? 그래도 먼저 알아내는 게 유리하니 부지런해져야 했다.

＊　　　＊　　　＊

날이 저물고 시커먼 어둠이 내려앉았다.

제국연합에서 빠져나온 여러 개의 정찰대가 사국연맹이 다가오는 곳으로 향했다. 암살자 유저들로 구성된 정찰대로 전원 2차 전직 유저였다. 제국삼대길드에서 요인 암살과 정보 획득을 등을 목적으로 일종의 특수부대라고 생각하면 편할 것이다.

삼대길드의 지원으로 억 단위에 해당하는 유니크 아이템을 도배했기에 해당 직업의 스킬 효율을 최대한으로 높일 수 있었다.

어지간한 감지마법은 무시하리라. 유저들은 수면을 위해 현실로 돌아가지만 NPC는 이곳이 현실이다. 시간대를 적절히 분배 못하면 힘의 균형이 한쪽으로 치우쳐질 것이다. 정찰대의 임무에는 적의 교대 시간을 알아내는 것도 포함되어 있었다.

파파파팟!

암살자들답게 이동 속도가 빨랐다. 산을 타면서 100미터를 7~8초 정도에 주파하는 듯했다. 발소리도 내지 않았다. 의사 표현을 위한 간단한 수화도 없었다. 파티를 맺으면 그런 불필요한 행동을 하지 않아도 된다. 유저는 존재 자체로도 가치가 있었다.

[잠깐.]

[왜?]

[정면에서 뭔가가 감지됐다. 이동을 멈추고 확인해 봐야겠다.]

암살자들의 기도가 가라앉으며 어둠과 동화됐다. 그들은 서
로 다른 아이템들을 착용했다. 누구는 기척을 느끼는 데 특화되
고 또 누구는 은신에 특화됐다. 그렇게 한 개 파티의 능력이 전
부 제각각이었는데 말을 꺼낸 이는 둘 중에서 전자에 속했다.

스스스슥.

풀잎에 옷깃 스치는 소리가 들렸다. 암살자들이 긴장하며 주
변을 둘러봤다. 아무것도 느껴지지 않았다. 스킬을 써도 마찬가
지였다. 제자리에 멈춰 있던 암살자들은 계속해서 긴장하고 있
을 수는 없다는 듯 위험을 무릅쓰고 살금살금 걸음을 떼었다.

스슥.

[제길! 누군가 있다.]

[사국연맹에서 파견한 정찰대인가 보군. 발을 묶으려는 수작
인가?]

도리도리.

암살자들이 아닐 거라며 고개를 저었다. 정찰대끼리 만났을
때에는 서로 물러나거나 싸워야 한다.

이미 발각됐는데 뭐하러 시간을 끌겠는가? 그건 낭비일 뿐이
다.

[적들 전원이 은신 계열 특수 아이템을 장착한 듯싶다. 움직여
서 유인한 다음 죽인다. 차후의 일은 죽인 다음에 생각하겠다.]

암살자 대장의 말에 정적이 깨졌다. 그리고는 사방으로 흩어졌다. 그들은 적이 당황하며 제 스스로 기척을 드러내길 바랐다.

"아, 재미없다. 잘 가라, 모두들."

"누, 누구?"

파아아앙!

어두운 숲 속에 황금빛이 번쩍이며 일정 반경을 초토화시켰다. 암살자들을 상대로 시간을 끌고 있던 슈타이너의 소닉 붐이었다.

한 개 파티가 순식간에 전멸했다. 반항이고 뭐고 없었다. 창질 한 번에 게임 오버였다. 상대가 슈타이너인 걸 알았다면 몇 번쯤 더 버텼겠지만 이렇게까지 강한 유저임을 알 리가 없었다.

"라이세크가 정말 그렇게 말했어요? 초반부터 맹공을 펼치라고?"

"본진까지는 가지 말고 외각에서 적의 신경을 분산시켜 달라더라.

바하무트와 슈타이너가 숲 속에서 걸어 나왔다. 브레인도 그들의 뒤에 있었다. 그런데 이사벨라의 모습이 보이지 않았다. 그녀는 이미 제국연합의 외각으로 향했다. 곧 난리가 날 것이다.

콰아아앙!

수십 킬로미터 전방에서 어둠을 타고 날아온 폭발음이 바하무트들의 귀를 훑고 지나갔다. 이사벨라가 난동 부리는 소리였다.

"나는 여기, 너는 여기로 가."

"오케이!"

"브레인 님은 저랑 가… 거기서 뭐하세요?"

슈타이너가 먼저 출발했다. 바하무트가 이동하려고 브레인을 불렀다. 그런데 그는 숲 속 이곳저곳을 뒤지며 돌아다니고 있었다.

"아하하! 암살자들이 아이템을 떨궜는데 괜찮은 게 많아서요."

"큭큭! 가죠."

브레인이 멋쩍은 듯 웃으며 주은 아이템을 흔들었다. 유니크면 버리고 가기 아까운 등급이다. 바하무트가 피식 웃으며 다 주웠으면 가자고 말했다. 아마 나중에는 줍다가 포기할 것이다.

*   *   *

루펠린과 헬렌시아 사이에 전쟁의 불길이 활활 타오를 때 비교적 거리가 가깝던 칼베인과 투스반이 충돌했다. 양 세력의 수뇌부는 깊게 생각하기보다 힘으로 밀어붙이는 스타일이었다.

라이세크는 쿠라이에게 주어진 몫만큼만 하라고 했고 타마라스는 니쿠롬에게 알아서 칼베인을 무너뜨리고 적의 후미를 치라고 말했다. 일일이 신경 쓰기보다 화끈하게 독립시킨 것이다.

자존심이 강한 이들이라 말해봐야 따라주지 않을 것을 알아서다.

쿠콰콰쾅!

칼베인과 투스반 쪽의 병력이 널찍한 초원을 가운데 두고 밀고 밀리기를 반복했다. 물과 기름처럼 한눈에 봐도 적대적인 관계라는 걸 알 수 있었다. 전력은 비슷비슷했다. 나만 살면 그만이라는 듯 가까이 다가오는 적군은 앞뒤 안 가리고 죽였다.

"죽어! 이 새끼야!"

"너부터 죽어! 이거 페널티가 얼마나 심한데! 난 끝까지 버틴다!"

투스반 쪽 유저가 욕을 하며 칼베인 쪽 유저에게 검을 휘둘렀다. 악에 받쳤는지 제 몸뚱이에 생기는 상처를 돌보지도 않았다.

푸억!

그러나 뒤에서 날아온 화살에 심장을 관통당해 끝까지 버틴다는 말이 무색해졌다.

전쟁터란 살고 싶어도 죽고, 죽고 싶으면 반드시 죽는 곳이었다. 뒤통수에도 눈을 달아야 몇 초라도 삶을 연명할 수 있었다.

끽해야 몇 명 죽였다고 살 수 있는 곳이 아니다. 이곳저곳에서 강제로그아웃 현상이 나타났다. 지금 이 순간에도 수십 명씩 현실로 돌아가 제발 자신이 속한 진영이 승리하기를 기도했다.

NPC병사들도 유저들과 별반 다르지 않았다. 오히려 그들은 삶에 대한 애착이 더더욱 강했다. 이곳에서 죽으면 실제로 죽는 것이나 다름없어서다. 현재 어떤 일까지 생겨나고 있냐면 상처 없이 멀쩡한데도 죽은 척을 하거나 시체 더미 속에 숨어들어 갔다. 이렇게 행동하면 살지도 모른다고 생각했나 보다.

그러나 착각에 불과했다. 미개하게 검과 화살로만 싸우던 중

세시대였다면 가능했겠지만 이곳은 마법이 판을 치는 세상이었다.

콰아아앙!

투스반 본진에서 날아온 마법대포의 포격 중 하나가 시체 더미 내부를 파고들었다. 적의 밀집 지역을 노리다가 우연히 맞은 것이다. 그곳에 숨어 있던 병사들은 싸우지도 못한 채 허무하게 삶을 마감했다. 차라리 싸우다 죽었으면 덜 억울했으리라.

"물러서라! 길드장이 출전한다! 죽기 싫으면 모두 거리를 벌려라!"

은빛 송곳니 길드의 간부가 확성기를 들고 외쳤다. 그의 길드장이라면 쿠라이뿐이었다.

쿠라이가 출전하면 스라웬도 따라간다. 부부는 일심동체였으니까.

파아아앙!

거대한 은빛 생명체가 자신을 가로막는 적군을 짓이기며 달려갔다. 탱크가 전진하듯 그 무엇으로도 그의 돌격을 막지 못했다.

"흥! 무식한 미친개답군!"

"돈만 밝히는 황금벌레 새끼야! 넌 오늘이 제삿날이야! 아니다, 투스반 왕국 전체를 박살 내주마! 어디 길바닥에 나앉아봐라!"

거만한 표정의 니쿠룸이 황금망치단을 헤치며 앞으로 나왔다. 그 모습에 쿠라이가 돌격을 멈추고 살벌한 말을 연속으로 뱉었다. 저 땅딸보 드워프를 못 죽이면 사람이길 포기한다.

"다이아몬드 로드."

"다이아 뭐?"

지이이잉!

공간이 열리면서 투명한 보석으로 다듬어진 거인이 튀어나왔다.

통짜 다이아몬드로 깎아 만든 신형 골렘이었다. 아이언 킹보다는 작았지만 쿠라이의 덩치와 비슷했다. 3차 전직은 누구에게나 공평하게 적용된다. 니쿠룸에게도 강력한 힘을 안겨줬다.

"매일 골렘에 의지해서 싸우니까 네놈의 실력이 그따위인 거다."

"농담도 무식하게 하는군. 내 직업은 골렘제작자다. 이걸 무시하고 무기를 들고 싸울까? 그럴 거면 전사를 했겠지. 멍청하긴."

니쿠룸이 비아냥거렸다. 쿠라이도 모르는 건 아니다. 그냥 난쟁이에 돈벌레가 하는 일이라면 무엇이든 마음에 들지 않았다. 정당한 것도 트집을 잡아야 한다는 생각이 무럭무럭 솟구쳤다.

쩌엉!

니쿠룸이 다이아몬드 로드에 탑승했다. 이걸 만들려고 들인 돈을 생각하면 아직도 아찔했다.

골렘은 무기나 방패의 일부 장비를 제외하면 아이템을 착용하지 못한다. 골렘자체가 아이템이나 마찬가지였기 때문이다. 고로 골렘이 지니는 기본 능력치에 따라 전투 능력이 달라진다. 아이언 킹이 유니크 등급이었고 이건 히어로 등급이었다.

"난도질해 주지."

"네놈의 물렁한 손톱에 상처 날 만큼 약한 골렘이 아니다. 멍멍아."

파앙!

쿠라이의 모습이 여러 개로 분열됐다. 시야를 어지럽히는 것이다.

덩치는 비슷해도 속도에서는 그가 확실히 유리했다. 골렘의 반응 속도가 어떨지는 모르겠지만 그다지 뛰어날 것 같지 않았다.

끼기기긱!

쿠라이의 손톱이 골렘을 할퀴었다. 그런데 긁힌 자국조차 안 생겼다. 오러가 없어도 강철을 찢어발긴다. 대단한 방어력이었다.

"어라?"

"다이아몬드 로드는 체중이 무거워서 느리다. 그러나 공격력과 방어력은 단연 발군이지. 어디 공격을 막을 수 있는지 한 대 쳐볼까?"

콰아아앙!

꽉 쥐어진 골렘의 주먹이 쿠라이의 가슴을 후려갈겼다. 그는 가슴을 가격당하기 직전 양팔을 교차시켜 골렘의 공격을 막았다.

"커흑!"

"죽어! 개자식아!"

쿵쿵쿵쿵!

쿠라이의 한쪽 팔이 덜렁거렸다. 종족 특유의 재생력이라면 금방 회복시키겠지만 교활한 니쿠룸이 그걸 보고 있을 리가 없었다.

뒤로 밀려나는 순간 접근해서 커다란 바위도 일격에 박살 내는 핵 펀치를 마구 날렸다. 레벨은 쿠라이가 높아도 압도적인 차이는 아니라서 한순간의 방심이 연타를 허용하게 만들었다.

"큭! 몇 방 친 걸로 좋아하긴!"

쿠웅!

쿠라이가 빗발치는 공격을 뚫고 니쿠룸에게 몸통 박치기를 선물했다. 주먹을 휘두르지 못하도록 달라붙어서 떨어지지를 않았다.

그그그극!

기다란 손톱에 오러가 스며들었다. 집중하고 또 집중해서 최대한으로 압축했다. 그 노력 덕분인지 골렘의 육체에 생채기가 생기기 시작했다. 그걸 보는 니쿠룸의 눈가가 파르르 떨렸다.

라이칸스로프의 손톱은 명검과도 같다.

거기에 오러까지 덧씌우니 만만치가 않았다. 골렘에 대해 자신감을 지녔지만 쉽게 이길 거라고 생각하지 않았다. 그건 서로가 마찬가지였다. 재수가 없어도 같은 대륙십강의 일원이었다.

콰콰콰쾅!

전투 반경이 넓어졌다. 이리 밀리고 저리 밀리고 한곳에서 싸울 기미가 안 보였다. 여파에 휩쓸리는 것만으로도 목숨을 보장받지 못하기에 양 세력의 병사들은 알아서들 거리를 벌려줬다.

파파파팟!

한창 싸우던 와중에 쿠라이의 귓가로 뭔가가 달려오는 소리가 들렸다. 거북이처럼 느려터진 니쿠룸과는 달리 상당히 빨랐다.

"처음 뵙네요, 쿠라이 님."

"넌 뭐야!"

부아아앙!

쿠라이가 당황했다. 초면인 유저가 자신을 아는 척하면서 다가오더니 다짜고짜 검을 휘둘렀다. 어지간하면 무시하겠는데 검에 실린 위력이 제법 매서웠다. 제대로 맞으면 아플 것 같았다.

"거봐. 내 말이 맞지? 하고 싶어도 일대일 못 할 거라고 말했잖아."

"쳇!"

하늘에서 이 상황을 지켜보던 스라웬이 지상으로 내려와 쿠라이의 옆에 붙음과 동시에 그 주변으로 강력한 뇌전을 흩뿌렸다.

파지지직!

그 공격에 검을 휘두른 유저는 멀찍이 물러섰고 니쿠룸은 제자리에서 무리 없이 버텨냈다. 다이아몬드는 전기가 통하지 않는다. 그가 스라웬과 싸우면 상성에서 우위였다. 그렇다고 죽일 있을지는 장담하지 못한다. 하늘로 도망치면 답이 없었다.

"저자는 누구지?"

"우리가 모르는 3차 전직 유저라면 랭킹 11위인 혈검 샤펠라겠지."

"아! 붉은 눈물 길드장? 바하무트가 조심하라고 말했던 그

사람?"

쿠라이가 이해가 간다는 표정을 지었다. 위력적인 공격이었다. 벨카 왕국에 다녀왔던 바하무트가 혹시 모르니 긴장하고 있으라며 당부했다. 자신들보다 레벨이 낮아도 위험한 상대였다.

"쟤들 둘하고 투스반의 NPC만 죽이면 끝인가?"

"쉽지는 않을 거야. NPC의 레벨이 아군보다 높아서 비등하니까."

스라웬이 삼대삼의 대결을 그렸다. 이곳에서 대륙십강끼리 붙고 반대에서 울티메이트 마스터끼리 붙을 것이다. 투스반의 NPC가 아군보다 15레벨 높았다. 진다고 생각하는 게 속편하다.

균형을 맞추려면 자신들이 승리해야 한다. 부담스럽지만 쿠라이가 니쿠룸을 꺾으면 샤펠라는 스라웬 본인이 해결할 수 있었다.

"파티 플레이면 우리 부부가 최고지."

"응. 가자, 남편."

쿠라이 부부는 혼자 싸울 때보다 둘이 싸울 때 진가를 발휘한다. 둘이 합치면 슈타이너나 이사벨라도 쉽지 않을 것이다.

"내가 쿠라이를 죽일 동안 최대한 버텨줬으면 좋겠군."

"당신 걱정이나."

쿠쿠쿠쿵!

한마디씩 남긴 네 명의 강자가 전장을 휘저었다. 병사들은 전투를 멈추고 부디 자신들의 수장이 이기기를 누구보다 바랐다.

*　　　*　　　*

우아아아!

라이세크는 아래에서 벌어지는 대규모 전쟁을 바라보며 턱을 쓰다듬었다. 그는 현재 전장의 모습이 한눈에 보이는 높은 언덕 위에서 때에 맞춰 적절하게 명령을 내리고 있었다.

표정이 좋지 않았다. 제국연합 측에 밀리고 있어서였다. 미세한 차이긴 해도 불이 활활 타오르는 건 그야말로 순식간이었다.

"좋지 않아."

"내가 볼 때는 그게 그건데."

"좌우익을 봐라. 끝없이 병력을 투입하는데도 모양을 갖추지 못한다. 투입하는 것보다 적의 아군을 죽이는 게 빠르단 뜻이다."

라이세크가 특정 지점을 가리켰다. 슈타이너는 그제야 이해했다는 듯 탄성을 내질렀다. 확실의 좌우익의 모양이 삐뚤빼뚤했다.

"칼베인 쪽은 어떻대?"

"대륙십강끼리 두 번이나 붙었지만 매번 도망쳐서 승부를 보지 못했다고 한다. 그나마 다행인 건 아군이 우세했다더군."

"쿠라이가 멍청해도 니쿠룸에게 지진 않겠지. 설사 일이 잘못돼서 그 녀석이 져도 스라웬 님이 샤펠라 같은 쓰레기한테 지겠냐?

"그렇게 생각하면 편하겠지만 투스반 NPC의 레벨이 꽤 높았다."

"아! 340레벨짜리? 그거 걱정하지 마라. 형이 손을 다 써놨으니까."

바하무트는 여태까지 라이세크에게 샤칸을 보냈다는 걸 말해주지 않았다.

괜히 헛된 기대를 품길 원하지 않아서였다. 전쟁에서 이길 수 있도록 최대한으로 도와준다. 그러나 성격상 부담감을 짊어지기는 싫었다. 단독으로 행동하겠다고 그에게 분명히 말했었다.

"손?"

"아마란스 영지가 영토 확장 때문에 사마귀하고 싸웠다고 했었지?"

라이세크가 고개를 끄덕였다. 들었던 기억이 났다. 몬스터와의 전쟁은 귀족 유저들이 최악으로 생각하는 영토 확장 방법이었다.

"그 싸움에서 우연히 399레벨 NPC 한 명을 알게 됐거든? 슬픈 눈의 샤칸이라고 들어봤지? 아무튼 그자에게 도와달라고 부탁했어."

"도와달라?"

"처음에는 형이 솔레이온 공작을 죽여달랬는데 목숨을 걸 수는 없대서 투스반 진형에 있는 놈들 목을 따주는 걸로 바꿨어."

"그렇다면 투스반 쪽은 무조건 이긴다고 생각해도 괜찮은 거겠지?"

슈타이너는 그 말에 대한 확답을 해주지 않았다. 이길 가능성은 99%였다.

남은 1%는 만약을 가정했다. 앞날이 어떻게 될지 모르는 법이다. 라이세크도 그런 마음을 아는지 대답을 강요하지는 않았다.

제국연합과 사국연맹이 보유한 울티메이트 마스터의 수는 비슷하다. 문제는 그 아래를 구성하는 병력의 질과 수준이었다. 총 전력을 10이라고 쳤을 때 적과 아군을 비교하면 6:4정도였다.

모자라는 전력을 메우려고 지원했다간 균형이 완전히 어긋난다.

다만 칼베인이 투스반을 밀면 헬렌비아를 가운데 두고 샌드위치를 할 수 있게 되기에 이길 가능성이 높아진다. 난장판이 되겠지만 어떤 피해를 입더라도 이기기만 하면 되는 싸움이다.

전쟁이 시작된 지 두 달 가까이 흘렀다. 수백만이 격돌하는 퀘스트였기에 아직까지 끝날 기미가 안 보였다. 아직도 한창이었다.

"우린 언제 나가냐? 다모스 왕국 때처럼 마냥 기다려야 하나?"

"원래는 조만간 승부를 낼 생각이었다. 샤칸 이야기를 듣기 전에는 말이지. 일단 시간을 끌며 칼베인의 승전보를 기다리자."

슈타이너는 반대하지 않았다. 다모스 왕국 때와는 상황이 조금 달라서였다. 그때는 자유가 없어서 답답했지만 지금은 아니었다. 개인으로 참전했기에 구속감이나 의무감 같은 게 없었다.

가끔 뛰쳐나가 병사들을 죽이면서 시간을 때워도 나름 재밌었다.

"3, 3사령관님!"

"무슨 일이냐?"

숨을 헐떡이며 다가온 루펠린의 귀족이 라이세크를 불렀다. 총사령관은 능력은 없는 놈이 왕족이란 이유만으로 차지했다. 1사령관은 라파드 공작이고 2사령관은 카팔리온 공작이었다.

"칼베인 쪽에서 온 급보입니다! 볼투스 공작께서 전사하셨습니다."

"쿠라이와 스라웬 후작은?"

"적들의 합공을 받고 있다는데 오래 버티지는 못할 것 같습니다!"

스윽.

라이세크가 슈타이너를 쳐다봤다. 샤칸인지 샤기컷인지가 갔다고 했는데 낌새가 불안했다. 저러다가 지면 참으로 큰일이었다.

"원래 영웅은 늦게 나타나는 법이야."

"네가 내 자리에 있어도 그런 말을 할지 나는 언제나 궁금하다."

라이세크가 아무렇지 않은 척해도 속내는 새카맣게 타들어갔다.

게임 인생이 걸려 있었다. 전쟁이 시작되기 전에도 긴장 때문에 며칠 동안 잠이 안와서 밤잠을 설쳤다. 지금도 거의 비슷했다.

그 마음을 아는지 모르는지 슈타이너의 행동은 느긋했다. 바하무트나 그나 뇌구조가 심히 궁금했다. 거기에 이사벨라까지 끼니 이상한 삼인조가 돼버렸다. 정상인은 브레인밖에 없었다.

"정 안 되면 형하고 내가 헌신할 거야. 너도 그거 믿고 있지 않았어?"

"그래. 믿고 있었다."

둘에게는 엄청난 페널티가 부과돼서 막심한 손해가 생기겠지만 전쟁에서 지는 것보다는 낫다. 라이세크도 사람인지라 모든 걸 잃는다고 생각하니 이기적인 생각이 드는 걸 막지 못했다.

"샤칸이 안 나타나면 내가 칼베인 진형으로 갈 거다. 사라지면 당황하지 말고 그리 알아라. 아! 그전에 몸이나 물고 와야지."

할 말을 끝낸 슈타이너가 언덕 위에서 몸을 날렸다. 그리고는 바닥에 착지하자마자 눈에 띄는 제국군을 모조리 쓸어버렸다.

"휴! 망나니 같은 놈."

"저기… 3사령관님, 칼베인의 지원은 어떻게 하실 생각이십니까?"

"저놈이 말하지 않았는가? 영웅은 늦게 나타나는 법이라고."

라이세크의 무책임한 대답에 입을 다물고 물러났다. 일이 터지면 문책은 그가 받는다. 자신들은 시키는 대로 하면 그만이다.

"정말 믿는다."

전장을 휘젓는 황금빛이 라이세크의 눈을 어지럽혔다. 일격에 수십 명의 제국군이 분해되며 길이 뻥뻥 뚫렸다. 제멋대로 나가는 녀석들이지만 이상하게 한 번도 실망시킨 적이 없었다.

어떤 악조건에서도 활로를 뚫어냈다. 행운의 신이 함께하나 보다.

"아니지. 너희가 바로 행운이다."

그렇다. 행운이 신이 함께하는 게 아니라 바하무트와 슈타이너가 행운 자체였다. 그러므로 지지 않는다. 녀석들이 있으니까.

*   *   *

쩌쩌쩌쩡!

무심한 눈동자가 평원 전체를 전장으로 사용하는 두 기사의 전투를 유심히 지켜봤다. 호기롭게 검을 뽑아 들고 시작할 때만 해도 백중세였는데 조금씩 시간이 흐를수록 한쪽으로 치우쳐졌다.

병사들의 시선에는 여전히 접전으로 보이겠지만 검술의 극한에 오른 샤칸은 알 수 있었다. 곧 결판이 나리란 것을 말이다.

푸욱!

투스반 쪽 기사의 검이 칼베인 쪽 기사의 검을 흘리고 심장을 꿰뚫었다.

인간치고 심장이 뚫리고 사는 존재는 없다. 샤칸도 마찬가지였다.

샤칸은 NPC라 죽음을 목격한 게 다지만 칼베인에서 퀘스트를 수락한 유저들은 볼투스 공작이 죽었다는 알림음에 절망했다. 당연히 쿠라이와 스라웬, 니쿠룸의 귀에도 사실이 전해졌다.

전쟁에서 울티메이트 마스터는 중요하다. 희비가 갈리는 순간이다. 이때까지만 해도 승기는 투스반의 편을 들어주고 있었다.

"흠… 어느 정도 균형은 맞춰줘야 하니까."

샤칸은 이 전쟁과 관련이 없다.

그에게는 창조신, 유저나 운영자들에게는 중앙시스템이 될 것이다.

그 중앙시스템은 샤칸같이 홀로 떠도는 NPC들에게 공적인 일에 끼어들 수 없게끔 제약을 걸었다.

혼란의 시대는 대륙의 판도를 뒤바꿀 국가들의 전면전이며 유저들의 사활이 걸린 퀘스트였다. 아무 관련도 없는 존재가 뜬금없이 튀어나와서 훼방을 놓는다면 만든 의도가 사라진다.

원래 샤칸은 이 전쟁에 참전해서도, 도움을 줘서도 안 된다. 그런데 그에게는 법칙을 깰 수 있는 한 가지가 프로그래밍되어 있었다. 누군가가 선행을 베풀면 그걸 보답해야 한다는 것이었다. 여기서 프로그램끼리 충돌해 버리는 문제가 발생했다.

운영자들은 직접적인 도움을 줄 수는 없고 작게나마 관여할 수 있도록 재조정했다. 그게 샤칸이 칼베인 진형에 온 이유였다.

바하무트는 솔레이온 공작이나 다른 사대공작을 죽이라고 말했다.

그 부탁을 들어주면 사국연맹의 승리가 거의 확실시되기에 얼버무리는 식으로 거절하게 만들었다. 결국 선택한 건 칼베인 진형이었다. 원래 칼베인은 패할 가능성이 높은 지역이었다.

유저들이면 몰라도 NPC들 간의 실력 차이가 확실해서였다.

투스반의 대륙십강이 쿠라이 부부의 공격을 버티면 그사이에 NPC들의 싸움이 끝나고 3:2가 돼버렸을 것이다. 그리되면 중과부적으로 이길 수가 없었다. 그것을 뒤집으려는 게 샤칸이었다.

"가볼까."

칼베인이 이기게는 해주겠다. 하지만 한 명이다. 딱 한 명만 남겨둘 생각이다. 둘을 남겨놓으면 앞날을 예상할 수 있으니까.

*　　　*　　　*

"이런 망할!"

"신경 쓰지 말고 집중해! 저 둘 중에서 한 명이라도 죽여야 해!"

콰앙!

볼투스 공작이 죽었다. 쿠라이 부부는 마음이 급해졌고 니쿠룸과 샤펠라는 한결 여유로워졌다. 이번이 벌써 세 번째로 붙는 거였다. 대륙십강의 전투는 칼베인이 유리했다. 타락한 천사들의 궁전 덕분에 레벨을 벌려놔서다. 적들도 상대의 레벨이 자신들보다 높다는 걸 눈치챘는지 적극적으로 나서지 않았다.

"개 같은 놈들!"

"흥!"

제아무리 쿠라이가 욕을 하고 도발을 해대도 버티기에 집중했다. 꼴사나운 행동이었지만 그 행동이 원하던 결과를 이뤄냈다.

투스반의 NPC는 볼투스 공작을 죽이고서 이곳으로 걸음을 꺾었다. 잔챙이들보다는 쿠라이 부부의 사살을 우선순위로 정한 것이다. 그들마저 죽이면 이 진형의 승자는 제국연합이다.

쩌쩡!

샤펠라는 니쿠룸의 골렘을 철저히 이용했다. 스라웬의 공격이 와해시키기에 제격이었다. 다이아몬드에 부딪히는 뇌전이 순식간에 흩어졌다. 거의 골렘 방패 수준이었다. 니쿠룸은 그 행동이 마음에 들지 않았지만 이기는 게 중요하므로 눈감아줬다.

"무리를 해서라도 없애야겠어."

"지원은?"

"바라지 마! 오고 안 오고를 떠나서 그때까지 버티지 못해."

텔레포트와 워프로 이동 시간을 단축해도 루펠린 진형에서 칼베인 진형까지 오는 데 최소 1시간은 걸릴 것이다. 그 시간이면 승부가 나고도 한참이 지난다. 어떻게든 둘이서 해결해야 했다.

[약한 놈부터 죽일 거야. 바닥을 부숴!]

[응.]

스라웬이 신호를 줬다. 그러자 쿠라이가 양팔로 지면을 내려쳤다.

콰아아앙!

그 탓에 균열이 생기며 지진이 발생했다. 실제 지진만큼은 아니라도 수십 미터 반경에 돌조각이 튀어 오르며 폭삭 가라앉았다.

쿠라이는 공격한 당사자고 스라웬은 날아다니니 중심을 잃지 않았지만 육중한 무게의 니쿠룸과 그 뒤에 숨어 있던 샤펠라는 갈라진 틈에 발이 빠지며 짧은 찰나 동안 행동이 굳어버렸다.

쿠르르릉!

스라웬에게서 빠져나간 강대한 마력이 하늘을 뒤덮었다. 그리고는 그 마력들 에너지 삼은 벼락이 지상으로 분노를 떨궈냈다.

"억! 천공대낙뢰!"

니쿠룸이 하늘에서 떨어지는 벼락을 발견하고 급하게 오러를 전개해서 골렘을 보호했다. 상쇄시키기는 늦었고 피하기도 늦었다. 골렘의 항마력과 방어력을 믿고 버티는 수밖에 없었다.

콰콰콰쾅!

샤펠라는 니쿠룸처럼 신속하게 대응하지 못했다. 대륙십강에 대해 무지하기도 했으며 레벨과 장비가 스라웬보다 모자랐다. 더욱이 오러를 반만 끌어 올렸기에 천공대낙뢰에 잡아먹혔다.

"큭! 멍청하긴!"

"죽어!"

쿠라이가 휘청대는 샤펠라에게 쏜살같이 달려갔다. 저놈을 죽여야 숨통이 트인다. 스라웬도 그걸 알고 남편의 뒤를 쫓아갔다.

푸확!

쿠라이의 손톱이 샤펠라의 몸통을 가르고 지면에 깊숙이 파고들었다. 생명력이 한계에 달했는지 샤펠라가 회색으로 변했다.

"너도 죽어! 벌레 놈아!"

"과연… 네놈 마음대로 쉽게 될까?"

니쿠룸이 웃었다. 스라웬이 이상함을 느끼며 주변을 살펴봤다. 그냥 넘기기에는 기분이 나빴다. 왠지 믿는 게 있는 것 같았다.

"잘 가라."

"뭐?"

부아아악!

저 멀리서 날아온 소울 블레이드가 쿠라이의 왼쪽 다리를 잘랐다.

쿠웅!

라이칸스로프의 거체가 무너지며 흙먼지가 피어올랐다. 그나마도 정수리부터 양분되려던 것을 피했기에 이쯤에서 끝난 것이다. 쿠라이가 다혈질이긴 해도 이게 누구에 의해서 벌어진 일인지까지 모르지는 않았다. 투스반의 NPC가 온 것이다.

스슥.

저 멀리 흐릿하게만 보이던 모습이 점차 뚜렷해졌다. 투스반의 NPC였다.

이곳저곳 상처를 심하게 입었지만 전투를 속행하기에는 무리가 없는 듯했다. 접근해서 공격하면 기척을 읽힐까 봐 오러 소모를 감수하고 장거리 공격을 시도했는데 제법 잘 먹혀들었다.

펄럭!

스라웬은 쿠라이를 남겨두고 공격이 날아온 쪽으로 이동했다. 다리가 잘린 채로 니쿠룸과 싸우기는 어려울 것이다. 그러나 정신이 분산되면 이도 저도 아니게 된다. 어느 한쪽이라도 확실하게 하는 게 그녀가 선택할 수 있는 유일한 길이었다.

장면이 계속해서 바뀐다. 스라웬이 투스반의 NPC를 상대로 힘겹게 싸운다. 쿠라이는 다리를 붙이려고 계속해서 틈을 본다. 지켜보고 있을 니쿠룸이 아니었다. 칼베인의 패색이 짙어진다.

병사들은 그 전투에 끼어들 수가 없었다. 영역에 발을 내디디면 그 순간부터 목숨이 오락가락했다. 그 누구도 접근하지 않았다.

써걱!

스라웬의 작디작은 육체가 쪼개졌다. 투스반의 NPC도 뇌전에 맞아 시커멓게 타버렸다. 중요한 건 승패가 나눠졌다는 것이다.

뚜벅.

그때, 걸음 소리가 들린다. 투스반의 NPC가 무의식적으로 소리가 들린 쪽에 검을 휘둘렀다. 그런데 잡히는 게 없다. 잘못 들었나?

"한 명만 죽여주기로 했지만 한 명을 남겨주는 것으로 바꾸겠다."

샤칸이 상대의 옆을 스쳐 가며 말했다. 그의 생각으로 한 명만 남겨주는 후자가 훨씬 이득이다. 승리를 보장해 주는 것이니까.

철컥!

언제 뽑혔는지 모를 샤칸의 쾌검이 투스반의 NPC를 통과했다가 다시 검갑에 되돌아갔다. 둘은 59레벨 차이였다. 게다가 샤칸은 완전한 상태고 적은 기진맥진했기에 일합이면 충분했다.

털썩.

샤칸은 쓰러진 상대에게 시선을 거두고 쿠라이가 있는 방향으로 천천히 걸음을 옮겼다. 쿠라이는 간당간당하게 살아 있었다.

"말도 안 돼! 399레벨이라고? 이게 무슨 일이지? 어, 어떻게?"

"흐음… 그대들의 전쟁에 끼어든 건 미안하네만, 어쩔 수가 없구먼."

니쿠룸은 지금 이 상황이 뭔지 이해할 수 없었다. 다 이긴 싸움이었다. 쿠라이만 죽이면 칼베인을 함락하고 루펠린을 칠 수 있다. 갑자기 나타난 샤칸이라는 NPC만 아니었다면 말이다.

"통짜 다이아몬드인가?"

"이익!"

"이것으로 바하무트에게 진 빚은 갚은 걸로 치지. 잘 가시게."

"바하무트?"

니쿠룸이 바하무트의 이름에 반응했다. 샤칸은 대답해 주지 않았다.

후웅!

샤칸의 눈동자가 시퍼렇게 빛나며 검갑에서 잠자던 검을 뽑았다. 산악조차 가를 기세가 니쿠룸을 짓누르며 그가 자랑하는 골렘과 맞닿았다. 그게 니쿠룸이 기억하는 마지막 장면이었다.

슈슈슈슛!

샤칸의 공격은 한 번처럼 보였지만 실상은 수천 번의 칼질이었다.

연이어진 공격에 닳고 닳은 골렘의 내구도가 곤두박질쳤다. 내구도가 건재했었다면 이렇게 허무하게 가지는 않았을 것이다.

퍼석!

니쿠룸은 골렘의 탑승을 강제로 해제했다. 신중하고 차분한 샤칸이 그것을 놓칠 리가 없었다. 공격의 방향만 바꾸면 끝난다.

투스반 왕국의 니쿠룸 후작이 사망했습니다. 적의 주요 인물 세 명이 사망했습니다. 이 소식이 제국의 진형까지 퍼집니다. 사국연맹의 사기가 치솟으며 제국연합의 사기가 저하됩니다.

벌러덩!

쿠라이가 바닥에 드러누운 채로 샤칸을 쳐다봤다. 니쿠룸이 황당한 것처럼 그도 황당했다. 아군인 것 같은데 아는 게 없었다.

"바하무트에게 전해주게. 이로써 그때 입었던 빚을 청산한다고 말일세. 세상을 여행하다 보면 훗날 다시 볼 수 있겠지."

샤칸은 그 말을 끝으로 전장에서 벗어났다. 신비주의를 고수하는 성격은 아닌지라 한참을 쿠라이의 시선에 사로잡혀 있었다.

"허……."

쿠라이가 멍한 표정을 지었다. 스라웬이 죽은 다음 니쿠룸이 죽을 때까지 10분도 채 걸리지 않았다. 무슨 일이 벌어졌는지 이해가 가면서도 안 간다고 해야 하나? 아무튼 그러했다.

"길드장!"

"어?"

길드의 간부들이 허겁지겁 쿠라이를 부축했다. 여전히 다리가 잘린 상태였기에 피를 철철 뿜어내는 중이었다. 라이칸스로프의 재생력이 아니었으면 이미 과다 출혈로 죽었을지도 모른다.

"왜 그렇게 멍하니 계십니까! 어서 다리 붙인 다음 쓸어버려야죠!"

"아! 이 새끼들이!"

"갑시다!"

우웅!

쿠라이가 제정신을 차리더니 대뜸 욕을 해대면서 다리를 붙였다.

스킬을 남용해서 평소보다 힘이 많이 줄어들었다. 라이칸스로프의 형태도 오래 유지하지 못할 듯했다. 그래도 승기가 칼베인 진형으로 넘어왔다. 전투에 참전하지 못해도 그가 살아 있다는 이유 하나가 칼베인의 병력과 유저들에게 힘을 실어줬다.

"애들 데리고 가서 중앙 뚫어. 이참에 수뇌부를 밀어버려야겠어."

"예!"

니쿠룸들이 죽었어도 명령을 내리는 귀족들이 남아 있었다.

그놈들까지 처리하면 투스반의 머리가 마비된다. 뇌가 없는 몸뚱이는 시체나 마찬가지였다. 그리되면 상대할 필요가 없어진다.

우아아아!

칼베인의 병력이 물불 안 가리고 적진의 한복판으로 뛰어들었다.

무모해 보일수도 있겠지만 그들의 선두에는 쿠라이가 있었다. 초반의 무력을 선보이지는 못해도 여전히 강했다. 유저들은 그를 보자마자 제국 진형으로 도망쳤다. 최후의 전장은 그곳이다. 죽어도 거기서 죽어야 한다. 이곳에서의 죽음은 무의미했다.

이 소식을 접한 라이세크는 평소보다 적극적으로 행동했다. 흐름이 넘어온 걸 안 것이다. 그리고 헬렌비아 제국 역시 물러서지 않았다. 한쪽 진형이 무너졌다면 다른 곳에서 만회해야 했다. 슬슬 양쪽 진형에서 본격적으로 움직일 기색이 엿보였다.

*　　　*　　　*

탁.

라이세크가 네모난 탁자에 흰 돌과 검은 돌을 각각 7개씩 올려놨다. 겉모양은 똑같지만 자세히 보면 서로 다른 문양이 새겨졌다는 걸 알 수 있다. 흰 돌은 사국연맹, 검은 돌은 제국연합이었다. 돌은 양 세력 울티메이트 마스터의 숫자를 의미했다.

"이게 최적이다."

"제가 봐도 그런 것 같습니다."

라이세크가 흰 돌과 검은 돌을 이리저리 바꾸고 계속해서 바꿨다.

혹시나 해서 수백 번을 뒤섞어도 결과는 마찬가지였다. 브레인도 그를 도와서 경우의 수를 따져 봤다. 최적이 확실했다. 그나마도 칼베인에서 쿠라이가 살아남았기에 이렇게라도 한 것이다.

"나와 이사벨라 님은 간단하네. 적의 일, 이 등을 상대하면 되니까."

툭툭!

바하무트가 돌을 건드렸다. 그와 이사벨라에게는 선택권이 없었다.

둘은 399, 367레벨이었다. 제국연합의 사대공작은 전원이 300레벨 중후반으로 라이세크나 쿠라이가 감당할 수준을 한참이나 벗어난다. 40~50레벨 차이기에 계란으로 바위 치는 격이었다.

"문제는… 슈타이너지."

"그렇기에 플랜을 첫 번째와 두 번째로 나눠놓은 거다. 나로서는 첫 번째가 부담이 없지만 그 녀석은 두 번째를 선호하겠지."

스슥.

첫 번째 플랜에서 슈타이너를 표시한 창 모양의 흰 돌이 바뀐다.

일부 고정된 흰 돌은 그대로고 슈타이너의 돌이 움직이자 자리를 지키고 있던 돌이 자연스레 자리를 옮겨간다. 원래 슈타이너는 사대공작의 한 명을 상대해야 했다. 그게 수지가 맞았다.

타탁!

두 번째 플랜에서는 슈타이너가 한 명이 아닌 두 명을 상대한다.

타마라스와 레이란, 타마라스와 알카디스였다. 슈타이너가 사대공작 외의 적을 한 명만 상대하는 건 그야말로 전력 낭비였다. 이것은 불변의 법칙이다. 무조건 둘이여야만 퍼즐이 맞춰진다.

"필승의 전략은 없네. 아군이 유리한 곳도 보이고 적이 유리한 곳도 보이고, 어쩌면 한쪽이 일방적으로 유리할 수도 있겠어."

이는 단순 비교에 불과할 뿐이라서 붙어보기 전에는 알 수 없었다.

띠딩!

"왔네."

"이제 의견을 들어볼 수 있겠군."

슈타이너가 접속했다. 접속 시간이 항상 일정할 수가 없고 언제 일이 생길지 모르기에 잠깐 늦는 정도는 다들 이해하고 넘겼다.

"하이!"

"하이고 뭐고 이거나 보고 결정해라."

슈타이너가 라이세크의 막사로 들어오며 활기차게 인사했다. 뭐가 그리 좋은지 싱글벙글거렸다. 이 자리에 모인 이들 중

에 가장 활발하고 유쾌한 성격이었다. 종잡을 수도 없고 말이
다.

"이게 뭔데?"

"적국과의 대진표."

금안의 눈동자가 흔들리며 돌을 살펴봤다. 흰 돌 위에 새겨진
창 문양이 누굴 가르칠지는 불 보듯 뻔했다. 도합 14명 중에서
창을 쓰는 존재는 그 자신이 유일했다. 과반수가 검이었다.

"앞에 있는 거 타마라스하고 레이란이냐? 아니면 알카디스인
가?"

"셋 다. 레이란과 알카디스는 고르면 된다. 일단 묻겠다.
사대공작을 상대하고 싶나, 아니면 타마라스를 상대하고 싶
나?"

"후자라고 말하면 순순히 따라줄 거야? 솔직히 난 후자야."

단체 퀘스트에서 사적 감정을 내비치는 게 실례라는 건 안다.
그러나 강제로 짝을 지어줄지언정 있는 그대로 말하고 싶었다.

"너 타마라스가 공왕이라는 건 알지?"

"알아."

"공왕에게는 처형 권한이 있다. 네 종족이 용족이고 레벨이
훨씬 높더라도 대륙십강의 둘, 그중에서도 타마라스가 포함된
둘이면 어떻게 될지 모른다. 죽으면 황금의 학살자는 사라진
다."

라이세크가 현실을 알려줬다. 슈타이너가 뚱한 표정으로
그를 쳐다봤다. 그 모습이 마치 그 정도도 모를까라는 눈빛이
었다.

타마라스는 상식을 벗어나는 놈이다.

배속에 구렁이 수백 마리를 키우고 있는지라 예측이 불가능했다.

"걱정 마. 대비책도 마련되어 있고 죽어도 혼자서는 안 죽으니까."

"좋아. 네가 그렇게 결정했다면 네 의견을 반영해 주마. 잘해봐라."

슈타이너가 바하무트를 흘낏 쳐다봤다.

스윽.

바하무트가 웃는다. 못 말리겠다는 그런 표정을 짓고 있었다. 실제로도 그 비슷하게 생각했다.

두 번째 플랜이긴 해도 계획 내의 범위였기에 말릴 수는 없었다.

"라파드와 카팔리온 공작에게 이 결정을 전해주고 오겠다. 며칠 내로 승인이 나면 곧바로 출전할 테니 단단히 준비하고 있어라."

라이세크가 계획서를 들고 두 공작을 찾아갔다. 대규모 전쟁이라서 쉽게 끝날 기미는 안 보여도 영원히 지속할 수는 없었다. 시작이 있으면 끝도 있는 법. 내리막길을 걸어갈 순간이다.

* * *

같은 시각.

타마라스도 정교하게 만들어진 조각 인형들을 놓고 균형을 맞추고 있었다. 일반 병사들도 아니고 최고 수뇌부들의 싸움이었다. 뒤로 미루다가 그 자리에서 즉흥적으로 정할 수는 없었다.

"이 둘은 용족입니다."

"용족?"

다른 무엇보다 붉은색과 황금색 조각이 유독 눈에 띈다. 바하무트와 슈타이너였다. 전쟁에서 본체로 현신만 하지 않으면 정체를 까발리든 껍질을 벗기든 행동에 지장을 주지 못한다. 그러나 사대공작에게 경각심을 새겨주는 것은 충분히 가능했다.

"모습을 감췄다는 용족이 루펠린에서 유희 중이었습니까? 세상이 열리고 대륙으로 내려왔다고는 들었지만 적으로 만날 줄이야."

솔레이온 공작이 턱수염을 쓰다듬었다. 충격적이지는 않아도 충분히 놀랐다.

용족이면 신에 가까운 존재들이다. 크나큰 변수가 될지도 모른다.

"그리고 이 여자는 하이엘프고 이 남자는 라이칸스로프입니다."

"라이칸은 누군지 알고 있습니다. 칼베인의 후작이 아닙니까? 그나저나 하이엘프라… 강하겠군요."

"적의 7명 중에서 2번째 혹은 3번째입니다. 저희 신의 축복자 중에서도 그쯤 되지요. 아마 솔레이온 공작 전하를 제외한 사대공작 분들과 비슷한 실력이리라 예상하고 있습니다."

사대공작의 눈이 번뜩였다. 용족이라는 사실도 놀라운데 적의 전력이 생각보다 강했다. 잘못하면 이기더라도 출혈이 크겠다.

내심 얕보던 감이 없지 않아 있었는데 이래서는 우위를 점하기가 어려웠다. 한 치 앞을 내다볼 수 없는 난전으로 치달을 확률이 높다. 그리되면 여기 모인 대부분이 죽을 수도 있었다.

"그럼 이 용족들은 어떻습니까? 붉은 것과 노란 것 중 어느쪽이 더 강합니까?"

"붉은 것이 더 강합니다. 그는 축복자 중에서 가장 강한 존재이며 아마 인간 상태에서도 솔레이온 공작 전하와 자웅을 겨룰수 있을 겁니다. 노란 것도 하이엘프 정도는 될 거고요."

"허허! 라파드와 카팔리온도 제법 실력이 뛰어난데 이들 셋이 합류한다? 위험하군. 정말 위험해."

"더군다나 큰 변수는 칼베인 왕국에 나타났다던 샤칸이란 자입니다. 그자가 또다시 나타난다면 감당하지 못할지도 모릅니다."

타마라스는 샤칸을 염두에 뒀다. 니쿠룸과 투스반의 NPC가 그자 한 명에게 당했다. 그 탓에 다 이긴 전쟁에서 패배해 버렸다.

흔들.

솔레이온 공작이 고개를 저었다.

"그건 신경 쓰지 않으셔도 됩니다. 그자가 나서는 건 한 번뿐입니다. 필시 루펠린 쪽에 무언가의 도움을 받았고 그걸 갚으려고 했던 게 분명합니다. 계속 나설 수 있는 입장도 아니고요."

"아는 자입니까?"

"어렸을 적에 한 스승 밑에서 검을 배웠습니다. 가는 길이 달라서 소원해졌지만 그에 대해 누구보다도 잘 안다고 자부합니다."

"그럼 더는 거론하지 않겠습니다. 이들만으로 골치가 아프니까요."

타마라스가 샤칸이라는 이름을 머릿속에서 지웠다. NPC가 확신을 한다는 것은 시스템상으로 끼어들 수 없다는 뜻이었다.

"이들은 아마 이렇게 작전을 짰을 겁니다."

"흠!"

타마라스가 조각들을 움직였다. 그건 라이세크가 짰던 두 가지 플랜이었다. 한 치의 오차도 없이 똑같다. 예상? 예측? 그런 수준은 필요 없다. 경우의 수가 무한대가 아니기에 최고의 효율은 변하지 않는다. 14명을 갖고 노는 게임이기 때문이다.

"과연, 본인이 작전을 짰더라도 이렇게 했을 겁니다. 잡다한 방법들을 배제하고 실력만으로 판가름 낼 수 있는 방법이니까요."

드륵.

솔레이온 공작이 조각들을 만지작거렸다. 사대공작들도 그의 의견에 동의했다. 제국의 사활이 걸린 전쟁이었다. 도박에 기대어볼 판이 아니었다. 그런데 타마라스의 생각은 그들과 달랐다.

"제가 생각해 놓은 방법이 있습니다. 제 의견에 따라주시겠습니까?"

"무엇입니까? 들어보고 기발하다면 위험하더라도 따르겠습니다."

타마라스가 자신의 의견을 거침없이 내뱉었다. 그 내용을 듣던 사대공작과 알카디스, 레이란이 눈살을 찌푸렸다. 특히 사대공작이 그러했다. 긍지 높은 제국의 기사들로서 별로 내키지 않는 방법이었다. 하지만 따르기로 했다. 기사의 긍지가 제아무리 높다한들 죽어서 제국이 무너지면 아무것도 남지 않는다.

그렇게 사국연맹은 연맹대로, 제국연합은 연합대로 서로가 모르는 작전을 계획했으며 실행하기 바로 전 단계에 이르고 있었다.

*   *   *

영화에서는 전쟁을 영웅을 탄생시키기 위한 양성소로 표현한다.

말단병사에서부터 시작한 주인공이 선두에 서서 적들을 물리치거나 소수의 병력으로 대군을 물리친다는 내용들은 흔했다. 해피 엔딩도 있고 새드 엔딩도 있다. 하지만 결말이 어떻든 보여주는 전쟁과정은 화려하고 현란하다. 관객을 끌어모을 요소들을 속속들이 갖췄다. 실제로도 그… 럴 리가 없지 않은가?

화려? 현란? 상대의 목숨을 빼앗는 전쟁에 그런 것은 없다. 굳이 단어로 표현하자면 인세에 강림한 지옥 정도가 적당하겠다.

사방에 시체가 굴러다닌다. 그냥 굴러다닐까? 죄다 팔다리가 잘리고 장기가 노출된 끔찍한 몰골이다. 전쟁은 온갖 마이너스 감정의 근원지다. 지금의 광경도 게임이라 볼만할 뿐이었다.

"엄청나군."

"반발이 심한 업데이트였지. 사람들의 정서에 악영향을 끼친다고."

"성인 게임이라서 다행이다. 한창 자라날 미래의 꿈나무들이 봤다면 트라우마가 남았을 거야. 현실성을 살려도 너무 살렸다."

혼란의 시대가 시작되기 며칠 전 포가튼 사가의 운영진 측에서 이상한 업데이트를 하나했다. 그것 때문에 논란이 심했었다.

죽은 NPC들의 시체를 곧바로 없애지 않고 방치하겠다는 거였다.

유저든 NPC든 죽으면 죽는 대로 사라져서 전쟁의 긴장감이나 박진감이 부족하다는 게 주된 이유였다. 포가튼 사가가 오픈하고 처음 발생하는 에피소드를 헛되이 보낼 수가 없었나 보다.

휘이이잉!

찬바람이 죽은 시체들을 스쳐 갔다. 양 세력이 대치하고 있는 평원은 물론이고 산속에도 엄청난 숫자의 시체가 숨어 있었다.

으아아아!

끄어!

사지의 일부가 잘린 중상자들이 넘친다. 일일이 세어볼 수준이 아니었다. 족히 수백만은 죽거나 죽을 만큼의 상처를 입었다.

"보기는 좀 그렇지만, 진짜 전쟁은 이런 거겠지."

"동감이다."

"운영진들이 수를 제대로 썼어. 19금을 걸어야겠지만 채널을 편성하고 이것저것 편집해서 내보내면 광고 효과가 대단하겠는데?"

광고의 목적은 사람들의 관심을 끌기 위해서다. 어떤 미사여구로 포장해도 궁극의 목적은 그것이다. 혼란의 시대를 영화처럼 몇 부작 등으로 나눠서 방영하면 선풍적인 인기를 끌 것이다.

둥둥둥둥!

바하무트와 라이세크가 북소리를 따라 평원 너머로 시선을 던졌다.

죽이고 죽여도 줄어들지 않는 제국연합의 병력이 접근하고 있었다. 병력의 선두에 시뻘건 갑옷을 착용한 기사들이 보인다. 솔레이온 공작이 공들여서 양성한 붉은 혈광 기사단이었다.

아랫것들의 싸움은 질렸으니 우두머리들끼리 붙어보자는 의도가 읽혀진다. 힘을 숨기지 않고 총력전을 벌여보자는 뜻이었다.

"그대로 진행하나?"

"타마라스는 조심해야겠지. 무슨 짓을 해댈지 상상이 안 가는군."

"이게 실제 전쟁이라면 누가 더 좋은 전략을 짜느냐에 따라서 승패가 갈리겠지만 레벨 높고 장비만 좋으면 깡패인 게임에서 함정이랄 게 있을까? 땅 파놓고 잡히길 기다릴 것도 아닌데."

게임 속에 한해서지만 인간의 한계를 벗어난 초인들의 대결이다.

마법은 항마력, 공격은 방어력으로 막는다. 생명력이 달면 포선을 복용한다. 애당초 현실성이 없으므로 함정에 대해 무지했다.

"우리가 대진표를 예상하고 있을 거다. 최선의 선택은 그거니까."

라이세크는 각개격파를 방지하기 위해 흩어지지 않기로 했다. 7:7의 숫자 싸움이었다. 적보다 먼저 6이 되는 건 사양이었다.

쿵!

제국연합의 병력이 진군을 멈췄다. 더 깊숙이 들어가기 꺼려 한다는 것은 안전하다고 생각하는 범위가 딱 거기까지라는 거였다.

"어울려 봅시다."

"이게 게임인지 현실인지, 포가튼 사가가 사람 여럿 망치겠구나."

평범한 유저들은 욕이나 몇 번 시원하게 지르고 말겠지만 전쟁에서 패배하는 국가의 대륙십강은 게임을 접어야 한다. 그들을 따르던 휘하 세력도 어느 정도는 피해를 감수해야 할 터였다.

더불어 귀족 작위를 지닌 유저 중에서 소문이 더러운 비매너들 역시 죄다 처형시킬 예정이었다. 섬뜩한 피바람이 불 것이다.

처억!

라이세크가 손을 높이 들었다가 내렸다. 그의 신호를 기다리고 있던 사국연맹의 병력이 자신들에게 허락된 영역까지 발을 내디뎠다. 그리고 지켜보던 바하무트들도 그 대열에 합류했다.

*   *   *

제국연합과 사국연맹이 긴장 어린 눈빛으로 마주 본다. 수백만의 사상자가 발생했는데도 규모나 위용은 줄지 않았다. 오히려 병력이 부족할까 봐 추가 파병을 준비하는 중이었다. 뚜렷한 승패가 갈리기 전에는 이 행위가 끊이지 않고 유지될 것이다.

전쟁은 혼자서 하는 게 아니다. 이곳 외에도 대륙 각지에서 거병한 귀족들이 자국의 승리를 위해 최선을 다해 싸우는 중이었다.

그저 고위 귀족들이 포진한 이 평원이 전체를 통틀어서 가장 큰 전쟁터일 뿐이었다. 존재감이 있는 듯 없는 듯 소규모 소모전을 치른다고 해도 목숨을 건다는 의미가 퇴색되지는 않았다.

저벅저벅.

양 세력을 대표하는 14명이 천천히 서로를 향해 거리를 좁혔다.

몇 명씩 모이거나 마주한 적은 있어도 이만큼은 처음이다. 인간에 한해서지만 대륙의 힘이 이 정도라는 것을 실감할 수 있었다.

"오랜만이네? 잘 지냈나?"

"적국이지만 예의상 나온 거다. 할 말이 있으면 빨리하고 돌아가."

타마라스가 입을 열었다. 그의 말투에서 흥분 섞여 나왔다. 다만 외부로 표출되지 않도록 꾹꾹 눌러 담은 느낌이 다분했다.

"네놈한테 말한 게 아니야, 라이세크. 주제 파악을 하고 껴들어라."

"미친놈."

슈타이너가 툭하고 뱉었다. 조용한 분위기에 찬물을 끼얹는 단어였다. 타마라스는 그의 반응에 새하얀 이빨을 내보였다.

"예의가 없군."

"뭐라니? 하세이? 맛세이냐? 가서 당구나 쳐라, 늙은 비렁뱅이야."

"놈!"

하세이 공작은 시비를 걸었다가 되레 열이 받았는지 얼굴을 붉혔다. 슈타이너는 그에게 관심을 거두고 타마라스에게 말했다.

"빨리 싸우자. 네놈이랑 레이란 모가지는 내가 친히 따줄게."

"저와 타마라스를 동시에 상대한다는 말인가요? 정말 재밌네요."

뒤쪽에 있던 레이란이 슈타이너를 비웃었다. 3차 전직을 하고 레벨업에 열중했다. 일대일이면 지겠지만 둘이면 지지 않는다.

"그 대사는 예전에도 들었던 것 같은데? 기껏해야 300레벨 초반 대겠지. 너 내 레벨이 몇인지는 아니? 나 360레벨 넘었어."

레이란이 입을 벌렸다. 그녀는 이제 고작 312레벨이었다. 타마라스도 325레벨일 뿐이었다. 슈타이너가 3차 전직을 빨리 했다는 건 알았어도 이렇게까지 차이가 날 줄은 상상도 못했다.

"그 정도는 되어야 할 맛이 나지."

"자신감은 좋네. 아니, 자만심인가? 아무튼 넌 오늘 이 자리에서 죽을 거야. 저년도 같이 보내줄 테니까 쓸쓸해하지 마."

바하무트는 슈타이너의 대화를 들으면서 사대공작을 관찰했다. 순서대로 399, 375, 368, 365레벨이었다. NPC들의 수준이 굉장했다. 장비 상태도 풀 히어로로 보였다. 황제가 정신이 돌지 않은 이상 쓰레기를 입히고 전쟁터로 보내지는 않았을 것이다.

'이 단체전에서 어디가 이겨도 한두 명 살아남는 게 고작이겠군.'

300레벨을 기준으로해서 말해보겠다. 사국연맹은 중심이 잡혔다.

라이세크와 쿠라이를 제외하면 중반에 몰려 있었다. 반대로 제국연합은 타마라스들이 초반이고 사대공작이 중후반이었다. 어떻게 섞어놔도 누구는 동급의 존재와 싸우고 누구는 강한 존재와 싸워야 했으며 누구는 약한 존재와 싸워야 했다. 이런 복잡한 상황 속에서 아군 7명의 생존을 바라는 건 모순이었다.

'NPC는 죽어도 상관없으니 뒤로 넘기고 되도록 저 녀석을 살린다.'

바하무트는 7명 중 한 명을 살린다면 라이세크를 살릴 생각이었다.

두 번째는 이사벨라였다. 자신이나 슈타이너는 수백만 대군을 통제하지 못한다. 라파드나 카팔리온 공작은 죽어도 상관없었다. 특별한 이유는 없다. 그냥 그래도 괜찮을 것 같아서였다.

'쿠라이는 싸우다 장렬히 전사하는 게 도와주는 거고… 만약에 저 녀석이 살아나면 브레인 님이 알아서 잘 통제해 주시겠지?'

브레인은 막사에 남겨뒀다. 단체전에서 패배해도 그가 살아 있으면 반전을 꾀할 가능성이 높아진다. 맵퍼라도 3차 전직이다.

지역탐색과 광역탐색을 쓰면 반경 5킬로미터가 그의 손바닥 안이었다.

지형지물을 눈 깜짝할 사이에 파악하고 그에 맞춰 행동할 수 있었다. 사대공작을 전멸시키고 약한 놈을 남겨놓는다면 기막힌 작전과 물량 공세로 한 명쯤은 처리할 수 있을지도 모르겠다.

멈칫.

바하무트가 시선이 솔레이온 공작에게서 멈췄다. 그가 보고 있어서다. 깊은 눈동자다. 무슨 생각을 하는지 파악할 수 없었다.

'어지간하면 그냥 죽고 싶은데 안 되겠네. 정리는 해놨으니 그걸로 만족해야지.'

브레인에게 영지를 넘기고 루펠린의 공적치로 얻을 수 있는 아이템을 죄다 챙겼다. 헌신할 시 한 달의 계정 정지만 감당하면 끝난다. 슈타이너도 루펠린과의 인연을 내려놓은 상태였다.

사실 내려놓을 것도 없지만 말이다. 워낙 공적치에 신경을 안

써서 얻을 게 몇 개 없었다. 정지당하면 여행이나 다녀오겠단 다.

"70년 동안 익힌 검술이 용족에게 얼마나 통할지 심히 궁금하군."

솔레이온 공작의 뜬금없는 발언에 몇몇이 눈을 동그랗게 떴다. 그중에 라파드 공작과 카팔리온 공작의 반응이 가장 튀었다.

"지피지기면 백전백승이란 말이 있지. 타마라스가 알려줬나 보군."

"인간을 상대로는 검술을 제대로 펼칠 수 없었다. 용족이라면 모든 것을 받아주겠지. 전력을 다한 게 언제인지 까마득하다."

이해한다. 399레벨이면 울티메이트 마스터의 극의를 본 거다. 그만하면 인간들 사이에서는 최강자였다. 더는 적수가 없으리라.

"받아는 주는데⋯ 살려주지는 않을걸?"

"기대하지."

"돌아가자."

라이세크가 말을 끊었다. 간단한 대화를 끝냈으니 이제는 승부를 봐야 할 때였다. 다시 본다면 말이 아니라 검을 겨눠야 했다.

"굳이 갈 필요가 있을까?"

"무슨 뜻이지?"

"어차피 싸워야 할 상대를 정하고 왔을 텐데? 병력은 귀족들에게 맡기고 우리는 곧바로 자리를 옮기는 게 좋지 않겠나?"

타마라스가 라이세크를 보며 지금 당장 싸우자는 식으로 말했다.

"그거 좋은 생각이네. 너희 연놈들은 날 따라와. 나머지는 알아서들 싸워라."

"잠깐! 슈타이너!"

라이세크의 저지에 슈타이너가 걸음을 멈췄다. 상대를 정하긴 했어도 따로 싸울 생각은 없었다. 병력의 틈에 껴서 모두가 보는 앞에 승부를 가르려고 했다. 눈이 많아 술수를 부리기가 어려웠기 때문이다.

고오오오!

긴장감이 고조된다. 타마라스의 말이 스위치가 되어 불을 밝혔다. 언제 기습이 들어올지 모르기에 서로서로의 눈치를 살핀다.

그러면서 눈과 다리가 자연스럽게 상대를 찾아갔다. 자신이 상대가 아닌 자에게서는 신경을 거뒀다. 한 명 한 명이 대단한 실력을 지녔다. 여기저기 동시에 눈치를 볼 만한 여유가 없었다.

"시작하지."

"온다!"

파파파팟!

제국연합이 먼저 움직였다. 대화를 나누려고 왔던 순간부터 고이 보내줄 마음이 없었나 보다. 바하무트들도 어느 정도 대비를 해놨었기에 크게 당황하지 않고 도맡은 상대에게 쇄도했다.

파팟!

부딪히기 직전이었다. 각자의 상대에게 다가가던 사대공작과 타마라스들이 방향을 바꿨다. 정령궁사의 특성상 뒤로 물러난 알카디스 외의 6명이 한 명에게 달려들었다. 목표는 라이세크였다.

예측 불허의 기습을 통해 최약체의 한 명을 제거하겠다는 것이다.

"알아서 버텨보겠다! 침착하게 대응해!"

"이 새끼들이!"

퍼퍼퍼펑!

슈타이너가 소닉 붐을 사용했다. 그러나 집중 공격도 아니고 분산된 공격이라선지 쟁쟁한 실력의 그들에게 충격을 주지 못했다.

"일점집중, 압축수! 대회전탄! 다섯 배 강화!"

지이이잉!

거대한 대궁에 밝은 빛이 스며들었다. 활시위가 팽팽하게 당겨지더니 맑고 투명한 액체로 이루어진 물의 화살을 생성시켰다.

그리고는 압축되면서 슈타이너의 회풍포처럼 강렬하게 회전했다.

"심안!"

엘프의 패시브 스킬 심안이 발동됐다. 멀리 떨어진 알카디스의 심안이 유독 활발하게 움직이는 유저를 쫓았다. 그녀의 전력이 깃든 일격이었다. 한 방만 쏴도 3시간 동안 전투 불능에 빠진다.

파아아앙!

알카디스와 표적과의 거리는 고작해야 100미터에 불과했다. 음속을 돌파한 화살이 그 100미터를 통과하는 데 걸리는 시간은?

투아아앙!

튼실하게 부푼 가슴 근육에 큼지막한 구멍이 생겼다. 관통하며 생성된 충격파가 표적의 육체를 실 끊어진 연처럼 날려 보냈다.

커헉!

"쿠라이!"

"라이세크, 한눈팔지 마! 당한 건 당한 거다! 되돌릴 수 없어!"

처음부터 제국연합은 쿠라이를 노릴 작정이었다. 라이세크는 눈속임에 불과했다. 적이 알고 있다면 써먹지 못할 방법이었다.

선제공격을 당하면 대부분이 당황한다. 그리되면 극히 찰나 동안에 나타나는 빈틈을 발견할 수 있다. 그게 중요 포인트였다.

쿠라이를 노린 이유는 다혈질적인 성격 때문이었다. 그는 전투를 할 때 눈앞의 적에게만 집중하는 버릇을 지녔다. 복잡한 걸 싫어해서였다. 타마라스는 이를 정확하게 읽어냈다. 아마 라이세크에게 쐈다면 피했을 것이고 맞았어도 경상에 그쳤을 것이다.

스륵.

회색으로 물든 쿠라이가 허무하게 사라져 간다. 이미 그의 정신은 가상세계를 떠나서 현실로 돌아갔다. 급소 부분 크리티컬 판정에 즉사한 것이다. 궁사란 직업은 기본 데미지가 높았다. 더불어 그것을 압축하고 증폭시켜서 속성 데미지까지 덧씌웠다.

"슈슛!"

목적을 이룬 타마라스들이 물러난다. 재정비를 하고 재차 덤비려는 것이다.

바하무트들의 표정이 착잡하다. 알고도 당한 기분에 열이 받았다.

"옲… 기자."

"킥킥! 무섭군. 좋아. 자리를 정해라."

파팟!

슈타이너가 전장에서 벗어났다. 짧게 말했지만 그는 터지기 직전의 활화산과도 같았다. 타마라스와 레이란이 그를 따라갔다.

스윽.

"기다려라. 슈타이너 다음에 네 차례니까."

"이기고 말해."

타마라스가 뒤를 돌아보며 바하무트에게 예고했다. 바하무트는 그의 예고를 한 귀로 듣고 한 귀로 흘렸다. 그러면서 비아냥거렸다. 가소롭기 짝이 없다. 너무 무서워서 오금이 저릴 정도다.

파팟!

하나둘 자리를 떠난다. 이사벨라와 루펠린의 두 공작이 사대공작의 세 명과 조용한 곳으로 이동했다.

자리에 남은 사람은 바하무트와 라이세크, 솔레이온 공작이었다.

[이사벨라 님을 도와드려.]

[뭐?]

바하무트가 솔레이온 공작을 견제하며 라이세크에게 말을 건넸다.

[너라면 이해했을 텐데?]

[알았다.]

루펠린의 공작들은 제국의 사대공작을 이기지 못한다. 싸우다가 도망치거나 죽을 것이다. 라이세크가 둘 중 한 명을 도와주면 한쪽은 이기겠지만 비효율적이었다. 차라리 사대공작과 일대일이 가능한 실력자를 도와줘야 했다. 그게 이사벨라였다.

그래야 모두 죽고 아무도 없을 때 자력으로 난관을 빠져나간다.

[알카디스는?]

[당분간은 괜찮을 거야. 봐봐, 정령도 사라졌잖아. 어서 가라.]

정령 소환은 쿨 타임이 있어서 한 번 소환하면 유지해야 한다. 역소환하면 못해도 1시간은 재소환이 불가능하다. 알카디스의 정령이 사라졌다는 건 그걸 유지할 만한 여력이 없다는 말이었다.

스슥.

알카디스는 바하무트와 라이세크의 시선을 느끼며 제국연합의 진형 쪽으로 물러났다. 임무를 성공한 그녀는 전투에서 빠진다.

움직이는 것은 3시간 후에 몸이 정상으로 돌아왔을 때부터였다.

[전투를 빈다.]

[그래.]

라이세크가 이사벨라가 향한 곳으로 몸을 날렸다. 솔레이온 공작은 그 모습을 보고도 별 제재를 가하지 않았다. 그의 관심은 바하무트 하나뿐이었다. 그 외에는 다른 이들의 몫이었다.

"드디어 여기까지 왔네."

"많은 의미가 내포되어 있는 말이군."

쿵!

우웅!

바하무트가 자세를 잡았다. 붉은 용투기가 넘실거리며 공간을 장악했다. 솔레이온 공작도 숨을 들이마시고 오러를 전개했다.

붉다.

두 존재에게서 뿜어지는 기운의 색이 붉었다. 물론 분위기는 다르다. 바하무트가 뜨겁고 묵직하다면 솔레이온 공작은 차갑고 날카로웠다. 그건 외부로 표출되는 속성과 성향의 차이였다.

"제국과 황제폐하에게 영광이 깃들리라."

"망할 타마라스 놈."

콰아아앙!

바하무트와 솔레이온 공작이 서로에게 건틀렛과 검을 내질렀다.

두 개의 무기가 충돌하는 순간, 숨죽이며 지켜보던 사국연맹과 제국연합도 한데 뒤섞였다. 이것이 마지막 결전이 될 것이다.

*　　　*　　　*

터어엉엉!

바하무트의 발에 용투기가 덧씌워지며 강력한 미들 킥이 솔레이온 공작의 복부를 후려갈겼다. 집채만 한 바위도 일격에 박살 낸 위력이었다. 인간의 연약한 몸뚱이로는 받아내지 못한다.

하지만 그건 착각일 뿐이었다. 인간은 약할지 몰라도 오러의 힘은 위대하다. 불가능을 가능하게 하는 신기한 능력을 지녔다.

쩌엉!

붉은 용투기와 붉은 오러가 충돌하며 반경 수십 미터를 휩쓰는 충격파를 발생시켰다. 동그랗게 퍼져 나가는 붉은 물결은 아름다웠지만 그 속에 담긴 파괴성은 잔인하기 이를 데 없었다.

콰콰콰쾅!

자신의 공격이 허무하게 막혀서인지 바하무트가 연속으로 주먹을 내질렀다. 폭권이 작렬하며 산천초목이 부들부들 떨어댔다.

399라는 레벨과 히어로 이상의 출중한 장비들은 그를 난폭한 폭군으로 재탄생시켰다. 더불어 봉인마저 풀려 버린 겁화의 위엄은 누구의 접근도 허락하지 않으려는지 열기를 표출했다.

쩡쩡!

솔레이온 공작의 검이 건틀렛에 부딪힐 때마다 입자가 흩날렸다.

그것은 먼지만큼이나 미세한 붉은색 파편이었다. 어지간한 시력으로는 판별할 수 없었지만 용마안을 운용하는 바하무트는 그 입자가 자신의 건틀렛인 화룡의 송곳니라는 걸 알고 있었다.

'저 검… 이상하다.'

솔레이온 공작의 검도 화룡의 송곳니처럼 전체적으로 붉었다. 특이한 점이라면 검의 날 부분이 오돌토돌 하다는 것이었다.

톱이 나무를 썰 듯 무기끼리 부딪힐 때마다 은근슬쩍 긁어댔다.

문제가 뭐냐고?

내구도가 급격하게 떨어진다. 그것도 아주 뭉텅이로 깎여 나갔다. 건틀렛뿐만 아니라 검에 닿는 모든 장비가 그 범주에 속했다. 30분도 지나기 전에 건틀렛의 내구도가 0이 되어버릴 거다. 어쨌거나 직접적으로 검을 제지하고 있었기 때문이었다.

검의 정체는 모르겠지만 웨폰과 아머의 브레이크 기능을 동시에 지닌 듯했다. 하나의 기능을 지닌 무기는 이따금씩 봤지만 올 브레이크는 처음이었다. 까다로워서 짜증이 치밀 정도였다.

"이상한가? 이 검이?"

"흠! 장비 자체를 파괴하는 능력을 지니고 있군. 성가신 녀석이야."

크오오오!

검이 울부짖는다. 저건 검명이 아니었다. 마치 검 내부에 뭔가가 갇혀 있는 듯했다. 일부러 검에 대한 제어를 풀었는지 소리가 조금씩 커졌고 솔레이온 공작의 눈동자도 빨갛게 물들었다.

힌트를 주니 감이 잡혔다.

"마검인가?"

"확실히 용족이라 눈치가 빠르군. 이 검에는 공작 급의 마족이 봉인당해 있다. 사부님에게서 얻은, 아니지, 빼앗은 게 맞겠군."

바하무트의 눈썹이 씰룩였다. 제국의 공작이고 분위기가 있다고 여겼건만 사부를 죽이고 빼앗았다는 말인가? 그건 패륜이다.

"그런 눈으로 보지 마시게. 사부님의 검을 빼앗기는 했어도 몰라 훔쳐 온 거지 그대가 생각하는 미친 짓을 한 것은 아니니까."

솔레이온 공작의 눈동자가 깨끗하게 변했다. 그러자 소리도 언제 그랬냐는 듯 뚝 끊겨 버렸다. 마족의 이성을 제어한 것이다. 어째서 그가 붉은 혈광이라 불리는지 알려주는 현상이었다.

콰아아앙!

바하무트가 염왕권을 갈겼다. 솔레이온 공작이 검이 원을 그리며 불의 응집체를 흐트러뜨렸다.

부드럽고 유연하면서도 날카로운 검술이다. 뚫기가 만만치 않았다.

"사부님은 검의 위험성을 깨닫고는 봉인하려고 하셨지. 나이가 드셨기에 봉인 임무는 샤칸에게 돌아갔어. 날 믿지 않으셨거든."

"샤칸이 당신을 싫어하는 이유가 있었군. 그때부터 틀어져버렸어."

틀어지는 건 작은 균열에서부터 비롯된다. 자신도 모르는 사이 야금야금 갉아먹는다. 이상함을 느꼈을 때는 이미 늦어버린다.

"샤칸을 아나?"

"작은 도움을 준 적이 있다."

"그대였군. 그를 칼베인으로 보낸 게. 이제야 모든 의문이 풀렸어."

스윽.

솔레이온 공작의 검술은 샤칸과 닮았다. 기초가 튼튼하고 변수에도 능수능란하게 대처했다. 검에서 여유가 보인다. 마검을 다루면서 저런 행동을 취한다는 건 정신력도 뛰어나단 거였다.

그가 마검의 힘만 믿고 날뛰는 애송이였다면 진작 마성에 먹혀 이성을 잃었을 것이다. 내적으로나 외적으로나 뛰어난 인물이었다.

콰아아앙!

투투투투!

눈은 솔레이온 공작을 보고 있지만 바하무트의 귀는 주변에 기울어져 있었다. 이 소리는 동료들이 전투를 시작했다는 뜻이다.

"마음이 다급한가?"

"아무래도 그렇겠지? 타마라스 놈에게 한 방 맞았으니까 말이야."

아군이 불리하다는 점에는 변함이 없다. 불안한 쪽은 라파드 공작과 카팔리온 공작이었다.

시작이 어렵지 한번 무너지면 도미노처럼 와르르 무너질 것이다.

이사벨라와 슈타이너는 크게 걱정되지는 않았다. 둘은 만부부당의 강자들이었다. 이사벨라에게는 라이세크가 갔다. 그곳은 확실히 유리했다. 슈타이너는 타마라스와 레이란보다 레벨도 높고 장비도 출중하다. 더욱이 수틀리면 현신할 수도 있었다.

'누가 먼저 죽이느냐에 따라서 내가 선택해야 할 방향도 정해진다.'

현신하면 1~2시간 내에 강제 종료된다. 그 안에 해결하지 못하면 스스로 죽어주는 꼴이 된다. 그렇기에 신중하게 결정해야 했다. 선택권이 없는 최악의 경우에만 써야 할 비장의 카드였다.

"좋아. 뒷일은 접어둔다. 네놈을 죽이는 것에만 최선을 다하겠어."

"제대로 하려나 보군. 사실 지루했다네. 형식적인 대련 같았거든."

"미안해. 그런 의미에서 이 모습으로 낼 수 있는 최고의 힘을 선물로 줄게."

드드드드!

바하무트가 용투기를 전력으로 전개했다. 걱정도 걱정이지만 눈앞의 적을 치우는 게 급선무다. 솔레이온 공작은 누가 뭐래도 제국제일기사였다. 그를 죽임으로써 사국연맹의 사기를 드높이고 제국연합의 기세를 꺾는다. 적들이 믿고 있는 제국의 검이 얼마나 무의미하고 부질없는 거였는지를 일깨워 주겠다.

처척!

"이제부터 사 조합 스킬로만 상대해 주겠다. 그 아귀 같은 검으로 야금야금 갉아먹어라. 난 그대의 살과 뼈를 발라 먹겠다."

바하무트의 눈빛이 변했다. 선택의 순간이 오기 전까지는 주어진 임무에 집중한다. 뜨거운 화염 속에서 광란의 춤을 춰보자.

자, 즐길 시간이다.

*   *   *

"비겁한 놈들이! 네놈들은 기사로서의 긍지도 없느냐!"

"우린 유저거든."

휘리리릭!

라이세크가 기가 블레이드를 유지하며 스톰 브링거를 펼쳤다. 거센 폭풍이 몰아치며 적을 압박했다.

이사벨라도 무표정한 얼굴로 살벌한 검초를 연달아서 휘둘렀다.

채채채쟁!

시리안 공작은 연합 공격에 정신이 아찔했다. 지금이야 어찌

어찌 버티고 있지만 이 상황이 지속되면 금세 목숨을 잃을 것이다.

가가가각!

검으로 튕겨내는 공격들이 조금씩 갑옷을 스치더니 이제는 대놓고 긁었다. 그에 따라 보호받지 않는 뺨과 손등에도 생채기가 생겨난다. 이러다간 언제 목이 잘릴지 모른다. 죽음은 예고하고 찾아오지 않는다. 눈 깜짝할 사이면 세상과 안녕이었다.

"으윽!"

"너하고 노닥거릴 시간이 없다."

여유 부리는 것 같아 보이겠지만 라이세크도 나름 필사적이었다.

처음 도착했을 때 이사벨라와 시리안 공작은 한 치도 밀리지 않는 접전을 벌이고 있었다. 누군가 승리하더라도 오랜 시간이 걸릴 것 같았다. 그런데 그가 난입함으로써 흐름이 깨져 버렸다. 일대일과 이대일은 단순한 숫자 놀음으로 끝나지 않는다.

쩌쩌쩌쩡

시리안 공작의 눈이 어지러워지고 손발이 배배 꼬인다. 이는 중과부적이었다. 혼자서는 이 난관을 헤쳐나갈 수가 없었다. 그렇다고 도움을 바랄 수도 없다. 모두 짝이 지어진 상태여서다.

'대단하다. 정말.'

'질겨.'

라이세크와 이사벨라의 생각이었다. 실로 끈질기게 버텼다. 그는 상대를 모두 볼 수 있게끔 몸을 비스듬하게 돌렸다. 절대 등을 내주지 않았다. 돌아가려고 하면 맞춰서 행동했다. 결국

라이세크와 이사벨라가 보는 건 시리안 공작의 옆모습이었다.

쿠우우웅!

평원에서 뿜어지는 열기가 족히 킬로미터 단위로 떨어진 이곳까지 번졌다.

바하무트의 기운이 기하급수적으로 증가했다. 그가 필사적으로 싸운다는 것을 알 수 있었다. 더 멀리 떨어진 숲 쪽에서도 태양보다 눈부신 황금빛이 번쩍거린다. 그것은 슈타이너였다.

시간이 흐른다.

10분, 30분, 1시간, 아직까지 누가 죽었다거나 하는 등의 알림음은 울리지 않았다. 끊이지 않는 굉음 소리만 전장을 가득 채웠다. 라이세크는 그게 더 초조했다. 아군이 먼저 울려야 숨통일 트일 듯했다. 지금은 숨을 쉬고 있어도 가슴이 답답했다.

[라이세크 님, 제가 빈틈을 만들게요. 기회는 한 번뿐이에요.]

[알겠습니다.]

라이세크는 거부하지 않았다. 그가 생각해도 시리안 공작은 악착같았다. 삶에 대한 애착인지 죽을 수 없는 뭔가가 있는 건지 온몸이 난도질당하는 공격 속에서도 급소만큼은 지켜냈다.

살가죽을 베어도 충격을 줄 수는 있다. 그러나 갑옷의 방어력 때문에 유효타를 먹이기가 힘들었다. 적이 거북이처럼 껍질 속에 웅크렸다면 맛있는 미끼를 던져서 목을 꺼내야 했다.

살려는 의지가 강하면 기회를 잡으려고 할 것이다. 때로는 함정인 줄 알면서도 움직여야만 했다. 그게 활로가 될 수도 있으니까.

타탓!

이사벨라 무대포로 돌격했다. 고수의 움직임과는 거리가 멀었다. 대충 봐도 물고 늘어지려는 의도가 다분했다. 이런 것은 지는 쪽에서 할 행동이지 이기는 쪽에서 할 행동이 아니었다.

'빈틈이다!'

'찔러라.'

채애앵!

시리안 공작이 검을 내려 벴다. 동작이 커지며 옆구리가 드러났다. 라이세크는 움직이지 않았다. 노리는 건 훨씬 더 큰 거였다.

"이그드라실의 가호."

우우우웅!

이사벨라의 몸을 뒤덮는 성스러운 기운이 시리안 공작의 공격을 완벽하게 막아냈다. 데미지는 단 1도 들어가지 않았다.

"지금!"

"타핫!"

이사벨라의 신호를 기다리고 있던 라이세크가 기다렸다는 듯 빛살처럼 튀어나갔다. 그녀도 거기에 맞춰 적의 공격이 무효화되면서 생긴 기회를 놓치지 않았다. 빗겨 나갔던 검이 회수되는 속도와 두 사람의 공격이 들어가는 속도가 비슷했다.

써걱!

목과 가슴이 뚫렸다. 인간이면 울티메이트 마스터가 아니라 그보다 더 강한 존재라도 살아남지 못한다. 당하면 죽는 것이다.

헬렌비아 제국연합의 2사령관 시리안 공작이 사망했습니다.

"으아아아!"

"하아!"

라이세크가 소리쳤다. 이사벨라도 작게나마 안도의 한숨을 쉬었다. 안심하기는 이르지만 적들보다 한발 앞서 축포를 터뜨렸다.

루펠린 사국연맹의 2사령관 카팔리온 공작이 사망했습니다.

루펠린 사국연맹의 1사령관 라파드 공작이 사망했습니다.

하지만 그 기쁨은 오래가지 않았다. 시리안 공작을 죽인 지 불과 10분도 지나지 않아 루펠린의 이대공작이 사망했다. 이번 만큼은 차분한 성격의 이사벨라도 두 눈을 크게 뜨고 입을 벌렸다.

"이런 제기랄!"

파앙!

라이세크가 땅을 박찼다. 그가 달려가는 곳은 카팔리온 공작이 싸우던 자리였다.

정확한 위치는 몰라도 어디로 향했는지는 얼핏 봐서 알고 있었다.

적이 바하무트나 슈타이너에게 붙어서는 안 된다. 그들에게 붙는 것은 막아야 했다. 싸울 상대가 있었을 때는 암묵적으로 일대일 분위기가 만들어졌지만 끝냈다면 그때부터는 자유였다.

파팟!

이사벨라가 라이세크 곁으로 바짝 따라붙었다. 그녀도 일행 중에서 행동이 자유로운 게 자신들 두 명이란 것을 잘 알았다.

지치기는 했어도 라이세크가 도와줘서 여력이 많이 남아 있었다.

14명이 흩어진 거리는 반경 2~3킬로미터 내였다. 눈 깜짝할 사이에 몇 킬로미터를 이동하는 3차 전직 유저들에게는 거리라고 표현하기도 뭣했다. 그냥 조금 떨어졌는 게 어울릴 듯했다.

루펠린의 이대공작은 서로 가까운 거리에서 싸웠다. 그 탓에 라이세크가 카팔리온 공작의 뒷자리에 도착했을 때 하세이 공작과 필렌 공작은 이미 만난 상태였다. 상처가 심하긴 해도 자신들보다 약한 상대와 싸워서인지 움직일 힘이 남은 듯했다.

"시리안 공작이 죽었군."

"하이엘프와 저자의 합공이라면 그더라도 버틸 재간이 없었 겠지."

"어떤가? 싸울 수 있겠나?"

"우리는 이런 꼴인데 저들은 양호해 보이는군. 좀 괴롭혀야 겠어."

스르르릉!

하세이 공작과 필렌 공작이 집어넣었던 검을 도로 뽑아 들었다. 라이세크는 생각보다 적의 상태가 나쁜 것을 보며 이길 수 있겠다고 생각했다. 라파드와 카팔리온이 제 몫은 한 것이다.

스슥.

숲의 한쪽이 흔들리며 대궁을 멘 가녀린 여성 유저나 나타났다.

알카디스였다. 제국연합의 진형에서 쉬고 있다가 아군이 죽은 것을 알고 더 늦기 전에 손을 써야겠다는 마음가짐으로 이곳으로 왔다. 전투 불능이 풀리진 않았지만 방해는 할 수 있었다.

"이사벨라 님."

"알카디스 님."

"죄송해요. 제국연합의 유저로서 제 본분에 충실하겠습니다."

팅.

알카디스가 대궁을 손에 들었다. 일반 공격은 가능했다. 아군의 엄호를 받으면서 원거리 지원을 한다면 무시할 수 없으리라.

[제가 두 공작을 상대하겠습니다. 지쳐 있어서 버틸 수 있을 거예요. 라이세크 님은 알카디스 님을 맡아주세요. 되도록 빨리.]

끝내달라는 거였다. 300레벨 중반의 NPC둘은 이사벨라에게도 도박이었다. 시리안 공작이 느꼈던 압박감보다 더 큰 압박감을 느낄 것이다. 그래도 방법이 없었다. 인원이 부족했다.

[부탁드립니다.]

[갈게요.]

파팟!

이사벨라가 두 공작을 검의 감옥에 가둬버렸다. 그와 동시에 라이세크는 알카디스를 쫓아갔다. 궁수들은 도망치는 데 도가 텄다. 알카디스는 그런 궁수의 정점에 오른 유저였다. 잡기가 쉽지 않겠지만 지금은 안 돼도 되게 해야 하는 상황이었다.

* * *

쩌쩡!

얼음 가시가 폭발하며 단검처럼 날카로운 조각들이 비산한다. 수십 개가 동시에 터졌기에 숲 전체를 얼음 공원으로 만들었다.

붕붕!

슈타이너의 창이 사방으로 회전했다. 동그란 원이 모든 방위를 틀어막으며 얼음가시를 부셔뜨렸다. 우습지도 않은 공격이다.

"명색이 형의 화속성과 비교되는 빙속성인데 너무 약한 거 아니야? 순백의 얼음마법이 폭화 언령술 수준이었다면 너 혼자서도 날 상대했을 거다. 그 스킬은 레벨과 장비를 씹어 먹거든."

콰득!

레이란이 주먹을 쥐었다. 모욕적인 언사에 독기가 샘솟는다. 2차 시절에는 대륙십강이라는 단어에 묶여 다 같은 줄 알았다.

차이가 나야 얼마나 나겠냐고 생각했다. 그런데 좁히는 게 불가능할 정도로 심하게 났다. 무엇 하나 최상위 랭커들을 따라가지 못했다. 레벨, 장비, 스킬, 컨트롤, 게임에서 중요한 4대 요소였다. 컨트롤은 상대적이라서 제외해도 세 가지나 부족했다.

더더욱 자존심이 상하는 건 뒤처진다는 것을 스스로 깨달았다는 점이었다. 빼도 박도 못하고 들이닥친 현실을 인정해야 했다.

"너도 마찬가지고."

쩌엉!

슈타이너가 뒤를 돌아보지도 않은 채 창을 어깨에 걸쳤다. 쇠의 마찰음이 들리면서 제법 묵직한 충격이 손과 등을 타고 올랐다.

"많이 강해졌군."

"응? 모르는 사람이 보면 오해하겠다. 원래 너보다 강했잖아."

슈타이너는 타마라스에게 죽은 적은 있어도 일대일로 진 적은 없다. 간부들을 등에 업고 날뛰는데 이길 수 있을 리가 없었다.

픽!

타마라스가 슈타이너의 등에 붙은 상태에서 오른쪽 검지를 까닥거렸다. 간당한 동작이었지만 이후에 재미있는 일이 벌어졌다.

그들의 밟은 바닥에서 검은 물체가 솟구치더니 슈타이너의 머리와 목, 가슴을 노렸다. 그림자로 생성한 흉기였다. 나무와 숲으로 둘러싸인 숲은 어둡다. 태양이 중천에 떠 있어도 그늘진 곳들이 있게 마련인데 시간이 흐르면서 서서히 지고 있었다.

파팟!

슈타이너가 창을 회수하고 옆쪽으로 빠졌다. 타마라스는 그를 쫓아가지 않았다. 급할 게 없었다. 조바심은 독으로 작용한다.

'스킬이 달라졌다. 어둠을 응용한 그림자 공격이 예전보다 자유로워졌어. 형의 언령술까지는 아니더라도 어느 정도는 제어를 하고 있다. 그림자 살인의 등급이 히어로로 진화한 것인가?'

'그러면 눈치챘겠지? 그래 봐야 소용없다. 난 소닉 붐에 대해 잘 알고 있다. 두 번은 이길 수 없어도 한 번은 반드시 이긴다.'

타마라스는 자신했다. 분명 슈타이너는 강하다. 거기에는 이의가 없다.

레이란과 합공하면 인간인 그는 이기겠지만 현신한 그를 이길 수는 없다. 그러나 허를 찌른다면 가능하다. 두 번은 이길 수 없어도 한 번은 반드시 이길 수 있다. 그게 중요하다. 이 한 번이 상대의 모든 것을 앗아가는 신의 한수가 될 테니까.

'저년을 미끼로… 이 싸움에서 둘 모두가 사는 건 불가능하다.'

레이란이라면 슈타이너의 시선을 빼앗아줄 것이다. 어차피 누가 살든 이기기만 하면 되는 전쟁이다. 이 전쟁을 승리로 이끌기에는 그녀의 그릇이 부족하다. 산다면 타마라스 본인이나 알카디스가 적당했다. 가치가 없다면 가치가 있게 만들겠다.

투웅!

흐름을 읽던 슈타이너가 분영을 사용했다. 창의 그림자가 숲을 파헤치며 무작위로 나아갔다. 특별한 대상은 노리고 한 공격이 아니었다. 피할 곳을 차단하여 적의 움직임을 봉쇄시키기 위함이다. 진짜 공격은 그 이후에 이어질 강력한 한 방이었다.

아홉 개의 관천.

구풍잔격이 레이란의 활로를 가로막았다. 제대로 맞으면 죽지는 않아도 꽤 큰 타격을 입을 것이다. 스킬이란 본연의 데미지도 지니고 있지만 레벨과 장비에 따라 적용 수치가 달라진다.

쩌쩌쩌쩍!

차가운 한기의 얼음 보석이 다이아몬드처럼 레이란을 감쌌다. 그녀는 투명한 방패에 숨어 다가오는 구풍잔격의 충격을 대비했다. 소닉 붐의 데미지는 대륙십강에서 세 손가락 안에 꼽힌다.

"워워! 그렇게는 안 되지."

"칫!"

슈타이너가 혀를 찼다. 타마라스가 수백 발의 암흑 화살을 날렸다.

그 탓에 집중력이 흩어지며 구풍잔격의 아홉 공격 중 네 개가 엉뚱한 곳에 처박혔다. 남은 다섯 개만 얼음 보석을 후려쳤다.

콰콰콰쾅!

깨질 듯 말 듯 아슬아슬했지만 얼음 보석은 끝끝내 버텨내고 주인인 레이란을 살려냈다.

그녀가 제아무리 약하대도 이 정도의 공격으로 끝낼 수는 없었다.

피피피핑!

슈타이너가 숲을 달렸다. 그가 지나가는 자리마다 암흑 화살이 꽂혔고 목표물을 맞히지 못한 암흑 화살이 연기처럼 사라졌다.

채챙!

피하지 못한 방향에서 오는 것들은 창으로 쳐냈다. 데미지는 크지 않다. 급소 판정에 의한 크리티컬만 아니면 몇 방쯤은 몸으로 때워도 되는 수준이었다. 그렇다고 맞아줄 생각은 없었다.

쩌어어엉!

거대한 얼음의 칼날이 땅바닥에서 치솟았다. 그뿐만 아니라 슈타이너의 주변이 얼음에 잠식되며 날카로운 흉기를 쉴 새 없이 뽑아냈다. 지형지물 전체를 얼려 버린 레이란의 작품이었다.

퍼퍼퍼펑!

가벼운 창질로 얼음을 부서뜨린 슈타이너가 하늘높이 올라갔다. 그 뒤를 레이란이 추격했다. 때 아닌 공중전에 대기가 비명을 질렀다. 황금빛 섬광과 차가운 냉기가 충돌하며 접전을 벌여 댄다. 날개가 없는 타마라스는 다른 방법으로 공격했다.

펑펑!

큰 공격은 필요 없다. 상대의 흐름과 기회만 살짝살짝 끊어내는 정도면 충분하다. 거리가 멀어서 강력한 스킬을 사용할 수는 없지만 약한 거라면 수 킬로미터 너머까지 영향력을 끼친다.

'타마라스와 싸우면 확실히 힘들구나. 전투 센스가 뛰어난 놈이야.'

예나 지금이나 상대의 약점을 귀신 같이 찾아낸다. 간단한 공격으로 최대의 효율을 뽑아내고 있었다. 레이란을 타마라스의 시선이 미치지 않는 곳까지 유인하려고 해도 따라오지를 않았다. 오히려 고도를 낮춰 아군의 지원을 이용하는 중이었다.

헬렌비아 제국연합의 군사령관 시리안 공작이 사망했습니다.

이 시점에서 이사벨라와 라이세크가 시리안 공작을 쓰러뜨렸다.

그 순간 평정심을 유지하던 레이란의 움직임이 잠시나마 멈칫거렸고 슈타이너는 먹이를 노리는 매와 같은 일격을 선사했다.

콰앙!

"꺄악!"

"알림음 따위에 신경 쓰니까… 이크!"

회풍포에 적중당한 레이란의 날개가 찢어지며 지상으로 곤두박질쳤다. 뒤따라가서 끝장을 보려했는데 타마라스가 방해했다.

투퉁!

몇 번의 공방을 주고받으며 슈타이너의 행동에 여유가 생기려는 찰나 참으로 듣기 싫었던 소리가 그의 귀를 파고들었다.

루펠린 사국연맹의 2사령관 카팔리온 공작이 사망했습니다.

루펠린 사국연맹의 1사령관 라파드 공작이 사망했습니다.

이사벨라와 라이세크처럼 슈타이너도 적잖게 실망했다. 그새를 못 참고 죽어버리다니. 이래서는 원점보다도 훨씬 불리해졌다.

씨익.

타마라스의 무표정한 얼굴에 이빨이 보인다. 그것은 마치 '이제 어떻게 할 것이냐?'라고 묻는 것만 같았다. 하나를 얻고 둘을 내줬다. 명백한 손해였다. 남은 이들의 부담감이 심해졌다.

"돌아가는 상황을 보면 이사벨라 님과 라이세크가 그들을 막겠군."

안 봐도 훤했다. 바하무트는 솔레이온 공작과 일전을 벌이는 중이었다. 얼마만큼의 여유가 있는지는 몰라도 쿠라이를 죽인 알카디스의 존재까지 생각하면 결코 유리하다 볼 수는 없었다.

"내가 구원투수가 되어야지, 뭐."

저 둘을 죽이고 바하무트를 도와준다. 이사벨라들이 죽더라도 자신들이 살아남으면 이 전쟁은 승리한 것이나 다름없다.

처척!

지상에 착지한 슈타이너가 타마라스와의 거리를 벌렸다. 더 이상 공방전은 영양가가 없다. 이쯤에서 슬슬 마무리지어야 했다.

일단 레이란부터 확실하게 죽인다. 틈을 파고들 타마라스의 공격 몇 방쯤은 맞아준다.

지금의 아이템 세팅과 레벨에 따른 능력이면 충분히 버틸 것이다.

처척!

슈타이너가 창을 들고 심호흡을 했다. 그에게서 뿜어지는 황금빛 용투기가 넘실대며 분위기를 급변시켰다. 적들도 눈치가 있었다. 그의 행동이 무엇을 의미하는지 모르지는 않을 것이다.

[상쇄시킨다.]

[차라리 피하는 게 좋지 않을까요?]

[천살창혼파를 피한다고? 그 스킬의 속도와 범위가 어느 정도 인지는 파악하고 하는 소린가? 맞부딪혀서 상쇄시켜야 한다.]

레이란은 천살창혼파를 겪어보지 못했다. 니쿠룸과 합공했 을 때도 구풍잔격, 유성낙하, 뇌정만천에 죽었다. 바하무트의 폭화 언령술에 필적하는 슈타이너의 오의였다. 막는 수밖에 없 었다.

[알겠어요.]

[준비한다.]

콰우우우!

타마라스와 레이란도 오러를 최대한으로 전개했다. 암울한 검은 기운과 차갑고 투명한 기운이 황금빛 용투기와 힘을 겨루 었다.

쩌쩌쩌쩍!

빙하시대가 범위를 넓혔다.

불의 신전 때와는 규모부터 남달랐다. 슈타이너 쪽으로는 접 근하지 못했지만 족히 반경 수백 미터를 얼음의 대지로 만들었 다.

뚜렷한 변화를 보이는 레이란과는 달리 타마라스는 검은 기 운만 넘실댈 뿐이었다.

각자의 특성이 있으므로 어떤 공격을 하는지는 알아낼 수 없 었다.

꺄르르륵!

얼음의 대지에서 얼음 요정들이 탄생한다. 그 모습이 실로 아름답고 화려했다.

어느덧 요정의 군대가 완성되며 언제든지 공격할 수 있도록 만만의 준비를 갖췄다.

목표는 슈타이너의 스킬이고 여력이 된다면 그에게까지 넓힌다.

"막아보게? 해볼 테면 해봐. 한꺼번에 밀어주마."

"그게 가능할까요?"

콰득!

창을 회전한 슈타이너가 전방으로 내질렀다. 황금빛 서기가 폭발하며 숲을 환하게 밝혔다.

그동안 능력치 위주로 아이템을 맞췄기에 속성 데미지가 부족해서 천살창혼파의 제대로 된 위력을 내지 못했다. 그러나 속성에 치중된 지금이라면 과거 데미지의 반배는 올랐을 터였다.

콰우우우!

다가오는 천살창혼파의 위용에 레이란이 얼음 요정을 날려 보냈다.

그녀의 손짓에 얼음 요정들이 응답하며 빛의 해일 속으로 몸을 들이밀었다. 그러나 확실히 역부족이었다. 공격의 상쇄는커녕 속도를 늦추는 게 고작이었다. 이제는 타마라스의 차례였다.

"타마라스!"

레이란이 타마라스를 부르며 옆을 쳐다봤다.

그런데 없었다. 그는 스킬의 충돌 지점에서 멀찍이 떨어져 있었다.

[다, 당장 도와줘요!]

[내 스킬은 시전 시간이 길다. 사용하려면 시간이 필요하다. 네년에게 희생을 요구했으면 분명 거절했겠지? 걱정하지 말고 한숨 자고 일어나라. 그러면 좋은 소식이 기다리고 있을 테니까.]

[타마… 윽!]

말을 이으려던 레이란이 헛숨을 들이켰다. 천살창혼파의 압력이 거세지며 얼음 요정들을 밀어버렸고, 곧 그녀마저 집어삼켰다. 절대 혼자서는 막을 수 없는 스킬이었다. 타마라스는 그 모습을 보고서도 관심 없다는 듯 자신의 할 일에만 열중했다.

"무저갱의 세계에 온 걸 환영한다, 슈타이너. 암흑… 공간."

사방으로 폭사되는 빛이 사라지며 온 세상이 검게 물들었다.

*   *   *

이상하다. 레이란이 천살창혼파에 휩쓸리는 것까지는 똑똑히 봤는데 그 이후로 뭔가가 이상하다. 눈이 보이지 않는다. 귀도 들리지 않고 냄새도 맡아지지 않았다. 시스템으로 구현되는 침의 맛도 피부에 와 닿는 감각도 아무것도 느껴지지 않는다.

'오감이 마비됐다. 왜? 어째서? 나는 생각밖에 할 수 없나?'

퍼엉!

창을 찔러봤다. 하지만 찔렀다는 것만 알 뿐 그 외에는 이펙트도, 대기의 흔들림도, 심지어는 창을 잡았는지도 확실치 않았다.

'타마라스의 수작인가? 무슨 스킬이지? 이 어두운 느낌은 그림자 공간인가? 난 죽은 건가? 아니면 아직 살아 있는 건가?'

답답했다. 이걸 타마라스가 사용했다면 그는 그림자 살인을 히어로로 진화시킨 게 확실했다.

어떻게 적용되는지는 모르겠지만 오감마비의 능력이 있는 듯했다.

원래 그림자 공간에 갇히면 내부에서 만큼은 타마라스가 신이다. 언제 어디서 공격이 날아올지 모르기에 항상 긴장해야 했다.

5분이라는 짧은 지속 시간이 아니었다면 사기라 불러도 할 말이 없을 정도였다. 그런데 이 스킬은 가두는 것도 모자라 플레이에 가장 중요한 오감마저 앗아갔다. 이런 생각을 하고 있는 와중에도 적의 공격에 생명력이 깎여 나가고 있을 지도 모른다.

'어디를 공격해야 하지? 앞? 뒤? 왼쪽? 오른쪽? 환장하겠군.'

눈이 보이면 둘러본다. 귀가 들리면 소리로 방향을 잡는다.

피부라도 멀쩡하면 대기의 흔들림을 통해 적의 위치를 파악한다.

팡팡!

슈타이너가 창을 찔렀다. 타마라스가 이 모습을 보고 있다면 그것보다 부끄러운 일도 없다. 죽는 것보다도 수치스러웠다.

'날려 버린다.'

포가튼 사가는 자신의 스킬에도 데미지를 입는다. 양날의 검이었다. 잘못하면 시전자도 해친다. 적이 어디 있는지 알 수 없다면 방법은 하나였다. 이 지역을 통째로 날려 버리는 것이다.

살아남을 가능성이 없었지만 허수아비처럼 있다가 죽기는 싫었다.

타마라스까지 저승길 동무로 데려가야만 아군의 부담감을 덜어준다. 거지 같은 스킬이었다. 미리 알았다면 당했을 리가 없었다.

"현신."

파앗!

슈타이너는 현신하는 순간에도 자신이 현신을 했는지조차 확신하지 못했다. 전투와 관계없는 능력치 창이나 스킬 창도 마비됐다. 그냥 지속 시간 동안 식물인간으로 만들어 버리나 보다.

"밥이나 먹어야지."

콰아아앙!

슈타이너의 창이 땅바닥에 꽂혔다. 엄청난 대폭발이 발생하며 어둠이 강제로 걷혔다.

그리고 그를 중심으로 500미터 가까이 되는 크레이터가 생겨났다. 나무도 풀도 바위도 그 폭발에 휩쓸려 자취를 감췄다.

털썩!

전신이 너덜너덜해진 슈타이너가 뒤로 넘어갔다. 심하게 찢어진 상처에서 피가 꾸역꾸역 새어 나왔다. 본체는 폭발을 못버티고 곧바로 풀렸다. 포션을 먹으면 살 수 있지만 힘이 없었다.

그는 죽어가고 있었다. 금방이었다. 몇십 분도 남지 않았다.

우웅!

슈타이너가 옆에서 들리는 소리에 고개를 돌렸다. 청각이 먼저 반응했고 그다음이 시각이었다. 어둠이 사라지며 오감이 돌아온 것이다. 그래 봐야 몸뚱이가 만신창이였지만 말이다.

"예나 지금이나 극단적이로군. 예상하지 못했다면 죽었겠지."

해가 지면서 바뀌는 슈타이너의 그림자 끝부분에서 타마라스가 기어 나왔다. 천살창혼파에 숲 전체가 소멸되며 숨을 곳이 없어졌기에 임기응변을 발휘해서 슈타이너의 그림자에 숨었다.

그림자 동화.

그림자에 숨거나 단거리에 한해 순간이동과 비슷한 능력을 보유한 스킬이었다. 이게 없었다면 폭발에 휘말려 죽었을 것이다.

"곧 죽을 것 같은데?"

"난 곧 죽을 것 같지만 넌 정말 죽을 테니 내가 유리하다."

타마라스의 몰골은 흉했다. 얼굴이 반쪽이 뭉개지며 눈의 위치가 달라졌고 왼팔도 어깨부터 잘렸는지 녹았는지 휑했다. 상체와 허리에서 이어지는 하체도 근육파열과 골절 등으로 제구실을 하지 못했다. 중상이었지만 그나마도 거동은 가능했다.

저기 누워 있는 슈타이너는 거동은 물론이고 손가락도 못 움직인다. 속박 속에서 자유로운 건 둥둥 떠다니는 주둥이뿐이었다.

"스킬도 꼭 주인을 닮아서 재수가 없네."

"그림자 공간의 강화판이다. 사용 조건이 까다롭지만 오감을 마비시켜 준다. 넌 그 안에서 수백 번의 난도질을 당했다. 육체를 보호하는 용투기가 없었다면 이미 한참 전에 죽었겠지."

암흑 공간을 유지하는 동안은 공격 스킬이 제한된다. 대신 어둠의 힘을 빌려 스킬 비슷하게 응용할 수는 있었다. 그러나 슈타이너의 방어력과 용투기의 능력 때문에 쉽게 끝낼 수 없었다.

동급의 존재가 암흑 공간에 걸리면 쥐도 새도 모르게 살해당한다. 슈타이너였기에 이만큼이나 버티고 역공까지 가한 것이다.

"아, 그러세요? 용투기를 뚫지 못한 네놈의 허접한 실력을 탓해라."

"슈타이너, 넌 이제 끝이다. 더 이상 황금의 학살자는 없다."

"용족 슈타이너는 죽겠지만 황금의 학살자는 사라지지 않아. 이 몸이 게임을 그만두지 않는 한 언제든지 찾을 수 있으니까."

"인간으로 시작해서 3차 전직 완료까지 몇 년의 시간이 걸릴까?"

슈타이너는 선뜻 대답하지 못했다. 3년 넘게 플레이하고서야 360레벨을 달성했다. 한 번 지나온 길이니 예전보다 빠르겠지만 바하무트가 도와줘도 1년 이하로 좁히는 건 불가능했다.

"난 2년을 보고 있다. 그럼 묻지. 그때도 내가 이 자리에 있을까? 아마 네가 우러러볼 수도 없는 존재가 되어 있겠지."

"그건 이 전쟁에서 승리했을 때겠지. 넌 바하무트 형을 못 이긴다."

"바하무트, 바하무트! 대체 그놈이 뭐지? 신이라도 되나? 난 나보다 뛰어나다 불리는 후계자들을 제치고 가문의 인정을 받았다. 현실이라고 다를까? 아니야! 이곳이야말로 내 세상이다."

"뭐라는 거야? 미쳤냐? 결국 넌 집에서도 개망나니라는 거잖아."

현실의 후계자? 가문? 슈타이너가 상관할 일이 아니었다. 대충 해석하면 있는 집 자식들끼리의 경쟁에서 타마라스 본인이 이겼다는 것 같았다. 형제자매를 짓밟고 올라간 게 자랑인가?

"이제야 알겠다."

"뭘 말이냐?"

"네가 미친놈인 이유. 현실에서도 그렇게 살았는데 법과 무관한 게임이면 말 다했지. 이거야 원, 잘못된 교육의 폐해로구먼."

타마라스가 인상을 구겼다. 그는 차분한 척하면서도 바하무트와 슈타이너에게는 내부에 잠재된 본성을 아낌없이 드러냈다. 처음 만났던 그 불쾌했던 순간부터 오늘에 이르기까지 말이다.

"이해할 수 없다. 내가 뭘 잘못했지? 네 말대로 게임은 법의 영향이 미치지 않는 공간이다. 무엇을 해도 된다는 뜻이 아닌가?"

"너 정말 병신이냐? 그걸 몰라서 하는 소리냐? 내가 너랑 깊은 대화를 나눠본 적이 없어서 그냥 미친놈인 줄 알았는데 넌 사회성이 결여됐어. 그것도 중증이야. 그게 제일 심각한 문제야."

과연 세상을 살면서 법만 지키면 될까? 법을 확실히 지킨다면 범죄를 저지르지 않는다는 뜻이니 평생 가야 교도소나 경찰과 얽힐 일은 없을 것이다. 그렇다면 예절은? 도덕은? 덕목은?

슈타이너는 이런 종류의 항목들을 법보다 중요하게 여겼다.

이것들만 지켜져도 세상에 법은 필요 없다. 사람으로서 지켜야 할 기본적인 품행이 바로 서야 법도 그 효력을 발휘할 수 있었다.

바하무트가 해준 말이다.

'법은 있는 자들이 없는 자들을 길들이기 위해 만든 족쇄에 불과하다.'

슈타이너는 동의했다. 범죄를 저지르면 똑같이 처벌을 받아야 하는데 누구는 돈이 많고 있는 집 자식이라면서 용서하고, 누구는 돈 없고 평범한 집 자식이라며 없는 죄도 뒤집어씌웠다.

타마라스는 이 이치를 이해하지도, 이해하려 들지도 않았다. 그러니 게임에서 법 운운하는 것이다. 천지분간 못하고 날뛰면서 사람들에게 상처는 주는 것은 법과는 다른 방향에서 잘못된 행동이었다. 그는 그릇된 사회가 만들어낸 일그러진 존재였다.

"쓸데없는 것들이군."

"그래서 네가 혼자인 거다. 세상이 다 발아래로 보이지? 형과 내가 너한테 대드니까 짓밟고 싶지? 그게 마음대로 안 되니까 화가 나지? 너보다 우월한 존재라는 게 자존심 상하지?"

슈타이너가 속사포처럼 내뱉었다. 평소에는 욕만 해대면서 타마라스에 과한 이야기를 거북해했었다. 그런데 끝물에 와서야 이성을 되찾았다. 그가 어떤 놈인지를 100% 확실하게 이해했다. 그는 바하무트와 자신을 겪음으로써 현실에서와 같이 가상에서도 스스로가 우월하다는 걸 증명하고 싶었던 것이다.

"킥킥! 부정하지 않겠다. 내가 적대할 가치가 있다고 생각하는 놈 중에서 무릎 꿇리지 못한 자는 네놈들 두 명이 유일하다."

"진심을 털어놓네? 이야기를 원점으로 돌려보자. 아주 먼 옛날로."

타마라스 놈이 미쳤든 돌았든 그건 자기 사정이었다. 그와의 대립과는 별개로 아직까지 풀리지 않는 의문점이 한 가지 있었다.

"악연의 시작. 너. 내 동생한테 왜 그랬어? 그 애가 뭘 잘못했어?"

"동생? 아… 그년……."

모든 원인의 시작점.

그 일을 기점으로 바하무트와 슈타이너가 타마라스와 대립하게 됐다. 나중에 가서는 감정이 쌓이고 쌓여 불구대천의 원수가 됐지만 첫 시작은 슈타이너의 여동생에게서 비롯됐다.

"왜 무한PK를 했지? 그 일이 아니었다면 너와 내가 만날 일도 없었을 거다."

"그랬겠지. 랭킹상에서 서로의 이름이나 확실하며 살았겠지."

대륙십강이란 명칭이 생기기도 전에 일이었다. 당시에는 1차 전직과 레어 아이템이 최고인 줄로만 알았으며 타마라스도 200~250명 정도의 소규모 단체를 이끄는 골목대장에 불과했었다.

"재수가 없었다. 정말이지 재수가 없어서 찢어 죽이고 싶었다."

"…너."

"따지고 보면 별일은 아니었지. 퀘스트 진행을 위해 NPC 한 명을 설득하는데 설득이 끝나고 오면서 좀 투덜거린 걸 네 동생이 듣고는 날 벌레 보듯이 쳐다보더군. 그래서 손 좀 봐줬다."

'손이 잘린 퇴역 용병이면 일을 해결해 준다고 찾아왔을 때 넙죽 엎드려서 빌어도 시원찮을 것을! 병신 같은 NPC 따위가.'

이게 타마라스가 했던 말이었다.

여동생은 바하무트와 슈타이너를 기다리던 중에 그 말을 들었다. 벌레라는 표현은 심했고 그냥 불쾌한 시선으로 쳐다봤었다.

그게 꼬투리를 잡히면서 무한PK로 이어졌다. 여동생은 게임이 처음이었고 레벨도 낮았기에 반복적으로 부활을 눌렀다. 1차 전직 전까지는 페널티가 없고 강제로그아웃도 되지 않는다.

"PK로 끝났을까? 알다시피 초보자들은 죽어도 아무렇지 않은데?"

단순한 죽음이었다면 실어증까지 걸리지는 않았을 것이다. 그냥 개에게 물렸다며 슈타이너에게 하소연 좀 하면 끝날 일이었다.

"PK말고 특별한 선물을 좀 해줬지. 남자들은 좋아하는데 그년은 미치려고 하더군. 나중에는 반쯤 맛이 가서 로그아웃하던데?"

포가튼 사가가 리얼리티를 추구한대도 강제로 옷을 벗기거나 성 관련 음란 행위를 하는 건 불가능하다. 하지만 악용할 수는 있다. 예를 들어 가슴에 칼을 꽂는다거나 하는 것처럼 말이다.

연약한 여자가 그런 악행을 당하면 게임이라도 충격을 받을 것이다. 정신은 현실의 육체를 떠나 가상에 머무르기 때문이다.

실제로도 그러했다. 죽음 이외에 온갖 농락을 당하고서야 끝낼 수 있었다. 여동생은 그것을 차마 슈타이너에게 말하지 못했다. 바보 같다고 생각하면 안 된다. 여자들 나름대로의 자존심이었다. 가족에게도 숨기고 싶은 비밀이란 게 있는 법이었다.

"개 같은 새끼."

"대화가 길어졌군. 가만두면 자살 판정이 나겠지? 그만 보내주마."

슈타이너의 색이 점점 회색으로 변해갔다. 놔두면 다음 날 접속할 수 있다. 시스템이 스스로 자해를 했다 생각하며 일반적인 죽음으로 인식해서였다. 그걸 두고 볼 타마라스가 아니었다.

'더 가까이⋯⋯.'

타마라스가 다가왔다. 거리는 어림잡아 2~3미터 정도였다. 오러 사용에 제약이 있는지 그는 슈타이너의 뜻대로 움직여 줬다.

"이제 바하무트다."

"웃기시네. 그냥 나랑 같이 현실로 돌아가자."

푸욱.

퍼어어엉!

슈타이너는 타마라스의 검이 심장에 내리꽂히는 순간에 맞춰 마지막 남은 한줌의 용투기를 모았다. 그리고 방사형 브레스를 발사했다. 목표에 적중한 브레스가 작은 폭발을 일으켰다.

파티원 이사벨라 님께서 사망하셨습니다.

파티원 슈타이너 님께서 사망하셨습니다.

'이런… 이사벨라 님이…….'

슈타이너는 죽기 직전에 들은 알림음에 씁쓸함을 느끼며 눈을 감았다. 가장 강력한 전력의 한 명인 이사벨라가 죽은 것이다. 안타까웠지만 자기 자신도 죽는 판국에 손쓸 방법이 없었다.

푸확!

슈타이너가 죽으면서 착용하거나 인벤토리에 들고 있던 아이템이 터져 나왔다. 캐릭터와는 달리 삭제되지 않아서였다. 그러나 줍는 사람이 없었다. 타마라스는 저 멀리 튕겨 나가 숨만 헐떡였다. 어쨌거나 그는 살았고 사국연맹의 두 강자가 추가로 목숨을 잃었다. 남은 건 바하무트와 라이세크뿐이었다.

*   *   *

쩌어어엉!

콰쾅!

불꽃으로 이루어진 대염왕권이 솔레이온 공작의 검에 반으로 갈렸다.

그 갈린 틈을 이동한 바하무트가 폭권천타를 연달아서 사용했다. 권과 검이 충돌하며 주인 이외의 모든 것을 파괴시켰다.

드드드드!

바하무트는 사 조합 스킬만을 선보였다. 그 증거로 둘의 모습은 처참했다. 처음의 깔끔함은 진작 사라졌다. 어느 한 명을 죽여야만 끝나는 상황에서 겉모습 따위를 신경 쓸 겨를은 없었다.

'이사벨라 님과 슈타이너가 죽었다. 적은 다섯, 아군은 둘인가.'

방금 들린 따끈따끈한 알림음이 바하무트의 심기를 어지럽혔다.

무엇보다 슈타이너의 죽음이 뇌리에서 떠나질 않았다. 일반 판정인지 자살 판정인지 미칠 듯이 궁금했다. 중요한 건 그거였다.

후욱!

바하무트와 솔레이온 공작이 가쁜 숨을 토해냈다. 서로를 강하다고 인정하고 있었다. 비장의 수를 얼마나 숨겨놨는지는 몰라도 진행되는 전투 상황은 누구도 유리하지 않은 접전이었다.

'라이세크는 무슨 일이 생겨도 살려야 한다. 막다른 골목이다.'

생각이고 자시고 더는 경우의 수가 없다. 그를 살려내서 전장을 벗어나거나 아군이고 적이고 지쳐 있는 지금을 이용해야 했다.

"현신."

푸화아악!

399레벨에 오르며 스승과도 같은 벨케루다인을 넘어섰다. 모두 겹화의 위엄 덕분이었다. 10미터에 근접하는 본체가 드러나자 인간일 때와는 비교를 불허하는 위압감이 전장을 짓눌렀다.

솔레이온 공작조차 기운을 못 버티고 주춤주춤 물러났다. 병사들은 신이 내린 재앙이라는 등 호들갑을 떨면서 패닉에 빠졌다.

> 용신 이카루트가 만든 용족의 법칙을 어기셨습니다. 중간계에서 쌓아 올린 모든 업적이 소멸됩니다. 현재 시간을 기준으로 1시간 동안 활동이 가능하며 이후 한 달간 계정이 정지됩니다.

활동 가능 시간은 레벨에 따라 다르다. 약하면 3~4시간도 되지만 강하면 1~2시간이 한계였다. 바하무트는 당연히 1시간이었다.

'굉장히 빠듯하군. 지친 상태라서 완전한 힘을 내기도 어렵고.'

처음부터 현신하지 않은 이유는 간단하다. 1시간으로는 큰 성과를 내지 못해서다. 이게 시간이 긴 것 같으면서도 짧았다. 순식간에 지나간다. 최대 전력인 바하무트 본인이 1시간만 날 뛰다가 강제 로그아웃당하면 남은 일행의 앞날은 불 보듯 뻔했다.

"이것이 용족……."

"어때? 무시무시하지? 인간은 아무리 노력해 봐야 인간일 뿐이야."

흐읍!

바하무트는 일부러 용족을 과장하고 인간을 폄하시켰다. 상대의 심리를 헤집어놓겠다는 의도였다. 어느 정도는 먹혀들었는지 동요하는 기색을 내보였다. 물론 계속 지속되지는 않았다.

활짝!

"웃어?"

"하하하하!"

솔레이온 공작이 웃는다. 미쳐서? 그럴 리가! 기뻐서 웃는 거였다.

용족이고 인간이고는 관계없다. 종족을 초원해서 강자라는 존재들과 싸운다는 것은 무를 숭상하는 모든 무인의 꿈이자 소원이었다. 그 끝이 결국 죽음으로 정해졌대도 후회는 없었다.

"드래곤 슬레이어라는 칭호를 얻는 것도 나쁘지는 않겠군."

우우우우!

솔레이온 공작의 검이 울부짖으며 붉은 기운을 줄기줄기 뿜어냈고 이내 검의 주인과 하나가 되어 일정한 형체를 갖췄다.

"저게 갇혔다는 공작 급의 악마인가? 아쉽네. 실제였다면 더 재밌었을 텐데."

유형화된 형체는 바하무트와 비슷한 크기였다. 영혼만 남았지만 솔레이온 공작이라는 훌륭한 그릇을 뒀기에 전성기에 필적하는 기운을 자랑하고 있었다. 끝맺음에 딱 어울리는 상대였다.

콰득!

바하무트의 팔이 급격히 부풀었다. 육체도 불꽃에 휘감겼다.

솔직히 오 조합 정도의 단발 스킬로도 죽일 수 있을 것 같았다. 무리하는 경향이 없잖아 있었지만 이걸 써도 라이세크를 도와줄 약간의 여력이 남는다. 그러니 확실히 하는 게 좋았다.

화르르륵!

쌍익이 피어오른다. 양손에 길게 늘어진 염살지옥검이 솔레이온 공작의 시선을 빼앗았다. 화려하고 아름다웠으며 웅장했다.

"훌륭하다."

"나도 칭찬을 해주고 싶은데 한시가 급해서 말이지. 잘 가라."

쉬익.

바하무트가 양손을 휘둘렀다.

염살지옥검은 폭화 언령술의 오 조합 중에서 공격력이 약한 편에 속한다.

다만 타 스킬보다 과부하의 영향이 적었기에 나름 유용했다. 강력한 몬스터들도 숱하게 썰어버렸다. 화룡왕의 레프트 암과 염왕대겁신의 효과를 계산하면 필살을 자신할 수 있었다.

투웅!

불꽃의 정수인 염살지옥검과 혈기를 띤 붉은 오러가 둘의 중간 지점에서 부딪혔다.

방향이 엇나갔는지 폭발을 일으키지 않고 서로가 서로를 갈랐다.

퍼퍼퍼펑!

스킬의 파편이 사방으로 튀며 네이팜탄처럼 전쟁이 벌어지는 일부 지역을 폭격했다.

애꿎은 NPC와 유저들이 휘말렸지만 그건 재수가 없는 경우였다.

파팟!

바하무트가 파편을 피해 이리저리 도망쳤다. 정신이 하나도 없었다. 수백 개가 가볍게 넘었기에 피하기가 쉽지 않았다.

써걱!

"크윽!"

용투기를 뚫고 들어온 파편 몇 개가 그의 오른팔과 날개를 한꺼번에 잘라냈다.

그러고도 모자라 산자락에 처박혀 성질을 부리고서야 없어졌다.

쿠쿵!

파편 때문에 하늘로 날아갔던 바하무트가 지상에 불시착하며 큰 굉음이 울렸다.

족히 100미터 높이에서 떨어졌기에 그것만으로도 데미지가 상당했다. 생명력이 적었다면 죽었을지도 모르는 양이었다.

드득!

바하무트가 자리에서 일어나며 몸 상태를 점검했다. 다행히 어디 부러지거나 하지는 않았다. 생명력만 달았을 뿐이었다.

용족은 자체 회복력이 뛰어나다. 이쯤은 몇 분만 쉬어도 차오른다.

"팔과 날개를 붙이기보다는 출혈을 지혈하고 용투기를 유지하자."

사라진 신체 부위를 재생하지는 못한다. 하지만 절단되는 등의 문제라면 해결할 수 있다.

문제는 해결하는 데 들어가는 용투력의 수치가 극심하다는 거였다.

아마 그동안의 경험상 이 상태에서 팔과 날개를 이어 붙이면 용투력 사용이 20% 이하로 떨어지리라고 예상했다. 그럴 바에는 병신이 된 육체더라도 전투력을 유지하는 게 이득이었다.

"이놈 산 거 아니야? …가 아니군. 그럼 그렇지. 내가 이 꼴인데."

바하무트가 높고 넓은 시야를 이용해서 솔레이온 공작을 찾았다.

현신한 상태에서도 이만큼의 타격을 받았다. 오러를 제외하면 연약한 인간은 몸뚱이로 버틸 만한 공격을 한참이나 넘어섰다.

쿵쿵!

바하무트가 검을 지팡이 삼아 몸을 지탱하는 솔레이온 공작에게 걸어갔다.

폭격에서 즉사를 면하려고 오러를 전력으로 전개했다. 그 탓에 겉모습은 멀쩡했지만 내부가 엉망인지 피를 토해내고 있었다.

"남길 말 없지?"

"나는 졌지만 제국은 지지 않는다. 재미있었다. 용족이여."

콰아아앙!

바하무트가 백화주를 터뜨렸다. 삼 조합이라도 지금의 솔레이온 공작을 죽이기에는 충분했다. 폭발의 연기가 걷힌 자리에는 갈기갈기 찢겨진 시체와 아이템 몇 개만이 나뒹굴고 있었다.

파핫!

바하무트는 아이템을 줍자마자 쏜살같이 달렸다. 라이세크에게 가야 했다.

덩치에 비례해서 보폭 역시 컸기에 인간일 때보다도 훨씬 빨랐다.

잠시 뒤, 목적지에 도착했다.

"여… 왔네?"

"죽지만 않았으면 된다."

라이세크는 어깨를 관통한 화살에 꽂혀 나무에 대롱대롱 매달려 있었다. 상처가 심해 보였지만 괜찮았다. 아직 살아 있으니까.

*　　*　　*

결론만 말하자면 실패였다. 이사벨라는 공작들의 합공을 감당하지 못했고 라이세크 본인도 알카디스를 죽이지 못했다.

알카디스는 도망치는 척하면서 공작들 주변을 빙글빙글 돌았다.

잡으려고 할 때면 공작 중 한 명이 라이세크를 막았다. 이사벨라는 한 명이 빠짐으로써 잠깐의 여유가 생겼지만 알카디스가 거리를 벌리면 원상태로 돌아가는 악순환이 반복됐다. 숫자에서 밀리면 불리하단 건 알았지만 이렇게 짜증 날 줄이야.

그렇다고 무작정 당하기만 하지는 않았다. 공작 중 한 명을 죽기 직전에 몰아냈고 알카디스도 악에 받친 라이세크의 공격에 적잖은 피해를 입었다. 할 수 있는 선에서는 최선을 다했다.

이기지만 못했을 뿐이었다.

투툭!

바하무트가 꼬리로 라이세크의 어깨에 박힌 화살을 뽑았다. 그는 착지를 못하고 엉덩방아를 찧었다. 그만큼 지쳤다는 뜻이다.

"상태는 어때?"

"오러 사용량이 5%에서 왔다 갔다 한다. 스톰 브링거 한 방만 써도 무기력해질 거다."

"5%라도 남아서 다행이다. 완전한 무기력이었으면 곤란할 뻔했어."

공작들과 알카디스가 바하무트를 경계했다. 그가 이곳에 왔다는 건 솔레이온 공작은 죽었다는 의미였다.

물론 알카디스는 알림음을 들었기에 돌아가는 상황을 잘 알았다.

"본진으로 돌아가. 저 셋은 내가 데리고 갈게."

"가능하겠냐?"

[슈타이너가 죽은 곳에 타마라스가 있을 거야. 본진으로 돌아가는 척하면서 그놈을 죽여. 오러 사용량 5%면 충분하다.]

바하무트는 속마음을 철저히 숨겼다. 도망치는 것과 도망치는 척하면서 술수를 꾸미는 건 기본 개념부터 다르다. 타마라스를 죽이려고 우회하는 걸 알면 고이 보내줄 리가 없었다.

이것은 심리 싸움이다. 누가 먼저 주도권을 잡느냐에 달렸다.

그를 살려두면 이곳의 세 명을 죽여도 승리를 장담하지 못한다. 라이세크는 훌륭한 지휘관이지만 목적을 위해서 수단과 방법을 가리지 않는 타마라스를 상대하기에는 너무 정직했다.

[그놈이 나보다 상태가 낫다면 이기지 못할 거다.]

[슈타이너를 믿어라. 그 녀석이 과연 타마라스를 온전히 놔뒀을까?]

[하긴, 타마라스라면 자다가도 벌떡 일어날 텐데 괜한 걱정이군.]

슈타이너의 상대는 고작 두 명이었다. 그토록 강한 유저가 허무하게 죽는다는 건 말이 안 된다. 끝까지 물고 늘어졌을 것이다.

[가라.]

[이 전쟁, 내가 꼭 이긴다.]

파팟!

라이세크가 뒤로 빠졌다. 그는 포션을 꾸역꾸역 마시면서 본진 쪽으로 후퇴했다. 그러다가 바하무트의 모습이 시야에서 사라지자 돌연 방향을 바꿔 슈타이너가 싸웠던 곳으로 이동했다.

"내가 이제부터 뭘 할까?"

라이세크가 일정 반경을 벗어났다는 걸 확인한 바하무트가 중얼거렸다.

"이럴 수가… 고, 공작 전하가 패하시다니……."

솔레이온 공작의 죽음이 그리도 충격인지 하세이 공작은 말까지 더듬었다.

"너희 같은 인간이 날 이긴다는 것 자체가 말이 안 되지 않아?"

우우우웅!

숲의 온도가 치솟았다. 나무의 수분이 증발했고 땅도 바짝바짝 말랐다. 불안한 낌새를 느낀 알카디스가 주춤주춤 물러났다. 유저였기에 직감적으로 큰일이 벌어지려 한다는 걸 알아챘다.

"당장 죽여야 해요! 그는 이 지역을 통째로 태워 버릴 속셈이에요!"

파파파팟!

알카디스가 활시위를 쉬지 않고 퉁겼다. 시간이 지나며 무기력에서 벗어난 것이다. 공작들도 가만있지 않았다.

바하무트는 난도질당하는 중에도 진행하는 행동을 멈추지 않았다.

콰콰콰콰!

바하무트가 뿜어낸 수만 도의 열기가 일정 반경을 뒤덮었다. 공기마저 연소되며 잠시 동안 그 일대를 진공 상태로 만들었다.

공작들과 알카디스는 다가오는 열기의 파도에 형체도 못 남기고 사라졌다.

공격하다가 뒤늦게 도망쳤지만 퍼지는 속도가 몇 배는 더 빨랐다. 맥없이 쓸려 나가는 것으로 볼 때 루펠린의 공작들과 이사벨라와 라이세크가 생각보다 생명력을 많이 빼놓은 듯했다. 그게 아니었다면 초열대지옥 한 방으로는 죽이지 못했을 것이다.

스슥.

바하무트의 본체가 강제로 풀렸다. 더는 전쟁에서 활약할 힘도 시간도 모자랐다.

퇴장할 시기가 가까워지며 몸이 점점 투명해진다. 죽은 것은 아니라서 회색이 되지 않았을 뿐이었다. 사라지는 건 똑같았다.

"난 할 수 있는 만큼 했으니까 나머지는 네가 알아서 해라."

하나의 고비만 남았다. 타마라스만 죽이면 체크메이트, 제국 연합의 패배였다.

*　　　*　　　*

라이세크가 타마라스를 차갑게 노려봤다. 바위에 등을 기댄 채 죽을 것처럼 헐떡이는 모습이 배덕의 화신과 어울리지 않았다.

그와 멀지 않은 곳에 아무렇게나 방치된 아이템들이 보였다. 죄다 유니크 이상의 고가품이었다. 익숙한 것도 있었다. 슈타이너와 레이란이 남겨놓은 흔적이었다.

"큭큭! 세 연놈을 한꺼번에 보내다니."

"처형식의 일 순위는 타마라스 너다. 내게 자비를 바라지 말거라."

반드시 죽인다. 타마라스는 위험한 인물이었다. 기회가 생겼을 때 제거해야 후환을 없앨 수 있다. 그리고 지금이 그때였다.

"자비라고? 헛소리를 해대는군. 어쨌거나 세력으로써 포가튼 사가의 정점에 오른 것을 축하한다. 멍청한 놈이 제법 성장했어."

루펠린이 대륙 통일에 성공하면 대제국으로 거듭날 것이다. 라이세크는 루펠린의 공작이고 황제를 제외한 최고 권력자였다.

이대공작의 사망으로 견제해야 할 NPC가 없었다. 또한 전쟁을 마무리하면 공적 순위 3위는 따놓은 당상이었다. 그리되면 최소 공왕이고 2위만 해도 자신만의 왕국을 건국할 수 있었다.

"네가 항상 말했었지. 이기기만 하면 된다고. 우리가 이겼다."

푸욱!

라이세크가 타마라스의 목에 검을 쑤셔 넣었다. 대화가 길어지면 잡념이 생기는 법이다. 그 무엇보다 죽이는 게 우선이었다.

"끝나고 보자."

"큭… 승리의 기쁨을 마음껏 만끽해라. 이제부터 시작이다."

타마라스에게 공왕의 직책이나 아이템은 무의미하다. 돈은 현실에서도 차고 넘쳤다. 그가 아쉬운 건 바하무트를 살려뒀다는 거였다. 슈타이너 하나로는 목적의 50%밖에 달성하지 못했다.

무료한 삶에 흥분이란 감정을 느끼게 해준 그들이야말로 게임의 활력소였다. 그래도 한 명을 죽였으니 본전치기는 한 셈이다.

"미친놈."

"오늘 그 소리 여러 번 듣는군."

파팟!

생명력이 한계에 달한 타마라스가 죽었다. 이제 사국연맹과 제국연합을 통틀어 울티메이트 마스터는 라이세크 한 명뿐이다.

"병력도 많고 시간도 넉넉하다. 녀석들이 희생한 만큼 신중하자."

다 차려놓은 밥상이었다. 여기까지 온 상태에서 패배하면 고개를 못 들고 다닌다. 끝까지 방심하지 않고 최선을 다해야겠다.

*　　　*　　　*

전쟁은 그 이후로도 4개월이나 더 지속됐다. 크라이시아 17세는 라이세크를 죽이는 데 총력을 기울였다. 그가 없어지면 일반 병사들의 숫자 싸움이었다. 제국의 저력이면 밀리지 않는다.

라이세크는 몇 번이나 죽을 고비를 넘겼다. 3차 전직 유저라도 수십만 명에게 둘러싸여 집중 공격 당하면 생명력이 쭉쭉 빨린다.

괜히 나대다간 제명에 못 죽는다는 뜻이었다. 아군의 지원을 최대한 활용하며 욕심 부리지 않고 차근차근 단계를 밟아 나갔다.

그 결과 헬렌비아 제국의 황성에 루펠린의 국기를 박는 데 성공했다. 아쉬운 점이 있다면 크라이시아 17세가 종적을 감췄다는 것이다. 황성에 도착했을 때는 이미 텅 비어 있던 상태였다.

먼 훗날 제국의 부활이 어쨌다는 식의 퀘스트가 발생할 것 같다는 건 라이세크 말고도 모든 유저의 동일한 생각이었다.

제국이 함락되며 제국연합이 저절로 해체됐고 연합에 가담했던 국가들은 하루아침에 루펠린의 속국으로 전락해 버렸다. 사로잡힌 제국연합의 귀족들은 평판이나 위험도의 수치에 따라 순차적으로 처형식을 거행했다. 가치가 있으면 살려주고 없으면 가차 없이 죽였다. NPC와 유저의 차별은 두지 않았다.

이 처형식에서 타마라스와 니쿠룸, 레이란이 죽었고 알카디스만 살아남았다.

그들 말고도 숱한 유저가 그동안 정들었던 캐릭터와 작별했다.

이처럼 적에게는 가혹한 심판의 철퇴가 내려졌지만 퀘스트를 완수한 아군에게는 시스템의 공적 보상과는 별개로 루펠린의 황제가 개인적으로 논공행상을 통해 노고를 치하해 줬다.

오픈베타부터 지금까지 늘 일정한 방향으로만 흐르던 대륙의 흐름이 혼란의 시대를 겪음으로써 바뀌었다. 구시대가 사라지고 신시대가 개막했다. 바야흐로 새로운 바람이 부는 것이다.

에필로그

스윽.

타마라스가 이해할 수 없다는 표정으로 주변을 둘러본다. 처형식과 함께 캐릭터를 삭제당했다. 착용하고 있던 아이템들은 루펠린에 회수당했으며 검은 악마 길드도 한순간에 와해됐다.

그래도 포가튼 사가를 하면서 쌓은 막대한 부까지 잃지는 않았다.

전쟁 전에 미리 조치를 취해뒀다. 시간이야 걸리겠지만 다시 시작할 기반은 이미 마련해 놓은 상태였다. 대륙이 루펠린을 중심으로 돌아가기에 활동 범위가 좁겠지만 일단 캐릭터를 재생성해서 인적이 드문 작은 마을을 골라 힘을 되찾을 생각이었다.

그런데…….

"여긴 어디지?"

생소한 곳이었다. 눈에 보이는 것만 대충 말하자면 거대한 성의 내부 같았다. 이곳은 캐릭터를 생성하기 위한 의식의 방이 아니었다. 몇 년 동안 플레이했던 그에게도 낯선 광경이었다.

내 레벨이… 어떻게 이럴 수가 있지?'

> [타마라스 : 검은 달의 암살자 : 322레벨]

라이세크에게 죽어서 깎여 나간 수치를 제외하면 그대로였다. 캐릭터가 삭제되지 않은 건가? 이게 무슨 조화란 말인가?

"늦었군."

"누구냐? 이 상황에 대해서 설명해 줄 수 있나?"

어디선가 정체불명의 목소리가 들렸다. 그러나 모습은 안 보였다.

"확실히 잘 골랐어. 다른 놈들은 당황하기 바쁜데 적응이 빠르군."

"불필요한 것들은 무엇이든 짧고 간결한 게 좋다. 불필요하니까."

큭큭큭큭!

> 절대적인 존재의 광소를 들으셨습니다. 상태이상 공포와 정신착란에 걸려 본신 능력의 5ᄆ%가 저하됩니다.

타마라스의 동공이 흔들렸다. 아이템 미착용의 헐벗은 몸이라도 322레벨이었다.

기본 항마력과 내성은 존재할 터인데 그걸 박살 내고 들어오다니.

"성의 중앙으로 오라."

"중앙?"

반문의 답은 들려오지 않았다. 타마라스도 굳이 들을 필요 없다는 듯 중앙이라는 단어 하나에 의지해서 성의 내부를 거닐었다.

"아……."

얼마 걷지 않아 목적지에 당도했다. 압도적인 위용을 뽐내는 그가 중앙대전 높은 곳에 앉아 있었다.

"너희 축복자들의 능력이면 내 소개를 하지 않아도 되겠지?"

400레벨 이상의 존재를 보기는 처음이었다. 상대의 이름은 죽음의 군주 워리놈.

마계구대군주의 한 명이자 무려 420레벨 재앙 등급의 몬스터였다.

"설명."

"응?"

"설명이 필요하다."

겉으로는 차분해 보여도 속마음은 워리놈의 말마따나 당황스러웠다. 그저 추한 꼴을 보이고 싶지 않아 숨기고 있을 뿐이었다.

"내가 설명해 주지. 경고하건대 다시 한 번 워리놈 전하께 반말을 지껄이면 갈기갈기 찢어서 켈베로스의 먹이로 던져 주마."

검은 로브 속에서 흉흉한 안광이 번뜩인다. 수만 년간 워리놈을 보좌했던 399레벨의 아크리치 데모두스가 으르렁거렸다.

"알겠습니다. 설명해 주십시오."

"좋은 자세다."

타마라스는 데모두스의 말에 순순히 따랐다. 지금은 설명을 듣는 게 중요했다. 반말을 하고 안 하고는 중요하지 않았다.

"일단 네놈은 죽은 게 맞다. 처형은 신들이 개입하기에 당하면 되살리는 게 불가능하다. 하지만 우리 마족은 오랜 세월을 준비한 끝에 신들을 속이고서 네놈들을 빼내 오는 데 성공했다."

워리놈을 포함한 마계의 구대군주는 신들에게 불만이 많았다. 다른 종족에게는 뛰어난 잠재력을 지닌 축복자들을 내려주면서 정작 마족은 등한시했다. 백번 양보해서 용족에게 축복자들이 없었다면 이런 위험한 도박을 하지 않았을 것이다.

"네놈들?"

"니쿠룸과 레이란, 샤펠라인가? 그 셋은 얼마 전에 이 절차를 끝냈다. 지금은 죽은 자들의 왕국에서 적응하고 있는 중이다."

끄덕.

이해했다. 타마라스는 처형 이후에 한 달이 지나고서야 접속했다. 니쿠룸과 레이란이 그보다 빨리 접속해도 이상하지 않았다.

'그나저나 가깝군.'

죽은 자들의 왕국이면 멸망한 다모스 왕국 인근이었다. 루펠린과는 엎드리면 코 닿을 거리였다.

"저희 네 명이 끝입니까?"

"그렇다. 신들의 눈을 속이고 많은 수의 축복자를 빼낼 수는 없다. 가치가 있다면 해보겠는데 다들 쓰레기 같은 수준이더군."

데모두스의 말은 대륙십강이나 그에 준하는 정도가 아니라면 가치가 없다는 뜻이었다.

타마라스도 그 부분에서는 동의했다. 못나면 도태되게 마련이다.

"단순히 축복자의 재능이 부러워서 빼돌린 겁니까?"

"아니다. 용족 때문이다."

"용족?"

"최근 용족의 축복자 중에서 레드 드래고니언 한 명이 두각을 드러냈다. 네가 죽인 골든 나가가 아니었다면 두 명이 됐겠지."

바하무트의 이야기였다. 그는 4차 전직에 모든 시간을 투자하고 있었다. 이러한 성장세라면 1~2년 내에 완료할 것이고 더 지나면 크라디메랄드의 뒤를 이어 화룡왕이 될지도 모른다.

"마족은 용족과는 달리 행동이 자유롭지 못하다. 우리는 대신해서 나서줄 대행자가 필요했고 너와 나머지들을 선택했다."

"하지만 인간은 용족을 이길 수가 없습니다. 이 몸으로는 도저히."

"넌 그 몸이 예전의 네 몸이라고 생각하나? 재차 말하지만 너는 죽었다. 우리가 빼낸 건 네가 지니고 있던 영혼일 뿐이다."

시스템 해킹.

이 용어로밖에 설명할 수 없는 현상이었다. 죽으면서 삭제되려던 데이터를 낚아챘다는 표현을 게임식으로 설명하고 있었다.

타마라스는 포가튼 사가가 정말로 살아 있는 세상처럼 느껴졌다.

"용족과도 싸울 수 있는 강인한 육체를 찾아주마. 함께하겠느냐?"

함께하겠냐고? 당연하다. 슈타이너에 이어서 바하무트까지 죽일 기회였다. 레벨이 그대로 유지된다. 시간도 절약할 수 있었다.

"좋습니다."

"육체는 네가 직접 고르게 해주겠다. 넌 위대한 마족의 대행자임과 동시에 인간들을 마의 세계로 끌어들일 인도자가 되리라."

마족은 유저들과 사적으로 접촉하지 못한다. 타마라스는 계약을 통해 마족으로 받아들을 수 있다. 조금씩 세를 불리다가 때가 되는 순간, 용족을 밀어내고 마족의 세상을 만들 것이다.

"넌 네 명 중에서도 특별하다."

"왜입니까?"

"날 닮았으니까."

데모두스 대신 워리놈이 대답했다. 죽은 자들의 왕국에서 타마라스를 처음 봤을 때부터 눈여겨봤다. 이기기 위해서라면 무슨 짓이든 서슴없이 하는 과감한 행동이 워리놈 본인을 닮았다.

"여기서는 대충 끝냈지만 아직 네가 알아야 할 것이 많다. 이

시간부로 궁금한 게 생길 때마다 데모두스를 찾아가라."

스윽.

타마라스가 워리놈에게 고개를 숙였다. 그의 입꼬리가 올라갔다.

그동안의 가식 섞인 웃음이 아닌 진심으로 기뻐하는 웃음이었다. 그들에게 돌아갈 수 있다. 아직 전쟁은 끝나지 않았다.

＊　　　＊　　　＊

부우우우!

용의 성전이라 불리는 공중이동요새 드래드누스가 고도를 낮춘다.

왕국 크기의 땅덩이가 움직이니 세상이 전체가 움직이는 착각마저 들었다. 떠다니는 원리가 궁금할 수밖에 없는 모습이었다.

펄럭펄럭!

드래드누스 주변으로 거대한 생명체들이 날개를 펄럭거린다.

각각의 형태를 지닌 드레이크, 나가, 드라칸, 드라코닉 등의 용족이었다. 그 숫자가 백만 단위에 육박했다. 드래곤과 드래고니언은 안 보였지만 이 정도면 용족 전력의 30%에 해당한다.

"준비는?"

"언제든지 더러운 마족들을 처단할 준비가 됐사옵니다, 전하."

바하무트의 휘하 삼십육 용장군의 한 명이 부복하며 전의를 불태웠다. 그의 뒤로도 수백의 최상급 용족이 두근거리는 심장을 진정시켰다. 죽음의 공포는 없었다. 과연 전투 종족다웠다.

"형 빼고 누구누구 나서요?"

"빙룡왕 자드라크하고 뇌룡왕 아벨리온이 나서. 특히 아벨리온은 워리놈이라면 이를 갈아. 네가 타마라스를 싫어하는 것처럼."

기둥 위에 앉아 있던 슈타이너가 바하무트의 옆으로 내려왔다. 그의 등에는 깃털로 이루어진 순백의 날개가 자리하고 있었다.

타마라스에게 죽고 인간 종족으로 3차 전직까지 키웠다. 바하무트와 라이세크의 전폭적인 지원을 받아서 1년 2개월 만에 달성했다. 슈타이너는 정상에 올랐던 유저였다. 컨트롤이나 스킬 이해도가 완벽했으므로 사냥에 시간을 허비할 필요가 없었다.

그리고 성스러운 순백의 영혼을 해방시켜 첫 번째 천족이 됐다. 슈타이너 덕분에 포가튼 사가에 여섯 번째 특수 종족이 생겼다.

"4차 전직하느라고 죽는 줄 알았는데 화끈하게 풀 수 있겠구먼!"

"대단한 거다."

슈타이너는 며칠 전 400레벨로 올라섰다. 혼란의 시대 이후로 5년이 지난 현재 400레벨 이상의 유저는 고작 4명에 불과했다.

바하무트, 슈타이너, 이사벨라, 타마라스였다. 대륙십강의 나머지는 399레벨에서 막힌 지 몇 년이 넘었다. 3차 전직처럼 타인이 조금이라도 도와줄 수 없었기에 자력으로 돌파해야 했다.

　그나마 다행인 건 평범한 유저들은 299레벨에서 막혀 대륙십강의 권위가 유지되고 있다는 거였다.

　그게 아니었으면 군웅할거의 시대가 열렸을지도 모르는 일이었다.

　"끈질긴 새끼."

　"라이세크는 나에게 운이 따른다고 말했다. 타마라스도 비슷한 것 같다. 그놈도 위기가 닥치면 어떻게든 풀리는 운을 가졌어."

　"타마라스와 마족이라? 음흉하고 어두운 게 아주 잘 어울리네요."

　장장 8년을 앙숙으로 지냈다. 서로에 대해 누구보다 잘 알았고 인정하고 있었다. 아직도 싫은 놈이지만 없으면 허전할 것이다.

　파팟!

　바하무트와 슈타이너가 타마라스를 주제로 대화를 나눌 때 심부름을 나갔던 용족이 돌아왔다.

　그의 옆쪽에는 안경을 쓰고 큼지막한 가방을 멘 인간이 있었다.

　"전하! 말씀하신 인간을 데려왔습니다."

　"와! 바하무트 님! 슈타이너 님! 이게 얼마 만에 뵙는 겁니까!"

브레인이 함박웃음을 내지었다. 마지막으로 본 게 무려 반년 전이었다. 틈틈이 연락을 하고 지냈어도 다들 바쁜 몸들이었다.

슈타이너는 레벨업과 전직에 치여 살았고 브레인은 영지의 업무와 하루가 다르게 커가는 자식들 문제로 바쁜 나날을 보냈다. 5년 동안 아마란스 영지는 공국을 거쳐 왕국으로 성장했다.

바하무트는 레전드 아이템의 포기 조건으로 영지를 넘겨줬다. 브레인은 그의 기대를 충족시켜 살기 좋은 왕국으로 만들었다.

"여행은 어떻습니까?"

"여유가 없을 때는 힘들었는데 이제는 설레고 재미있습니다. 가끔 레벨과 장비를 숨기고 초보자 파티에도 들어가고는 합니다."

"곧 용마전쟁이 벌어집니다. 제대로 불붙으면 용족과 마족을 벗어나서 대륙의 모든 종족이 편 가르기에 들어갈 겁니다."

용마전쟁 퀘스트는 해당 종족 유저들에게만 알려졌다. 마족은 모르겠지만 용족을 통한 유출은 슈타이너와 브레인이 최초였다.

"도와주시겠습니까?"

"지닌 바 능력은 탐색뿐이지만 이런 저라도 필요하시다면 기꺼이!"

두말하면 잔소리였다. 전쟁이 아니라 그보다 더한 일도 할 수 있었다. 브레인의 허락이 떨어짐에 바하무트가 그와 슈타이너를 데리고 마족과 대치하는 드래드누스의 최전선으로 이동했다.

"내 권한으로 퀘스트를 줄게."

"네!"

이번에 치를 용마전쟁의 일차전에서 퀘스트가 없는 유저가 마족을 사냥하면 불이익을 당한다.

그렇기에 바하무트는 자신의 권한으로 둘에게 퀘스트를 내렸다.

우우우우!

"전하! 적들이 옵니다!"

"알아."

정면에서 마족의 대군이 다가왔다. 흑마력, 다크오러를 줄기줄기 뿜어냈기에 먹구름이 몰려오는 듯했다.

질보다는 물량으로 밀어붙이려는지 수백만도 훌쩍 넘어 보였다.

구대군주의 세 명이 마족을 이끌었다. 사탄과 워리놈, 플뤼톤이었다. 2년 전쯤 어둠의 미궁에 걸려 있던 봉인이 풀리면서 사탄이 부활했다. 그를 따르면 고위마족들도 줄줄이 풀려났다.

"떼거리로 오네."

"가자. 브레인 님은 이곳에 계시다가 지상전에 투입되는 용족들을 따라가세요. 제 부관이 호위로 붙으니까 걱정 마시고요."

휘잉!

바하무트와 슈타이너가 몸을 띄웠다. 다른 방향에서도 하얗고 푸른 머리카락의 존재들이 날개를 펼쳤다. 두 용왕이었다.

"오랜만이군."

"그러게."

타마라스가 인사를 건넸다. 그는 유령 계열의 언데드로서 나이트 쉐이드 킹이었고 워리놈에게 유령군단의 전권을 위임받았다.

"4차 전직을 언제 한 거지?"

"3년 전인가?"

바하무트는 4차 전직에 2년이나 매달렸다. 한 만큼의 보람은 있지만 수없이 죽었고 두 번 겪고 싶지 않은 끔찍한 경험이었다.

4차 전직을 하고도 문제였다. 레벨업이 어려워서 고대 문헌에서 전설로만 전해지는 존재들을 찾아다녔다. 죄다 SSS급이었다. 하나당 한 달은 걸렸고 고생고생해서 완료해도 2~3레벨만 올라갔다.

퀘스트 숫자도 적었기에 1년 전부터는 레벨이 정체된 상태였다. 타마라스도 그 과정을 여지없이 경험하고 있을 것이다.

"전투 언제 시작하냐?"

"거머리 같은 자식. 천족으로 부활할 줄은 생각조차 못 했다."

"내가 할 말이다. 5년 전의 빚을 되갚아줄게. 바람구멍을 내주마."

슈타이너가 창을 들고 흔들었다.

명백한 도발이었다. 다른 쪽에서도 군주들과 용왕들이 말다툼을 벌이고 있었다. 몸싸움도 몸싸움이지만 할 말이 많은가 보다.

오오오오!

용족과 마족들이 당장에라도 달려들 것처럼 몸을 움찔거렸다. 분위기가 치솟았다.

더는 전쟁을 늦출 수 없단 것을 깨달은 수장들이 뒤로 물러섰다.

"슈타이너, 네가 원하던 순간이다."

"아자!"

파아아앗!

한 쌍에 불과하던 슈타이너의 날개가 힘을 개방하며 여섯 쌍으로 늘어났다. 강대한 신성력이 마족들의 기분을 불쾌하게 만들더니 이내 새하얀 빛줄기로 화해 타마라스에게 달려들었다.

쿠아아앙!

반신의 반열에 오른 존재들의 충돌은 재앙이었다. 과거 울티메이트 마스터들과 싸울 때와는 비교 자체가 모욕이었다. 자연스럽게 그들만의 전투 공간이 확보됐고 그건 신호탄이 되어줬다.

크허허헝!

자드라크와 아벨리온도 드래곤으로 현신했다. 둘 모두 200미터에 이르는 거체를 이끌고서 온갖 종류의 고위 마법을 난사했다. 군주들도 인간의 껍질을 탈피하고 본연의 모습을 드러냈다.

"나도 가볼까?"

"네놈 그때의 그 화룡이군."

산만한 덩치의 플뤼톤이 바하무트의 정면을 막아섰다. 그러나 그뿐이었다. 전신을 짓누르는 압박감과 위압감 같은 건 없었다.

"저절로 상대가 정해졌네. 둘 중 하나는 죽겠지만 어울려 봅시다."

바하무트의 육체가 급격히 부풀었다. 족히 30미터 가까이 커지고서야 멈추었다.

여전히 플뤼톤보다는 작았지만 내재된 기운은 부족하지 않았다.

쿠콰콰쾅!

바하무트와 플뤼톤이 격돌했다.

그는 더 이상 대장군에 머물지 않는다.

크라디메랄드의 뒤를 이어 화룡의 지배자가 된 450레벨의 폭룡왕 바하무트였다.

『폭룡왕 바하무트』 완결

데일리 히어로
FUSION FANTASTIC STORY
인기영 장편 소설
지금까지 이런 영웅은 없었다!
『데일리 히어로』
꿈과 이상을 가진 평.범.한. 고딩 유지웅.
하지만……
현실은 '빵 셔틀' 일 뿐.
그러던 어느 날, 유지웅의 앞에 나타난 고양이.
그(?)로 인해 모든 것이 바뀌었다.
선행! 선행! 그리고 또 선행!
데일리 히어로 유지웅의 선행 쌓기 프로젝트!
Book Publishing CHUNGEORAM
유행이 아닌 자유추구~
www.chungeoram.com

용마검전
FANTASY FRONTIER SPIRIT
김재한 판타지 장편 소설

「폭염의 용제」, 「성운을 먹는 자」의 작가 김재한!
또다시 새로운 신화를 완성하다!

『용마검전』

사악한 용마족의 왕 아테인을 쓰러뜨리고
용마전쟁을 끝낸 용사 아젤!

그러나 그 대가로 받은 것은 죽음에 이르는 저주.
아젤은 저주를 풀기 위해 기나긴 잠에 빠져든다.

그로부터 220년 후……

긴 잠에서 깨어난 아젤이 본 것은
인간과 용마족이 더불어 살아가는 새로운 세상이었다.

Book Publishing CHUNGEORAM

유행이 아닌 자유추구 -
WWW.chungeoram.com